火神

外道天魔

天下霸唱 著

北京联合出版公司
Beijing United Publishing Co., Ltd.

图书在版编目（CIP）数据

火神：外道天魔 / 天下霸唱著 . -- 北京：北京联合出版公司，2024.6

ISBN 978-7-5596-7534-7

Ⅰ.①火⋯　Ⅱ.①天⋯　Ⅲ.①长篇小说—中国—当代　Ⅳ.① I247.5

中国国家版本馆 CIP 数据核字 (2024) 第 063380 号

火神：外道天魔

作　　者：天下霸唱
出 品 人：赵红仕
责任编辑：周　杨
封面设计：吴黛君

北京联合出版公司出版
（北京市西城区德外大街83号楼9层 100088）
北京新华先锋出版科技有限公司发行
大厂回族自治县德诚印务有限公司印刷　新华书店经销
字数221千字　620毫米×889毫米　1/16　17印张
2024年6月第1版　2024年6月第1次印刷
ISBN 978-7-5596-7534-7
定价：59.50元

版权所有，侵权必究
未经书面许可，不得以任何方式转载、复制、翻印本书部分或全部内容。
本书若有质量问题，请与本社图书销售中心联系调换。电话：（010）88876681-8026

第一章　刘横顺拜师 ...001

第二章　金鼻子截会 ...021

第三章　城隍小先生 ...047

第四章　夜审李子龙 ...074

第五章　分宝阴阳岭 ...101

第六章　老油条破案 ...128

第七章　青龙潭怪婴 ...155

第八章　韦陀斗僵尸 ...182

第九章　三妖化天魔 ...209

第十章　二上龙虎山 ...239

目录

火神: 外道天魔

第一章 刘横顺拜师

1

清末至民国,九河下梢出过四大奇人,分别是"降妖捉怪的殃神崔老道、目识百宝的财神窦占龙、追凶擒贼的火神刘横顺、屡破奇案的河神郭得友"。虽不是封神台上有名人,却因民间百姓口口相传,也给他们封了神、立了传,搁在路边说野书的口中,合称"四神斗三妖"。《火神:外道天魔》一书,说的是火神爷刘横顺,为人疾恶如仇,吃顺不吃戗,那绝对是"炮仗捻儿的脾气——沾火就着"!

您也听出来了,打从前文书起,但凡说到刘横顺,一句赖的没有,全是露脸的书。其实没有人天生会抓贼,咱往根儿上捯,老刘家祖上曾在军器局拜师学艺,尤其擅长打造"将军筒、神机箭"之类的火器,燕王扫北之时应募从军,征战沙场,多立奇功。后来朝廷在直沽寨设卫,凿筑一座天津城,城垣九里十三步,高三丈五尺,开辟四门,城里城外驻军一万五千有余,刘横顺的祖辈也在其中。

光阴荏苒,天津卫日趋繁华,运河漕船帆樯如林,水陆码头商贩麇集。老刘家的后辈儿孙在三岔河口开枝散叶，逐渐形成了一个村子，约有百十来户人家，皆为同宗同族。那一带全是盐碱地，土里火性大，野草扎不住根，地皮上遍布白花花的硝石，一层层刮下来，炼完了碾碎磨细，再掺上硫黄和炭化的皂角，配出来的火药做成炮仗格外脆响。村民们凭着祖传的手艺，仍以摆弄火药为生，家家户户开着鞭炮作坊。还在村口造了一座火神庙，供奉的火神爷三头六臂、脚踏风火轮，红盔红甲红袍红靴，整座庙宇也是红砖红瓦、红顶红柱，隔着河就能看见一片火炭红，这才有了"火神庙村"的官称。

早年间，火神庙的村民都在自家炕头擀炮筒子，地上摆着火药盆、填筒子、钻眼儿、扦引线，场院里拉上绳子，晾着整挂的大查鞭、小钢鞭儿，成捆成盘的麻雷子、二踢脚堆在墙边。没人敢动明火，整天提心吊胆，加着一万个小心，生怕把房盖炸飞了。

随着鞭炮生意越做越大，宗亲们出钱的出钱、出力的出力，在村后建起一座"炮仗大院"，缸砖垒砌围墙，院中盖上十几间大瓦房，前院造炮仗，后院存放硫黄、硝石，厢房中摆着头一号的大水缸，一年到头贮满了水，用于防备火患。院子里不准抽旱烟、不准动铁器，更不准外人踏足半步。进来干活的不喝热水、不吃热食，铲用木铲、勺用木勺，这么说吧，暴发火眼的都不让进来，唯恐溅出一点火星子。

自此之后，全村的鞭炮作坊并为一家，男女老少各有分工、各尽所能，胆大心细的配火药、手快的擀炮仗皮、力气大的搬搬扛扛、嘴皮子利索的进货卖货、脑瓜儿活络的管账……火神庙村炮仗大院做出来的炮仗硬硬邦邦、顺顺溜溜，扎得也瓷实，挑起来怎么晃悠都不带掉的，而且真材实料绝不掺假，说多少响是多少响，少一个赔一挂。品类也全，小红鞭、大查鞭、铁杆儿鞭、二踢脚、震天雷、隔山炮，以及小孩子玩的摔炮儿、砸炮儿、小黄烟儿、滴滴星儿、钻天猴儿，那真是应有尽有。

还陆续增加了花盒子，诸如什么竹节花、大梨花、千丈菊、地老鼠、满天星、遍地锦、春雷花开、草船借箭、金盆捞月、瀑布飞濂、孔雀开屏、黄莺报喜、金蝉吐艳、叠落金钱……摆出去格外扎眼，燃放起来飞金点翠争奇斗艳，又亮又花哨，天越黑看着越带劲。打出"火神庙"的字号，大红纸包上盖着戳记，不仅在天津卫叫响了名头，更依仗漕运便利销往各地。

咱们说火神庙村下这么大的本儿，年复一年做那么多鞭炮、花盒子，卖得出去吗？还真不用发愁，搁在以往来说，鞭炮的销路可太广了，老百姓家里头接财神送瘟神、驱邪祟崩小人、盖房子上大梁、买卖铺户开张纳客、和尚老道开堂做法，婚丧嫁娶哪一样也离不开鞭炮。种庄稼的农户为了驱赶麻雀、斑鸠、黄鹂、鸽子、野兔、黄鼠狼，早晨来到田间地头，先放上一个二踢脚，放一个可以管一天。乃至于拔牙的，拿细锁链儿钩住坏牙，另一端拴在桌子角上，给他拔牙的那位江湖郎中，偷着点一个大炮仗，"砰"的一声炸响，吓得他从椅子上一蹿多高，锁链儿瞬间绷直，就连牙带肉拽下来了。除去此类小打小闹的零碎买卖，真要说大宗出货，当以每年腊月的"炮仗集"为主。年底下辞旧迎新，家家户户放鞭炮，有钱没钱也得放上两挂响鞭，买卖家放得更多，讲究"满地红"，鞭炮碎屑必须铺满商号门口的街面，露着一寸地皮也不行。

炮仗集设在火神庙门前的空场上，到得腊月初一，鸡叫头遍，族长带着全村老少祭拜火神火祖，为取"六六大顺"的彩头，开市之前要一口气连放六六三十六个"爆地大麻雷子"，炮声震得河面上的冰层"咔咔"拔裂儿。越到年根儿底下，来赶集的人越多。火神庙村的老少爷们儿，全是守着三岔河口长大的，见惯了南来北往的客商，做买卖从来不"独"，不止交易本村的炮仗，周边府县大大小小的鞭炮作坊，都可以赶着大车过来凑热闹。一车车的鞭炮用大红棉被蒙得严严实实，以防崩上火星子。长江以北贩卖土特产的老客们，往往不辞奔波之苦，远路赶来集上采买，乐亭县跑关东的杆子帮也到天津卫趸货，挑最响的鞭炮带去关外贩卖。

各大作坊为了能够压同行一头，往往要在集上"斗炮"。拿麻绳圈出一块空地，跟杂耍场子一样，将看热闹的人们挡在圈外。自报家门之后，或是拿竹竿子挑起一挂通红的千头大查鞭，点着药捻儿，将竹竿子举到半空，抡圆了甩起来，忽弯忽直地耍一通花活，不亚于龙飞蛇舞，随着"噼里啪啦"连珠爆响，荡起呛人口鼻的硝烟，撒下漫天的鞭炮碎屑。或是手提一挂大炮仗，拢共十来头，稳稳当当转上一圈，走一步炸一个，一步一响，响声往人耳朵眼儿里钻，震得围观者耳鼓发麻。

可是再响的炮仗，都不如火神庙的二踢脚响。胆子大的拿两根手指头，轻轻捏住根部的泥巴墩儿，点着药信子，"嗵"的一声，让头一响在手上炸开，剩下半截自己往天上蹿，伴着电闪烟腾，蹿上去七八丈高，即将掉下来的一瞬间，又是"咣"的一声巨响，惹得仰脖儿看热闹的纷纷喝彩。其中还有个讲儿，所谓"天上一脚，地下一脚；踢得越高，过得越好"。不怕不识货，就怕货比货，别人家的炮仗跟火神庙的一比，什么大查鞭，什么一步一响，都跟老太太放屁差不多，全成了陪衬。火神庙村年年在炮仗集上拔得头筹，炮仗响，名气更响！

然而树大了招风、名大了招祸，火神庙村的鞭炮买卖做得大，炮仗集也热闹，那一筐筐一捆捆的，抬出去的是货，抬进来的是钱。自古以来，买鞭炮可没有赊账的，放炮图的是彩头，欠钱拿回来的炮仗再响，彩头也是别人的。炮仗集上日进斗金，安分守己的看了都眼红，能不招贼吗？所以腊月之前，族长会从城里请几个眼明手快的便衣巡缉，摆一桌有酒有肉的弹压席，吃饱喝足再一人塞一个红包，托他们盯着炮仗集上的小偷。

那一年腊月二十八，大雪纷飞，恰似揪绵扯絮。河边的火神庙银装素裹，搁到那会儿也是一景了。如若是文人骚客，准得四六八句来上一段。赶集的可没那个雅兴，顶风冒雪一脚一个坑走到火神庙，都是奔着鞭炮来的，眼下年关已至，再不买就来不及了。

越热闹的集市贼越多，有的是小偷小摸顺手牵羊的。其中一个卖半拉的蠢贼，裹着件又肥又大的破棉袄，为的是偷完东西易于夹带，脑袋上扣一顶旧毡帽，贴块膏药挡着半边脸，压低了帽檐，挑着卖半拉的担子，一边吆喝叫卖，一边瞪着贼眼四处踅摸。

什么是"卖半拉"呢？旧时有一路小买卖，专收各家干货店择剩下的半拉花生，全是瘪了一头糊了一半的，卖给嘴馋又没什么零花钱的小孩，一个铜子儿一大把，偶尔也有酒腻子抓一把回去下酒。此人头天顺走了一副卖半拉的挑子，扮成赶集的小贩，混入火神庙炮仗集，在人丛中吆喝叫卖："哎……吃嘞……香嘞……吃一个……顶一把嘞……"同时打量集市上的买主儿，那些个扛着一挂两挂"满地红"的乡民他不在意，专找寻套了大车过来买炮的富户。

火神庙的生意一向兴隆，又快过年了，等着装鞭炮的铁轱辘大车都排上队了，五花八门的各式炮仗、火盒子装满一辆走一辆。他是人蠢技不蠢，挤在人丛中挨挨蹭蹭，扒了若干财物。正逢十冬腊月，人们穿得厚实，尤其不易察觉。不想跑来一群小孩，围着他买半拉。蠢贼只好假戏真做，弓身撂下挑子，哪个小孩递来一枚小钱，他就给抓上一大把。小孩子们拿袖口蹭着鼻涕，盯着半拉花生傻乐，多给抓几个就美得屁颠屁颠。便在此时，走来一个巡缉，干这行的看贼最准，溜达到卖半拉的跟前看了看，冷不丁冒出一句："不对，你不是卖半拉的！"

蠢贼暗暗心惊，硬着头皮分辩："你胡说个啥？俺咋不是卖半拉的？你瞅瞅，俺这一挑子都快卖完了，你买不买？不买俺可走了！"他做贼

005

心虚，刚偷来的贼赃全在身上揣着，不敢多生事端，扒拉开眼前的人，挑着胆子往外走。

那个巡缉拦住去路："卖半拉的我见多了，做那路小买卖的，手抖得比弹弦子的还厉害，抓起一大把，抖三抖颤三颤，就掉下去十之七八了，不这么着见不着利儿，哪有你这么实在的，这一抓够二两，你不怕亏本吗？"

蠢贼不是本地人，不懂天津卫的规矩，听不出巡缉的意思，并非真心抓贼，你分他一份贼赃，他也就睁一只眼闭一只眼了，结果当场让人问得哑口无言，心慌意乱之余，扔下卖半拉的挑子夺路而逃，无异于不打自招了。

随着巡缉一通叫骂，火神庙村的一众村民，外带着赶集的老百姓，纷纷拿上砖石棍棒，追在后头"打臭贼"。蠢贼慌不择路，抱着脑袋逃到村后，看见炮仗大院的门还没关，惶急之下一头撞了进去。

炮仗大院中不许见明火，冬景天黑得又早，傍晚时分差不多黑透了，已经没有干活的人了，只不过管库的还没来得及关门。说话的当口，追贼的民众也到了，围住炮仗大院，堵着门叫骂，吓得贼人心口窝都凉了："大门被人堵住，两丈高的院墙犹如铁桶，我不成罐子里的蛐蛐儿了？"

走投无路之际，他贼起飞智，蹿入一处库房，手忙脚乱抓了几挂大查鞭，披红挂彩一般缠裹在身上，掏出怀中的火折子打着了，捏在手里吓唬一众村民："我看谁敢上前一步？大不了咱来个鱼死网破，拿我这一条命，换你们火神庙一村人的命！"

有人看见他手里拿着明火，立马惊呆了，院子里露天堆放着硝石、硫黄，拿草帘子盖着，几大间库房里全是木炭、苇糨纸、麻绳以及大包小包的鞭炮、麻雷子、二踢脚，各式各样的花盒子，一颗火星子崩出来，整个大院都得炸没了，在场的谁也活不成！

可是火神庙村的老少爷们儿，生下来就在硝石、硫黄里打滚，尿出来的尿都烫手，脾气一上来，十头牛也拽不住，真有几个愣头青不管不顾，举着两丈多长的竹竿子往贼人身上乱戳。

蠢贼慌了神儿，想点炮仗下不去狠手，不点炮仗又怕挨揍，憋得脖子脑门子青筋暴凸，往后退了两步，怎料鞋底子沾着冰雪，一不留神打了个滑，正撞在旁边的火药垛上。他身上裹满了鞭炮，手里的火折子一歪，恰巧擦着了药捻儿，闪出一串火星子，登时引燃了大查鞭。随着几声天摇地撼般的轰然巨响，整间库房都炸飞了，贼人也当场炸成了肉沫子。接下来的爆炸声此起彼伏，震耳欲聋，不时有火弹飞出。火仗风威，蔓延迅速，霎时间浓烟遮眼，烈焰腾空！

城里城外锣鼓齐鸣，卫安水会闻警聚集，数百名武善拉着救火机，带着柳罐、水桶、铁锹、冰镩、大钩竿子，从四面八方奔赴火场。但是炮仗大院里的硫黄、硝石堆积如山，火烧连营一般，接二连三地炸响，谁也靠不了前。可怜一众男女老少，救者自救、燃者自燃，惨呼哀号之声不绝于耳，大火直烧到天亮才渐渐熄灭。

经此一劫，老刘家一多半人非死即残，延续百年的炮仗集盛景不复存在。谁想得到，几辈子人的心血竟此毁在了一个蠢贼手上。所以刘横顺打小对做贼的恨之入骨，恨不能凭一己之力把天底下的贼全拿净了！

2

刘横顺是火神庙的正枝正叶，本该继承家业，但他不肯念书，也不想学手艺，觉得成天在硝石堆里跟炮仗打交道没多大出息，打拳踢腿舞枪弄棒倒是挺走心，天不亮就起，去到河边开阔处，押筋、压腿、站马桩子，祖传的金瓜流星从不离手。整天东游西荡，庙会集市、车站码头、杂耍场子、戏院门口、华洋两界……哪儿人多去哪儿，并非傻玩傻乐凑热闹，而是专搅和"绺门"的生意！

天津卫水陆码头，越杂乱的地方贼越多，丢钱丢东西的人也多。尽管当贼的脑门子上没贴条，可是小偷小摸的大多挂相，走路也不规矩，故意往行人身上蹭，或从后往前挤，借着挨肩擦背的机会剪绺，还有带着"护托"的，来个二仙传道，贼赃一倒手，抓着人也没用。

刘横顺的腿快眼更快，瞅见做贼的手往人家钱袋子里一伸，立刻冲过去将二人撞开，离得远够不上，他也得嚷嚷一嗓子，惊动了被偷之人，让做贼的无从下手。搅和完了就跑，反正没人追得上他。

有一阵子，他几乎天天在北大关的估衣街上转悠，因为这个地方贼最多。沿街开着几十家大商号，有经营绸缎、洋布的"八大祥"，也有皮货庄、帽庄、鞋店、药房、书局、瓷器店、老烟铺……皆为二层楼房，青砖砌墙，花格门窗，门楣高悬牌匾，各挑一面花里胡哨的幌子，远望有如旌旗招展。其间还有许多卖估衣的小铺户，门脸儿都不大，一摞一摞的估衣堆到店门口，时下入了秋，出售的多是棉袍、皮袄。名为"估衣"，却不乏里外三新的，按着原来的价码当成估衣吆喝，可以让人觉得便宜。不止大小坐商，走街串巷收旧衣服的小贩也在此摆摊，大买卖凭着招牌揽客，小买卖全指着肉嗓子吆喝，整条大街上人声鼎沸，拉货的平板车、拉人的黄包车、挑担子的脚夫往来奔走，动不动就把路堵死了。逛街的行人更是摩肩接踵，既有奔着绸缎裘皮来的富家小姐、少奶奶、姨太太，又有想买粗布衣裳旧棉袄的老百姓……做贼的可不管贫富贵贱，有一个算一个，只要让他们盯上了，必定是"雁过拔毛"。

刘横顺处处跟贼作对，群贼也将他当成了眼中钉肉中刺，真没见过这么腻歪人的，不收拾了这个倒霉孩子，估衣街上的小绺蟊贼就没饭吃了!

　　族亲长辈们得知此事,唯恐刘横顺惹下杀身之祸,既然这孩子专门跟做贼的过不去,索性让他去考巡警学堂。正所谓"一朝入公门,九牛拽不回"。穷家破业的充个脚巡,无非为着糊口,混个事由罢了,大户人家的子弟犯不上吃这碗饭。老百姓大多认为,巡警等同于老时年间的捕快,缉贼破案、催缴钱粮,三天两头跟蟊贼匪盗打交道,遇到"出红差",还得扛朴刀站岗,属于"贱业",正经人不屑于以此为生。即便打着官衙的旗号,看似光明正大,实则"灯下黑、耳后脏",纵然是个规规矩矩的好人,当上三年捕快,追究起所作所为,够不上开刀问斩,也足够充军发配的。

　　摆摊的、开店的、拉车的、卖艺的,隔三岔五就得"孝敬"他们,一个不如意,胡乱给你安个罪名,铁索就上了身,关上个十天半个月,不死也得掉块肉。不仅在明面儿上吃拿卡要,还借着"钓鱼放鸽子"讹钱,真比黑道儿还黑。怎么讹呢?比如找来一具没人收敛的尸首,趁天黑扔到一户人家门外。转天一早过去砸门,主家莫名其妙摊上人命官司,哪怕浑身上下全是嘴,那也是跳进黄河洗不清了,不肯花钱消灾,那就得一命抵一命。或者找个窑姐儿,打扮成良家妇女,跑去客栈中勾搭外地老客。对方一旦把持不住,马上就有抓人的,不扒下一层皮来休想脱身。人们背地里提及此辈,无不恨得牙根儿痒痒。怎奈刘横顺只想抓贼,毕竟抓差办案也是一个行当,穿着官衣儿拿贼才算名正言顺。

　　早在清朝末年,天津卫已经开办了北洋巡警学堂。旧时的警察,不仅要学习修身伦理、背诵律例法政、训练拳术擒拿,跟在衙门口当差一样,上学的同时,还得拜个师父。没师父带着,入了行也是俩眼一抹黑。

　　刘横顺拜了官银号一位老巡长为师,此人姓杜,年逾花甲,生得一身五花三层的胖肉，搁到秤上过一过，不下二百来斤，腿短肚子大，富富态态一张圆乎脸，脸颊两侧的胡子三撇朝上四撇朝下，言语诙谐，待人接物笑眯眯地一团和气。

不过人不可貌相，老巡长有一身飞檐走壁的本领，蹿房越脊如履平地，爬杆上树悄无声息，最擅长追凶擒贼，江湖之中闯荡多年，黑白两道上有的是朋友，相熟的人都尊称他一声"胖老爷子"。由于名号太响，总有艺高胆大的贼道中人登门下帖，一不作恶，二不寻仇，只为了过上两招，亮一亮自己的绝活，借机扬名立万。胖老爷子以和为贵，拿话摈住对方，嘻嘻哈哈开个玩笑，好酒好肉一番款待，再给点路费盘缠，也就把来人打发了，几乎不用动手，只守着官银号大楼，充个巡长的闲职。本已关了山门，但见刘横顺天赋异禀，两条飞毛腿非同小可，破例收下了这个徒弟。

五河八乡巡警总局当中受过他指点的不少，但是胖老爷子真正手把手教出来的只有三个孩子，除了刘横顺，另外两个全是他收养的孤儿，随了他的姓：一个叫杜大彪，生来力大无穷，可是光长力气、不长心眼儿，脑子不会拐弯；另有一个长得白白净净，鬼灵精似的一双大眼占了半张脸，名叫杜小白。由于刘横顺有祖传的把式，算是带艺投师，该以年岁论长幼之序。跟另外两个同门一把年纪，刘横顺只比杜小白大几天，反倒是杜大彪岁数最小。

以前的师父教徒弟，首先传规矩，几句话传完了，但是一辈子未必悟得透，接下来再传能耐，更非一日之功。其中的很多门道，往往是一层窗户纸，口传心授一两句话的事，如若没有师父点拨，又或者当师父的没给真东西，自己闷头练一辈子也不得要领。

自打拜了师，刘横顺更不着家了，起五更爬半夜跑来学能耐，渐渐跟两个同门混熟了。胖老爷子家中雇着一个洗衣做饭的老妈子，每天早起揉面、蒸馒头，拿最大号的笼屉，蒸出两大笸箩，不够杜大彪一个人吃的，熬鱼炖肉他一次能吃一锅，吃捞面用大海碗不解恨，得拿洗脸盆盛面条，没家底儿的真能让他吃穷了。吃饭他一个顶十个，打架也一个顶十个，浑身上下使不完的力气，怎奈手粗脚笨，除了撂大跤，师传的本事他一样没学会。

刘横顺跟直来直去的杜大彪挺对脾气，却看杜小白不顺眼。二人素来不睦，为点小事也能吵得面红耳赤。杜小白没刘横顺跑得快，但是更灵巧，闪转腾挪动如脱兔，总是压着刘横顺一头，又经常捉弄人，乐的时候捂着嘴，还特别爱干净，不像个老爷们儿。刘横顺不愿意跟杜小白一般见识，寻思"反正我是来学艺的，看在师父的脸面上，与你井水不犯河水，你不是不服我吗，咱俩能耐上见，迟早分个高下"。后来他才发觉，原来杜小白是个姑娘，为了给胖老爷子跑腿办事，一直扮着男装。念及之前行事鲁莽，出手过招没轻没重，也曾搭肩拢背称兄道弟，多少有点难为情。自此之后，刘横顺看杜小白就不别扭了，杜小白再捉弄他，他也不着恼了。

但凡高人，大抵是神龙见首不见尾，胖老爷子同样如此，三天两头不着家。有时自己不出门，就让杜小白跑一趟，一走多少天不见人影。刘横顺担心她遇着不测，又不敢问师父，问杜大彪也问不明白，几时看见杜小白回来，他心里才踏实。

刘横顺底子好，胖老爷子教得也细。师父舍得传真玩意儿，又有杜小白和杜大彪跟他喂招，能耐自是突飞猛进。出徒之后，他一样得从弹压地面儿的巡警做起。正所谓"十只手指分长短，树木琅林有高低"，同为五河八乡巡警总局下辖的警察所，有的地方油水多，有的地方油水少，相差可不止一星半点。凭他师父的关系，刘横顺尽可以去北门外、东门里的警察所。那些地方尽是大商大号、深庭广院，油水最足，治安也稳定，养得巡警们个个脑满肠肥，可他偏偏要去火神庙当差。

因为当时的火神庙只有一个臭脚巡，人送绰号"老油条"，老小子偷奸耍滑，三天打鱼两天晒网，只会混吃等死，致使火神庙一带蟊贼极多，鸡鸣狗盗之事层出不穷，住户们怨声载道。虽说当巡警有个不成文的规矩——不许在自己家门口当差，以免有人徇私枉法，但刘横顺选了一块扎脚的地皮，又有胖老爷子帮着打点，几乎没费什么周折，他就带着师弟杜大彪，去到火神庙警察所走马上任了！

拜师父学艺是一码事儿，真正当差又是另一码事儿，在街头巷尾巡逻，什么样的"活鬼"遇不上？因此去火神庙报道之前，胖老爷子再三嘱咐刘横顺：身在公门，绝不可能独善其身，抓差办案的做不到铁面无私，如若是"当堂不让步，举手不留情"，那不仅贼道中人恨你入骨，同行也得嫌你碍眼，免不了给你下绊子、穿小鞋。何况钱财流转，本系天意，做贼的有规矩，抓贼的同样有规矩。首先说，什么是贼？大到一朝江山，小到针头线脑，世上没有不能偷的东西，天底下的贼也抓不完，倘若没有贼了，还要警察干什么？你让五河八乡巡警总局的一众兄弟上哪儿吃饭去？有道是"一窑砖出几样色，一个娘生几样人"，又逢乱世，善恶混淆，黑白颠倒，做贼的不一定都是坏人，更不乏埋没草莽苟且其间的英雄豪杰，所以自古以来，当差的最能养贼。甚至说最大的贼头儿，往往是穿着官衣的。只要做贼的守规矩，当差的通常不会抓，很多时候抓差办案，你还得指望他们提供线索，凿死铆子认死理儿，吃亏的终究是自己……

只不过刘横顺一听规矩套子就犯困，真正让他敬服的，还是师父身上的能耐。胖老爷子既能吃，又能睡。按常理说，上了岁数的人，精神头儿肯定大不如前，吃多了消化不掉，堵在胃里难受，睡得也少了，天不亮就醒，且有择席之癖，换了地方睡不安稳。胖老爷子却不然，不分昼夜不论钟点，找个犄角旮旯一眯，便即鼾声如雷，哪怕是板凳、屋梁、树杈，他上去就睡。胖大的身躯一点儿不累赘，怎么翻身也掉不下来。

刘横顺以为师父是在练功，到老还有这一身绝技，真是难能可贵。可胖老爷子又很贪吃，牙口也好，软的硬的全能招呼，兜里常备各种零食，崩豆、果仁、瓜子、松子、豆根糖、京糕条、糖炒栗子……嘴里一天到晚不闲着，还不耽误吃饭，顿顿离不开鸡鸭鱼肉，每天换着样吃。雇来的老妈子只会家常便饭，哪做得了那么多花样？胖老爷子嘴还刁，又是个老小孩的脾气，不伺候他吃好了，抱着肩膀一赌气能赌一天，能耐也不传了。刘横顺为了得些真传，千方百计蹚摸了几手熬鱼炖肉的秘方，用以讨师父欢心，一来二去的，倒把做饭的手艺练出来了。

学艺那几年，刘横顺看惯了师父胡吃海塞，再蹊跷的东西也敢往嘴里放，只有自己想不到的，没有师父不敢吃的，然而胖老爷子最得意的一口儿，居然是吃小耗子！

赶上三个大节一个寿诞，必定有倒脏土的往胖老爷子家送礼，全是没出窝的小耗崽子，刚从脏土箱子里翻出来，紧紧挤成一团，粉中透着白嫩，拿一个漆匣子装着，谁看了谁膈应，胖老爷子却是眉开眼笑，拿筷子夹起一只小耗子，搁在桌上的酱油碟中蘸了一蘸。吓得小耗子四爪乱蹬，浑身哆嗦，"吱吱"乱叫。胖老爷子哈哈一笑，把小耗子往嘴里头一放，连嚼带咽地吃下去，旋即一筷子一个大快朵颐，眨眼之间，那一窝小耗子全进了他的肚子，美得七撇胡子直翘。刘横顺真怕师父哪天吃饱喝足睡美了，突然现了原形！

因为坊间传言，胖老爷子飞檐走壁的绝技并非胎里带，也不是后天练的，而是得自城隍庙中的一只灵猫。刘横顺不知传闻是否可信，但他由衷佩服师父这身本事，因此暗下决心，绝不能只当一个抓孟贼的巡警，仗着官衣吃拿卡要、混吃混喝有什么意思？人活一世，总得有个奔头儿，不说出多大名露多大脸，最起码跟着缉拿队破大案抓大贼，久后也图个升腾。可是"天上无云不下雨，地下无土难生根"，想在缉拿队当差，他必须找个机会一显身手！

3

此时的火神庙，早已不比当年，随着各国租界地不断扩张，外来人口大批涌入，天津卫的城区规模一天比一天大，沿河两岸筑码头、盖货仓、修铁道，征用了大量民房村落。火神庙村被迫一分为二，鞭炮作坊迁到静海东滩头，仍以擀炮仗为业，但离开三岔河口一方宝地，名气已远不如前。余下的人守着河边东货场，做起了搬卸的脚行。住户大多是本地的穷老百姓，挣一天花一天，家无隔夜之粮，耗子过来转上半宿，最后也得骂着街回去。不论蹿房滚脊的飞贼、钻墙剜窟窿的土贼，亦或挨肩蹭背二仙传道的小绺，偷盗的无外乎金银财货，来火神庙一趟捞不着仨瓜俩枣儿，纯属耽误工夫，但在这一片，偷活物的贼却挺多。

比如前清时从关外传过来一种细狗，最擅长钻窟窿掏獾子，在关内又叫"獾狗"。官宦子弟闲来无事，讲究个架鹰走犬，拎着一只细狗咬死的獾子，大摇大摆地走进茶馆，死獾子往墙上一挂，任凭人们围观赞叹，谓之"逛獾"。后来大清国倒了，关内见不着细狗了，却有一批前朝子弟倒驴不倒架，舍不掉逛獾的瘾头，只能雇贼去偷。偷狗贼大多会"相狗"，他们走街串巷，凭着眼力在看家护院的土狗、柴狗中踅摸，专捡牙粗鼻子黑的下手。凡是干这个行当的，一要手快，二要心狠，一旦盯上大小合适的狗，看见主人没在，冷不丁抖开一件破棉袄，三步并作两步蹿至近前，趁着狗子纳闷儿的机会突然下手，一把攥住狗嘴，拿皮条子一勒，裹在破棉袄中就走。回到家把四条狗腿捆在柱子上，抄起一把飞快的大剪刀，"咔嚓咔嚓"两下，剪去两个狗耳朵，再用烧红的烙铁一烫，偷狗的钱就算赚到手了。为什么剪去狗耳朵呢？一来狗的性子全在耳朵上，剪掉可以使之驯服，二来拍打耳朵的响动，容易惊走洞穴中的獾子。火神庙守着河边又临近铁道，周边住户家里养狗的不少，经常有偷狗贼光顾。

另有一路专门偷鸟儿的贼，比偷狗的还可恨。三岔河口地势开阔，春夏时节全是开野茶棚的。无非拿四根竹竿支起一个棚子，平地垒灶、粗茬桌椅，摆设的茶壶茶碗五光十色、缺嘴儿少盖儿，找不出配对成套的，茶叶也次，色深味重，喝着倒挺沙口。河边的茶棚有个别名叫"雨来散"，因为最怕下雨，一下雨人就跑光了。早上准有一拨儿遛鸟的来此聚集，他们趁着天光放亮，日头还没往脑袋顶上爬的当口，晃悠着鸟笼子一步三摇，先借着河边的水气把鸟儿遛精神了，再顺路来到野茶棚，点上一壶酽茶，冲开龙沟、刷掉浊气，然后才有胃口去吃早点。茶棚对面是一排垂杨柳，拴着供茶客悬挂鸟笼的绳子。偷鸟贼专拣这样的地方下手，通常是俩人作案，其中一个贼掐着点儿拎着鸟笼子过来，里边也养着一只鸟儿，却是脏了口的，专会模仿野地里的癞蛤蟆、蝲蝲蛄，叫得难听极了，在茶棚对面的树上一挂，"嘎嘎嘎"的叫声令人心烦。那尚在其次，养鸟的最怕鸟儿学脏了口，赶紧把自己的鸟笼子挪到远处，扭头能看见，余光却扫不着了。此时该另一个偷鸟儿贼登场了，他装作过路的行人，捡两个叫口最好、笼子最讲究的，一手一个拎着就跑。等到丢鸟儿的那位发觉，再追也来不及了。

贼人不仅偷笼子里的鸟儿，飞在天上的鸽子他也能偷。在当时来说，供人赏玩的鸽子分上下两等，其一是搁在笼子里看的，像什么毛脚、扇尾、球胸、坤星、鹤秀、平分春色、巫山积雪、十二玉栏杆……

皆为在谱在册的名种；再一个是放飞的鸽子，一早上起来放出去，挂着鸽哨在天上转悠几圈，拿内行话说叫"盘鸽子"，听着悦耳、看着带劲，尤其是梨园行里，喜欢盘鸽子的最多。据说盯着天上的鸽子可以练眼神，所以名角儿都养鸽子。其中的讲头也不少，一般来说，二十四只为一盘，先放两只体健翅宽的雄鸽上天，随后再依次放飞，由前边的雄鸽带着飞。九河下梢有不少养鸽子的大户，最多的养着五六十盘，合起来不下一千只。清晨往天上一放，鸽哨之声绕满了天津城，那能不招贼惦记吗？偷鸽贼自己也养着两盘鸽子，一水儿驯好的母鸽子。瞅准了当口儿，瞧好了地界儿，拿独轮车推着鸽笼过去。人家的鸽子一上天，他也跟着放，"扑扑啦啦"满天一飞，绕得人家的鸽子晕头转向，三转两绕，就跟着母鸽子落到他们家了。少则三五只、多则十来只，说偷又不能叫偷，说拐还不能叫拐，美其名曰"这是咱盘回来的"！其实在以往那个年头，玩鸽子有玩鸽子的规矩，若如盘走了有主的鸽子，是谁家的你得给谁送回去，只不过很多玩鸽子的脸皮薄，自己驯的鸽子让人家盘走了，那是经师不到、功夫欠火候，你给他送家去，反倒是寒碜他了，他宁肯吃哑巴亏，也不能栽这个面子。

当然了，偷鸡摸狗盘人家鸽子的无非是鼠盗孟贼，顶多恶心恶心人，掀不起多大风浪，这样的小贼根本抓不过来，大多数失主不会报案，巡警也懒得理会。但是刘横顺不比老油条，他可不管那套，抱着热火罐子当差，白天巡逻晚上查夜，一寸一寸地踩地皮，除了偷汉子的，不论偷什么的贼，见一个收拾一个，不到半个月，将辖区内整治得"路不拾遗、夜不闭户"，大街上连个贼毛儿都没有了！

只不过你光逮盘人家鸽子的臭贼，哪辈子才能出人头地？恰在此时，出了个全国通缉的大盗，专抢宅门公馆，且心黑手狠，两支转轮小洋枪，左右开弓百发百中，身上背着若干条人命。为了销赃，来到钱多粮广的天津卫，纵然贼胆包天，他也没敢进城，只在远郊的白庙落脚。那一带闹土匪，管杀也管埋，缉拿队的人轻易不敢去。师父有心让刘横顺露脸，吩咐他和杜大彪走一趟，若能将此贼捉拿归案，上峰必有提拔。

刘横顺出师不久，刚在火神庙当上巡警，对付的全是鸡鸣狗盗之徒，此一番去白庙匪窟中捉拿举国通缉的大盗，又是个揣着洋枪的，心里头免不了打鼓，倒不是畏惧恶贼悍匪，只怕万一失手没拿住，丢人现眼不说，还有损师父的名号。他一早带着杜大彪赶赴白庙，出了门穿大街过小巷往城外走，路过一条小胡同，迎面来了个推车倒脏土的，车上几个大筐，摞起来一人多高，装满了刚收来的炉灰渣滓。脏土车左摇右晃，长了眼似的，跟刘横顺撞个满怀。换作以往，凭着刘横顺的身手，胡同再窄也闪得开，眼下却是心神不宁，让一车满满登登的炉灰渣滓，劈头盖脸扣了一身，有如刚从土里刨出来的。幸亏炉灰已经凉透，否则能把他烫脱了皮！

倒脏土的自知闯了祸，扔下脏土车抹头就跑。刘横顺怒不可遏，灰头土脸尚在其次，今天是去白庙捉拿飞贼，没等离开天津城，先赶上这么一出，只恐出师不利，但觉一股子无明火直撞顶梁门，抖了抖身上的炉灰，正要去追倒脏土的，却被实心眼儿的杜大彪拦下了，因为师父有过交代"不管遇上什么事，先把差事办了"。刘横顺一想不错，反正跑得了和尚跑不了庙，拿住飞贼再找倒脏土的不迟，暂且忍下一口气，憋着这一肚子火儿，大步流星冲到白庙。没等贼人开口报蔓儿亮家伙，上去就给拿了，马不停蹄地拎到巡警总局，交付了差事，径直去找倒脏土的算账。

气冲冲走到肉市口蒸春坊，闻听师父在二楼叫他。刘横顺上楼进了雅间，见师父早已摆设了一桌子庆功宴，单等着他和杜大彪了。胖老爷子笑模滋儿地居中而坐，那个倒脏土的坐在旁边，耗子陪猫一般，屁股仅挨着一点椅子边，直直溜溜不敢塌腰，另一边坐着杜小白。

书中代言：师徒如父子，知子又莫若父。胖老爷子太知道自己这个徒弟了，本领出类拔萃，往大了说，能把三岔河口捋直了，哪有他拿不着的贼匪？只是要过这头一道坎，故此找来天津卫七绝八怪之一——倒脏土的黄治安，用一车炉灰渣滓，激得刘横顺火往上撞，一鼓作气拿下飞贼。并借此机会，将黄治安引见给刘横顺，使二人彼此相识。黄治安身为倒脏土的把头，手下兄弟极众，又有耗子大仙暗中护佑，犄角旮旯大事小情，没他访不出、查不明的。此后刘横顺追凶擒贼，多得黄治安相助。

按下后话不提，只说胖老爷子眼看着徒弟立起个儿了，往后的前途不可限量，心中快意至极，杯杯干、盏盏净，越喝越得意。蒸春坊里的蒸菜四绝"辣蒸鱼、蒜蒸蟹、粉蒸肉、水蒸蛋"又最对他的胃口，免不了筷如雨下，"呲溜""吧唧"之声不绝于耳。一桌人喝着聊着，散席已是深夜。

刘横顺将师父送至家中，本想回火神庙值夜，胖老爷子叫住徒弟，借着酒劲儿说出一番过往：他曾是守备营的武官，有一次来城中赴宴，喝完酒已是深夜，骑着马走到西北角城隍庙，瞥见墙头上掠过一道白影，以为撞上邪祟了。当时一闪念，心到枪出，抬手就打，随着一声枪响，白影坠落尘埃。赶过去一看，才发现一只白如霜雪的大猫。他的酒醒了一半，嚼着牙花子摇了摇头，回去睡觉做了一个怪梦——城隍爷拎着白猫找上门了！

原来城隍庙中有两只灵猫，一黑一白，黑的长着白鼻子，外加四个白爪，白的则是通体皆白，如今白猫死在他的枪下，耽误了城隍爷的差事，岂能饶得了他？城隍爷告诉他："念在你素无恶行，姑且罚你替白猫当差，留在城隍庙的猫崽子你也得领走！"说完将白猫往他身上一扔，胖老爷子从梦中惊醒，早上去了一趟城隍庙，没看见什么小白猫，经扎纸人的张瞎子指点，捡着一个尚在襁褓中的女婴。自此多了一个养女，随他的姓，取名杜小白，也有了一身蹿房越脊、爬树捉鸟的能耐。

但他光棍一条，冷不丁多了个女儿，难免惹上闲言碎语，只能舍掉军职，谋了一份捕盗拿贼的差事，凭着一身惊世骇俗的本领闯下一个名号，当上了巡缉首领，贼没少抓，钱没少挣，随着胡吃海喝越来越胖，身子也懒了，索性辞了缉拿队的差事，守着官银号，充个巡长的闲职。看似甘老林泉、与世无争，实则不然，人在江湖，谁又能全身而退？他是没少抓贼，更没少交贼道上的朋友，还当上了贼头儿。但他这个贼头儿，并非管着大贼小贼，而是守着天下头一号的贼库！

外人不明真相，往往以为贼库中全是金银财宝，可能别的贼库里有，但是官银号下的贼库中，仅仅封着一只"蜡干鬼手"。众所周知，世上没有不能偷的东西，甚至有偷艺的，哪怕是秘不外传的看家本领，总能千方百计偷了去。可也有偷不走的，比如刘横顺的飞毛腿、杜小白闪展腾挪的灵巧、杜大彪扛鼎拔山的力气，皆为天赋异禀，堪称先天绝技，下多少功夫都练不出来，更没人偷得走学得会。

然则六合之内，无奇不有，"蜡干鬼手"出自荒坟古冢，擅夺无影无形之物，哪怕是胎里带的先天绝技，抓上即可拿取。一旦让别有用心之人得了去，只恐世间再无宁日。怎奈有灵之物，谁也不敢损毁。赶上天下大乱的年头，正道隐而左道兴，九河下梢也不安稳，蜡干鬼手在天津城的消息不胫而走，群贼没有不眼红的。

纵有百密，难免一疏。胖老爷子为了防患于未然，打算给贼库换个地方。刘横顺和杜大彪刚在火神庙当上差，出不了远门，所以胖老爷子要带杜小白走一趟，去什么地方不能讲，多则半月，少则十天，安置妥了就回家。

转过天来，师徒几人在家包了顿饺子，取"长接短送"之意。吃完晌午饭，刘横顺和杜大彪送师父出了门。怎知胖老爷子跟闺女一去数年，再也没回来。师兄弟二人多方找寻，皆是无功而返，只能自己给自己吃宽心丸，"凭着师父那一身出神入化的本领，加上杜小白的机灵劲儿，甭管遇到什么凶险，一定可以全身而退"！

搁下后话暂且不表，只说守着三岔河口的刘横顺，自打当上火神庙警察所的巡官，凭着一双风火轮似的飞毛腿，不知擒拿了多少顽凶剧盗。民国初年的天津卫，南船北马、轮蹄如织，东西两洋、鱼龙混杂。既是一方宝地，又赶上兵荒马乱的年头，自然少不了借着九河下梢兴风作浪的旁门左道。

前文书正说到，刘横顺刚刚破获魔古道一案，一口气收拾了"混元老祖、五斗圣姑、狐狸童子、钻天豹、石寡妇、花狗熊、十三刀、净街王、大白脸"这一众妖人，正待追查在白骨塔挂单收尸的李子龙，怎知道一波未平、又起一波，没等他找着李老道，天津城中又出了一串连环案！

第二章 金鼻子截会

1

正逢多事之秋，魔古道混元老祖虽已伏诛，天津城周边尚有许多趁火打劫的贼匪、图财害命的强盗，又赶上军阀混战，在远郊就能听见隆隆炮声，怪事也是一件接着一件，以至于谣言四起，都说流年不利，不知道接下来还会出什么乱子！

官厅为了安抚百姓、稳定局面，严令各个警察所加派守备队、夜巡队，四处盘查往来行人，赶等六月二十三天将神诞，还要在地方上大办一场玉皇会，又叫巡城辇会。到时候把庵观寺庙里大大小小的神仙全搬出来，放在宝辇上吹吹打打，围着天津城转上一圈，以神威压一压邪祟之气，稳住了民心、止住了流言不说，当官的也能趁机捞一票。

皆因天津城的辇会非同小可，铜船会也够热闹，却仅限于三岔河口一带，而且是一年一次。巡城辇会则不然，自古至今铁打的规矩——十六年一次。行帮各派出钱的出钱、出力的出力，抬上满天神佛的驾辇巡城，争的是人气、比的是排场。沿途的善男信女焚香膜拜，军民人等夹道围观，规模之大、场面之盛，比过铜船热闹百倍！

五河八乡巡警总局的官厅大老爷发了话，辇会道队所过之处务必井然有序，不能出任何乱子，万一伤了百姓、惊了神灵，谁也担待不起。当官的动动嘴，当差的就得跑断腿，城里城外的警察全忙坏了，车站码头、关上关下、大道边小道沿，凡是过人的地方，无不严加巡防。

天津卫一百多个警察所，人多的上百，人少的五六个，各有各的辖区，各盯各的管片儿。火神庙是个小警察所，包括巡官刘横顺在内，加上张炽、李灿、老油条、杜大彪几个巡警，一个巴掌数得过来，负责的辖区可不小，刘横顺又在缉拿队任职，忙得走马灯相仿，一时顾不上去找收尸埋骨的李子龙了。

上令下来，当差的无不叫苦，因为辇会上最容易出事儿。老百姓可都等着一饱眼福呢，自打进入民国，天津卫还没办过巡城辇会。这可是水陆的码头、通商的口岸，寺庙庵观、宫阁香堂遍布，供奉的大小神仙多如牛毛，数都数不过来。全神下界那一天，九河下梢七十二沽，凡有香火的都要出辇。玉皇阁供奉的玉皇大帝居中，统领一众神佛仙灵，天后宫的天后老娘娘，带着子孙娘娘、眼光娘娘等十二娘娘压在阵尾，排列道队巡城。提前定下路线，净水泼街、黄土垫道，沿途拉起拦人的绳子，搭造八座官设的茶棚，供抬辇之人歇腿喝水。按照老例儿，本地的五大仙家在头前开道，从玉皇阁门前出发，引领大队人马，浩浩荡荡绕行东南西北四条马路。

开道的五大仙家指"胡黄白柳灰"，分处天津城东南西北中，各占一方堂口，皆为受过皇封的护城地仙。胡家门出辇的地仙是"瘸四爷"，黄家门是"黄三哥"、白家门是"魏太公"、柳家门是"封五娘"、灰家门是"灰二姑"，均有一路香头侍奉。民间散仙出辇不需庵观寺庙中的和尚老道操持，排场可一点不比封神台上有名有姓的神仙差，各霸天津城一方的四大锅伙，北城的四海、东城的老悦、西城的老君、南城的九如，分别操办"胡黄白柳"四大仙家的宝辇仪仗。堂口设在鼓楼的灰二姑居中，作为五路护城地仙之首，由倒脏土的行会置办驾辇。锅伙之中全是抄手拿佣的混星子、吃了上顿没下顿的穷光棍，正可以借着出辇的由头捞上一票，纷纷打着官派的幌子，拿着告知单，在各自把持的地盘上找商户讹钱，有敢不给的，瞪眼就骂、抬手就打。因此上辇会之期未到，城里城外已经闹出了不少乱子。

等到六月二十三出辇的正日子，老天爷不给好脸儿，阴云笼罩、昏天暗地，说下雨又下不来，湿答答、黏糊糊，喘气儿都费劲。天不遂人愿，辇会却不容耽搁。行帮各派早将一架架宝辇彩车抬到了天后宫门前，摩拳擦掌等待出辇。打从天不亮开始，远近而来的善男信女就开始在路边摆设香蜡供品，眼巴巴地等着拜辇求福。围着看热闹的人也越聚越多，满街筒子挤得风雨不透，来晚的凑不上前，只好爬树上房。大户人家和各大商号门口则高搭木台，摆上桌椅伞盖，茶水点心一应俱全，专供有钱有势的登高看会。

老百姓凑热闹不要紧，穿官衣儿的"副爷"可全揪着心呢，看会的人山人海，挤得风不透雨不漏，保不齐出什么岔子，上千名巡警持枪带棒，分布在各个路口严阵以待。各路神道的宝辇也是一字排开，焚香烧裱，迎请天后娘娘和玉皇爷上辇，这叫接驾。宝辇又叫车辇，雕花木车金碧辉煌，上头架设层层帷幔，不过没轱辘，全靠人抬着走。按以往的规矩，庙宇中的神像不可轻易挪动，那都是泥坨子塑的，谁也抬不动。有专门出辇的神像，是用藤条子编的，外边糊上纸壳子，由巧手匠人勾画开脸儿，披上冠冕神袍，宝辇香车上描龙绣凤、扎灯结彩，下边甩着大红的流苏。抬辇的杠子手均为膘壮汉子，宽肩乍背、细腰粗腿、咳嗽赛炸雷，放屁都能崩出个坑来，身穿大红朝服、头戴前朝官帽、腰里扎

023

着板儿带，一个个昂首挺胸意气风发。

眼瞅着吉时已到，锣鼓队吹三通、打三通，宝辇纷纷上肩，前有法鼓、飞镲各类响器开道，一道会跟着一道会，一架辇接着一架辇，浩浩荡荡直奔北马路。

辇会巡城的路线沿用旧制，依次绕行"北西南东"四条马路。天津城的城墙和城门早已在清朝末年拆除，不过格局没改，从云彩眼儿往下看，老城区并非方方正正，而是东西长、南北窄的一座算盘城。以前朝格局来说，天津城东西南北四座城门：官衙文庙设在东门，格局最规整；平头百姓和做小买卖的在南门扎堆；西门外最荒凉，全是坟茔地；北门一带非富即贵，屋宇连绵、群墙高耸，全是大商户、大票号，香火钱一家比一家给得多，北营门还有军队驻防，治安向来稳定，所以得先从北边走。

没等道队过来，老百姓早把北马路两边插严实了，这么大的热闹，错过一眼得后悔半辈子。小商小贩也都赶着这天挣钱，像什么卖火烧的、卖熟肉的、卖酥糖的、卖药糖的、卖大梨糕的、卖雪花酪的、卖酸梅汤的、卖大碗茶的、捏面人的、拉洋片的全来了。其中最抢眼的一位，还得说是卖野药的金麻子。此人身量颇高，穿着件鼠灰色的破旧大褂，前朝的辫子剪了，额顶的月亮门却还留着，挺长的头发在后脑勺披散着，太阳穴上贴着半块膏药，满天星斗似的一脸大小麻子，站在当场连比画带吆喝。

前一阵子三岔河口过铜船，他去河边人多的地方卖假仁丹，本想发笔小财，却被巡警没收了"非法所得"，赔了个底儿掉。本该吃一堑长一智，可偏偏财迷心窍，不但不长记性，还妄想在辇会上捞一票。

只见他在地上铺了块破布单子，摆出十几个大大小小的葫芦。周围的老百姓无不纳闷儿，金麻子不是卖野药的吗？怎么改卖葫芦了？金麻子抓起一个葫芦,伸手拔去封口的塞子,从中倒出几粒黄澄澄的药丸,捧在手中吆喝道:"列位列位,今日神仙会,我金麻子带来几粒丹丸,献与命里有缘之辈。您听好了,咱可不是一全丹、二顺丹、三清丹、四消丹、五虎丹、六神丹、七真丹、八宝丹、九龙丹、十全大补丹,此乃太上老君八卦炉中的紫金丹。想当初,嫦娥吃了一粒丹,了却尘缘奔广寒;姜子牙吃下丹一粒,起死回生把命还;孙猴儿把金丹吃个遍,诸天神佛不敢拦;凡夫俗子吃下去,落炕的当时能下地、瘸腿的翻山能越岭、哑巴开口就说话、瞎子立马把眼睁;如若给死人吃下肚,一脚踢死一只鬼、两拳打死俩判官、三把扯碎了生死簿、'哇呀呀'几声暴叫,您猜怎么着?震塌了阴曹地府森罗殿;给您尝上一粒丹,管保您哪,百病不生筋骨健,神清气爽赛神仙!"且不说葫芦中的丹药灵与不灵,架势必须摆足了。金麻子顺脖子流汗,越吆喝越来劲,连摆架子带使相儿,招呼"有缘的"赶紧掏钱,怎知"有缘的"没来,倒把"有冤的"等来了!

正所谓"枪打出头鸟",路边这么多抻脖子瞪眼等着拜篲的老百姓,就看金麻子在人群中张牙舞爪口沫横飞,难免让维持秩序的巡警盯上。当时过来俩巡警,给金麻子后脑勺来了一警棍,打得这小子是"王八啃西瓜——连滚带爬",又一脚踢了摊子,大小十几个葫芦到处乱滚,"紫金丹"撒了一地。

金麻子心疼坏了,"紫金丹"是棒子面儿捏的不值钱,这些个葫芦他可没少下本,因为打太上老君那儿定下的规矩——"灵丹妙药"都得装在葫芦里,他这"棒子面儿丹"配上葫芦才能卖个好价钱,忙从巡警裤裆底下钻过去,趴在地上捡他的葫芦。

正当此时,忽听得远处锣鼓喧天,不知哪个好事儿的高叫一声"来了"!众人踮起脚尖抻长了脖子往那边看,没瞅着道队,却见几十个斜腰拉胯的地痞无赖，一个个披红挂彩，敲着锣打着鼓，凶神恶煞一般闯了过来。来者并非四大锅伙抬辇的"英雄"，而是借机讹诈钱财的"好汉"，冒充出辇的混混儿，抢在道队前头浑水摸鱼。

路口有一家"宝和轩"蒸食铺，卖的包子有名，面白肉肥佐料好，一人多高的章丘沟葱调味儿，整瓶的小磨香油往馅儿里倒，咬上一口汤汁丰盈、齿颊留香，平常排队都不好买。地痞们不管这套，进去二话不说，直接把包子屉端出来，你抓一个我抓俩，转眼之间几十个包子下了肚，拿袖口抹了抹嘴头子，提高了调门儿又说又笑，大摇大摆来到隔壁的"老李烧鸡铺"门前。

其中有个地痞，揪过掌柜的就是一嘴巴，骂骂咧咧地问："你懂不懂规矩，大仙爷出辇也不尽份孝心？"掌柜的一脸委屈："小人已经交过香火钱了。"地痞眼一瞪嘴一撇："光给钱行吗？今儿个大仙爷出巡，等了半天他老人家能不饿吗？赶紧的，把你铺子里的烧鸡拿出来一百只！"掌柜的央告道："您了高抬贵手吧，大仙爷哪吃得了一百只烧鸡啊！"他不说还好，话一出口，惹得那个地痞勃然大怒："你个老小子太不地道了，合着只给大仙爷吃烧鸡，我们抬辇护驾的弟兄活该饿死？"卖烧鸡的胆小怕事，无奈之下把这一天要卖的烧鸡全献了出去。刚出锅的烧鸡个个枣红色，肥嘟嘟的油花四溢，看着都解馋。众地痞当场一分，撕开就往嘴里填，一边吃一边嚷嚷："老话儿怎么讲的？臭鸡蛋做不了槽子糕！就说这路边的吃食不值钱，咱也得吃出个名堂来！"说罢又冲路旁推车卖爆肚的小贩一瞪眼。

小贩心说坏了，估计这一车爆肚保不住了，事到如今只当破财免灾吧，也甭等人家张嘴了，忙不迭爆了一大盆，连同蘸料碗一并端上前去。为首的地痞看也不看，上来就把盆子扣了，料碗摔了个粉碎，骂道："爆肚有这么吃的吗？你欺负我们没吃过是吗？吃这玩意儿得先老、后脆、再嫩，刚开始吃'肚把葫芦、实心蘑菇'，东西好吃但是费牙；再往后吃'肚领、蘑菇头'，讲究个脆生劲儿，你手里得有功夫，笊篱下到锅里一看、二断、三晃、四翻，出锅以后夹一筷子嚼在嘴里，那响动得跟嚼黄瓜一样，'咯吱咯吱'地那么爽口；等吃得差不多了，牙也嚼累了，最后来上一盘又嫩又鲜的肚仁儿解馋！"小贩叫屈道："爷台，您说的那些咱没有啊，小买卖预备不了那么齐，只有牛百叶。"为首的地痞一呲牙花子："百叶你做的也不对呀，我问你，你用什么家伙儿给我盛？"小贩战战兢兢地说道："怕您几位不够吃，我给您用大盆盛的。"为首的地痞勃然大怒："你浑蛋就浑蛋在这儿了，爆肚儿这玩意儿得趁热，你把它放盆里，不等我们吃完上边的，下边的就凉了，你这不成心找打吗？"说话撸胳膊挽袖子，上来要抢钱匣子。

路边的巡警本是睁一只眼闭一只眼，因为地痞无赖太多，根本抓不过来，抓进去顶多揍一顿关上几天，对那些人来说是家常便饭，只要别惹出乱子，讹小商小贩仨瓜俩枣的倒也没什么，怎知这伙地痞反了天，敢在巡警眼皮子底下锤砸明火，拿二嫂子不当老娘儿们啊，再不管可真说不过去了！当下一声吆喝，吹着铜哨、抡着警棍过来弹压，打得一众地痞无赖抱头鼠窜，该抓的抓该拿的拿，撅个寒鸦赴水，用铁丝捆住两个大拇指，为了解恨有多紧勒多紧，再拿绳子拴成一串儿，搁在茅房门口蹲着。

这一打一闹不要紧，看热闹的人群乱成了一锅粥，你拥我挤再来个脚底下拌蒜的，只苦了弯着腰捡葫芦的金麻子，竟被混乱的人群挤倒在地挣扎不起，活活踩踏成了肉饼。

華会的队伍还没到，北马路上已经踩死一个卖野药的金麻子，又逮了一伙冒充出華的地痞无赖，小偷小摸的也没少抓，您说够多热闹？可咱把话说回来，这还够不上热闹的，大乱子还在后头呢，真正是"风云从地起，杀气动天来"！

2

众巡警刚刚把持住北马路上的秩序，辇会的队伍就到了。整个道队当中，顶数天后娘娘和玉皇爷的宝辇最高最大最扎眼，前有日照宝伞一具，伞上掐金走银、彩绣龙凤，下边垂着一圈五颜六色的飘带，还不是素的，从上到下绣满了吉祥话。仪仗配得也排场，前有"龙旗、门旗、茶棚旗、法鼓旗"，后有"金瓜斧钺朝天凳、旗罗伞盖节度鞭、提灯香炉如意钩"，两旁还有护驾的"天兵天将"。规模小的庙，车辇做得也小，但是为了争香火，一样的八仙过海各显其能。辇会的队伍中还有大批争奇斗绝的杂耍艺人，"跑旱船、唱侉戏、踩高跷、耍大幡、扮狗熊、唱梆子腔、翻跟头打把式的"应有尽有，不乏绝迹多年失传已久的玩意儿，老百姓称之为"耍会的"，都憋着劲等这一天亮相，恨不能把天津城闹翻了个儿！

"胡黄白柳灰"五路护城地仙的宝辇在头前引路，端坐于八抬宝辇上的不是神像，而是五个大活人，民间称为"香头"，一人抱着一个木头牌位，上刻仙家名讳，前有香炉蜡台，背后旌旗招展。前四队抬辇护驾的也出奇，一水儿的歪戴帽子斜瞪眼，穿着奇装异服，脚底下或是五鬼闹判，或是喜鹊登梅的刺绣大花鞋，绑腿上或插攮子、或插短斧，一个个撇舌咧嘴、耀武扬威，全是四大锅伙的混混儿。

四大锅伙看似井水不犯河水，实则素来不睦，明争暗斗下绊子，见了面抱拳拱手称兄道弟，背地里恨不能一口咬死谁，今天出辇不仅要讹钱，还都憋着找碴儿打架。纵然是混混儿，也不能打糊涂架，非得抓个茬口、找个由头，这才叫"师出有名"，而且围观的人越多越"露脸"，正可在辇会上了一了多年的积怨。

一众混混儿吆五喝六、面目狰狞，打着替大仙爷讨香火的旗号，明目张胆地讹钱。沿途路过的大小买卖家备齐了供奉，过来一个辇就得捐一份香火，光给钱还不行，卖什么还得拿点儿什么，谁敢不给，或者给少了，别说今后大仙爷不保你，眼前这些个混混儿你也惹不起！

真正的混混儿到了，巡警可就不管了，因为官厅也得在辇会上捞油水，花红和香火钱一多半要归官。老百姓没那么多闲钱拜辇，不必挨个捐香火，只拜自己用得着的、求得上的，比如说跑船的拜天后、鱼行拜龙王爷、杠房棺材铺拜城隍、打铁烧炭擀炮仗的拜火神爷、念书的拜文曲星君、练武的拜达摩祖师、行医号脉出方子的拜药王爷，偷坟掘墓吃臭的也得趁机拜一拜土地爷。

有道是"善财难舍"，又赶上天下大乱的年头，老百姓兜儿里不富裕，舍得磕头下拜却舍不得掏钱的大有人在。为了让沿途民众多捐香火，抬辇的必须使出绝活，行至人群密集处，不能走马灯似的这么过去了，走三步退两步，肩上使着劲把辇颤起来，恰似"狮子摇头虎奔岭、蛟龙探爪蟒翻身"，同时还能"换肩"，几十个人整齐划一，左肩换右肩、右肩换左肩。辇上神像也跟着一颠一颠地摇晃，神袍冠冕上下飘摆，真如同活的相仿。

在一阵阵山呼海啸的喝彩声中，开道的五路护城地仙宝辇行至北门附近，可以说这是最热闹，也是最容易出乱子的地方。在此当值的众巡警，心都提到嗓子眼儿了，恨不得让道队赶紧过去。怕什么来什么，就见人群中闪出一位，身背黄布的八卦乾坤袋、肩扛春秋大刀，单手叉腰挡住了宝辇的去路。在场的民众一看这可热闹了——有人截会！

不同于劫法场、劫皇纲，"截会"这个截字，是"拦截、截断、截胡"的截。抬辇的队伍长达数里，走到一处被人截下，无外乎三个原因：一是有钱有势的摆阔，辇会沿途的大商号、大买卖，为了在这一天

029

露脸，都得在自家门口搭起看台，头多少天下帖子，告知耍会的艺人，道队行至此处，单给主家演上一段，说行话叫"撂搭"。接了帖子的艺人必须亮家底、显绝活，有多大能耐使多大能耐，好让围观百姓和同行同业的瞧瞧，不是长个脑袋就能出会的。下帖的主家则在看台上摆设桌椅，备齐"大小八件、糖块果品、毛巾茶水"，呼朋唤友、携家带口，坐在台上一同看会。那能白看吗？前头这么一演，后边的队伍全得停下来等着，这是多大的排场？您瞧去吧，耍会的一人身上挂着一个绛紫色的香袋，专门收取打赏，大户人家给的赏钱，往往能顶他们一年的进项，这是一路截会的。

二是许过大愿的，打家出来走一步磕一个头，直磕到辇队跟前，褪去上衣光着膀子，当众用铁丝穿透肋条骨，再将一盏盏油灯往铁丝上挂，挂得越多越虔诚。据说最多的一次出在咸丰年间，截会之人挂了三十六盏铜灯，坠得身上血肉模糊，挂完灯还得点上，连熏带烫，一眨眼这人就熟了！

三是地方上拉破头的穷光棍，实在穷得不行了，又不想吃仓讹库跳宝案子捞点小钱，横竖是豁出一身皮肉、舍去一条贱命，倒不如在众目睽睽之下出来截会，跟五大香头抽死签，肩并肩下油锅、个顶个滚钉板，哪个香头不敢，你这一路上收的香火钱就得归他，还能够扬名露脸，这叫"武截会"。围观的一不能劝，二不能拦，三不能问为什么，毕竟他不是劫皇杠，更不是劫法场，截会不犯王法，官府尚且不管，你凭什么管？凭什么拦？他许的愿你替他还？他吃不上饭，你养着他？

兵来将挡、水来土掩，不论你是舍命的还是舍财的，既然站出来截会，那就得留下点儿什么。且说在场众人抬起头来举目观瞧，但见截会的这位中等身量，溜肩膀大肚子，一身青布裤褂稀松平常，脚下一双花鞋倒挺扎眼，懂行的一看便知，那是名号青云斋的"蚂蚁上山疙瘩底"，深脸儿带尾巴，鞋帮子上圈绣青云。以往有句老话儿"脚底下没鞋穷半截"，这是说有的主儿穷讲究，衣裳破旧不要紧，鞋上不能栽面儿，是爷不是爷，全看脚底下这双鞋了。看完了鞋再瞧来人相貌，抹子眉毛三角眼，两个锥子耳朵，脸上一点金光闪烁，比他这双鞋还扎眼，合着有个金鼻子。可着天津卫，趁这么件"摆设"的没别人，只有一位爷台——"金鼻子察五"！

老察家世代为官，有权有势财大气粗，是天津卫数得着的巨室。察五他爹察老爷膝下没仨没俩，就这一个宝疙瘩。相传他由打娘肚子一出来就撒尿，按老时年间的讲头儿，此乃败家子无疑。察老爷不信邪，仗着家里有的是银子，贴着墙根儿码到房梁，两溜屋子码不开，不怕儿子挥霍。但是钱养人，也害人，察五整天不学无术，长大了文不成武不就，到处拈花惹草，转着腰子使钱。常言道"树大招风风撼树，人为名高名丧人"。果不其然，有一次出门让土匪绑了，削下鼻子送到察府勒索赎金。最后人是赎出来了，鼻子却没了，落了个六根不全。

当爹的为了给儿子提气，找巧手匠人给他做了个金鼻子，看着挺体面，只不过躺下喘不上气儿，说话走不了鼻音儿，"噗囔噗囔"的怪声怪调。从此之后，"金鼻子察五"的名号传开了，成天顶着个金鼻子到处寻花问柳，出入于各大青楼绣帐。谁看了谁乐，听说过镶金牙、安琉璃眼的，换鼻子的可是闻所未闻，还得说人家有钱的主儿会捯饬。

后来大清国倒了台，察五他们家也落魄了，可他平时大手大脚惯了，从来不把钱当钱，仗着家里趁落儿，花钱依旧跟尿裤似的。再等爹娘一死，更没人管了，有这么个坑家败产的"散财童子"，纵然攒下一座金山也不够他挥霍。三两年的光景，家产地业当卖一空，在城南二道街赁了一处闲房安身，穿的金戴的银，纽襻上挂的玛瑙串儿、手心儿里盘的玉把件儿全卖了，只留下个金鼻子充门面。谁不知道这是个落魄的少爷羔子，肩不能担手不能提、四体不勤五谷不分，他敢来截会，这不是活腻了吗？

没等别人开口，北城四海锅伙里的混混儿先人一步，抬着"瘸四爷"的宝辇来到金鼻子跟前，辇上端坐的这位大爷人称"冯瘸子"，乃是胡家门一路香头。就见此人中等身材，脑袋上留着三七的分头，梳得油光锃亮，生了张大长脸，把豆腐坊的驴牵出来比上一比，都未必长得过他。两道斗鸡眉往上翘，两个八字眼往下垂，彼此之间似有什么深仇大恨，谁也不愿意挨着谁长，塌鼻梁翻鼻孔，地包天的薄嘴片子，甭提多寒碜了。尽管其貌不扬，却在清朝末年闯下了一个名号。

据坊间传言，冯瘸子本来不瘸。他出身贫苦，并无一技之长，做生意没本钱，扛大个儿又不认头，不得已出去卖咪儿开逛，当了个踩街的混混儿。身穿大裮敞胸露怀、足蹬兜跟窄腰圆口步鞋，上绣勾魂判官，故意把后鞋帮踩瘪了，趿拉着一走一趔趄。不过从不欺负良善，仗着穷命一条，摔打茬刺耍胳膊根儿，专讹设赌的宝局子。盯上一家宝局子，进门就押宝。一个宝盒一副宝籽儿，揭开来一翻两瞪眼，倾家荡产是它、吃香喝辣也是它。

冯瘸子穷光棍一个没什么钱，倒也不多押，一把几个大子儿，赢了拿上钱走人，输了就耍二皮脸滚刀肉，宁挨打不赔钱。如果开宝局子的敢打他，那可正中下怀。当混混儿没有怕挨打的，按照老时年间的规矩，宝局子可以往死了打他，只要他不走，这就等于讹上了，从此在墙上钉个钉子，宝局子每天给他挂一串铜钱，谓之"讨打拿挂钱"。

宝局子开门做生意，犯不上为了几个大子儿揍他，打出人命还得吃官司，打不死让他讹上更麻烦，只当打发要饭的了，睁一眼闭一眼不跟他一般见识，不过长此以往也不行，倘若大小混混儿都来这套，宝局子还怎么开？开宝局子的人使坏，跟他说："冯爷，您是耍人儿的英雄好汉，三刀六个眼儿、敢抽生死签儿，心狠胆硬没的说，整天讹我们聚赌抽头的小买卖人可不叫本事，真有能耐您上狐狸台子讹瘸四爷去！"

狐狸台子在城北郑家花园，以前也叫"狐狸庙"，可是看不见庙，只有个长满乱草的土堆。相传此处有个得了道的老狐狸，是受过皇封的"瘸四爷"。混混儿有混混儿的规矩，别人划下一条道儿，你接不住认了栽，往后再也甭想讹钱。冯瘸子自是不信邪，耍光棍的指这个吃饭，讹谁不是讹？慢说一个瘸腿的老狐狸，清明上坟讹孤魂野鬼、中元拜地官讹阎王爷、过年焚裱讹玉皇大帝，哪有他不敢讹的？

常言道"神鬼怕恶人"，冯瘸子找来女人用过的脏布，包上半头砖，夜里去到狐狸台子，看见狐狸就扔砖头。后来的事没人见过，反正据说狐仙爷也受不了这么讹人的，说理说不通，本就不是讲理来的，他又没杀生害命，总不能置他于死地。只得让他自己砸折一条腿，背上裹在黄布包袱中的"瘸四爷"牌位，再去押宝稳赢不输，押什么出什么，如有神助一般，宝官想做他都做不了，还真拿他没辙，哪条王法也没说押宝不能带牌位。可有一样，狐仙爷仅给他三枚铜钱做本，且在一天之内，仅能跟同一个宝官押一把，多一个钱也不能赢。虽说发不了大财，买不了房置不了地，可是城里城外这么多耍钱的地方，宝官多如牛毛，拖着瘸腿一天跑上几家，足够他吃喝。一来二去，"冯瘸子"这个外号叫响了，天津卫开宝局子的都知道有这么一位。他也挺知足，用押宝赢的钱买酒买肉，烧香磕头供着瘸四爷，所以在过去来说，当地有句老话"冯瘸子押宝——稳赢"！

咱再说巡城辇会当天，天津城五大仙家开道，供奉狐仙爷的冯瘸子，又是"胡黄白柳灰"五大家的先锋官，根本没把截会的放在眼里，端坐在宝辇之上，一手捧着木头牌位，一手点指察五的金鼻子："我说小五子，你是蛤蟆转的，还是王八变的？怎么就不长个眼眉呢？今儿个全神

033

出巡，你愣头磕脑地往这儿一戳，是拿自己当根葱啊，还是拿自己当头蒜啊？"

金鼻子察五不急不恼，打怀中掏出一个耍钱用的宝盒，三寸见方锃明瓦亮，有个名儿叫"四方城"，冲着冯瘸子晃了两晃，"稀棱棱、哗棱棱"作响。

冯瘸子一看就明白了，这是叫板的，准是听说了我的名号前来会我，当即说道："行啊！想不到你小子还是有备而来，咱把话说到头里，押宝可没有白押的，也别说我冯瘸子欺负人，我要是输了，抱着脑袋滚出天津卫，从此城里城外上角下角，哪儿见着我冯瘸子，老少爷们儿就在哪儿啐我；你要是输了，身不用动、膀不用摇，只需拧下你的金鼻子，给冯爷我盘着玩儿！"

3

此言一出，引得众人哄然大笑。这二位各不相让，划下道儿来当场比试。金鼻子坐庄，掏出一块羊毛擀成的宝毡，铺在地上代替宝案子，"稀里哗啦"摇动宝盒，随后当当正正撂在宝毡上。

冯瘸子捧着瘸四爷的牌位，下了宝辇走过去，腾出一只手，从怀里摸出三枚老钱，那是瘸四爷给他的本钱，从来没输过，这么多年拿手捻着，几乎捻成金的了，唰唰直冒光啊。他眼皮子都没抬，"啪"的一下，三枚老钱押在金鼻子的对门。拿混宝局子的行话说，这叫"押独红"，又叫"打孤丁"，宝盒里有个四四方方的宝籽儿，一侧刻着个月牙儿，涂着朱砂，开宝之后，看月牙儿冲着哪个方位，闲家押准了闲家赢，没押准就是庄家赢。宝盒在金鼻子手里，月牙儿冲着哪边自是一清二楚，可是冯瘸子先下注，四门随便押，押完了谁也不准再动宝盒。

旧时形容耍钱押宝之人，常说成"赌鬼"，因为赌场上都有鬼，双方斗心眼儿，看谁的鬼主意多。冯瘸子名声在外，天津卫的老少爷们儿谁不知道他逢赌必赢？压根儿也没把金鼻子放在眼里。只见金鼻子面露邪笑，"仓啷"一声揭开宝盒，周围的人们扯着脖子往地上看，宝籽儿上的月牙儿正冲着金鼻子！

冯瘸子脸色骤变，打死他也想不明白察五使了什么手彩儿，输给金鼻子事小，破了瘸四爷的仙法，往后还怎么押宝赢钱？不由得怒从心头起，咬牙切齿地指着金鼻子大骂："你用的是转心盒子跟头宝……敢跟瘸爷耍花活？今儿个非让你这眼青那眼绿，头上冒烟耳朵聋……我……我我……"没等他骂完，忽觉眼前发黑、头顶发凉，一口鲜血吐出来，翻身栽倒在地。

围观的人们一片哗然，四海锅伙的一众混混儿也觉脸上无光，灰溜溜地将宝辇往路旁一扔，抬上半死不活的冯瘸子，一哄而散跑没影儿了。

书中代言，天津卫的混混儿讲打讲闹，能吃这个亏吗？还真没辙，街面儿上的规矩比天大，许你出会，就许人家截会，定下如何比斗，输赢各安天命，哪怕过后再找去寻仇，当场也得认栽。

金鼻子察五哈哈一笑，上前抓起"瘸四爷"的牌位，扔到身后的黄布口袋里，又肩扛春秋大刀拦在道路正中，等着下一架宝辇过来。只听得有人挂着戏韵，提着丹田气高声喝骂："呔！大胆的鼠辈，竟敢在此放刁，还不于我马前受死！"

这话放在戏园子、书馆里听着不新鲜，眼下听着可扎耳朵，而且拐弯绕梁、拿腔作调，一般人想学都学不出这个味儿，这是谁呀？众人寻声观瞧，队伍里又出来一架宝辇，辇上这位五十多岁的年纪，中等身材，身上穿着件长袍，上边千疮百孔，全是窟窿眼子，底下没穿裤子，开气儿的地方露出两条光腿，七扭八拐的腿毛满都支棱着，脚上穿着草鞋，大秃脑壳子，一字横眉绿豆眼，塌鼻梁子薄片嘴，就这两片嘴唇，简直比刀刃儿还薄。抱着牌位歪着脑袋坐在辇上，挑眉眯眼、五官乱挪，非是旁人，正乃黄家门"黄三哥"的香头——磨剪子抢菜刀的闫老屁，天津卫七绝八怪之一。抬辇护辇的一众混混儿，皆为东城老悦锅伙里的"豪杰"。

谁都见过磨剪子磨刀的，又受累又挣不着钱的窝头儿买卖，平日里走街串巷，吆喝着"磨剪子嘞……抢菜刀……"，谁家剪子菜刀不锋利了，拿出来让他磨磨，给不了几个钱，这倒不出奇，他的手艺也不出众。闫老屁之所以在天津城称为一绝，全凭他这张嘴。那是黄三哥开过光的，唇如刀、舌似剑、吐沫星子赛砒霜，别的不会，最擅骂街，要多损有多损、要多脏有多脏，骂起人来如同连珠的小钢炮，一句紧着一句，舌头尖都能骂开了花儿，还不带重样的，但凡面子矮点、脸皮薄点的，听他骂上三句，就恨不能找个夜壶自尽去了。然而他专骂该骂之人，专卷不公之事，老百姓听他骂人，无不拍手称快。什么贪赃的老爷、枉法的大人，为富不仁的豪绅、欺压良善的恶霸，落在他嘴里，那算是倒了八辈子霉，必定让他骂个狗血淋头，不打几个铁箍把自家祖坟勒上，坟头都能让他骂裂了。

搁在过去，磨剪子抢菜刀的也算手艺人，肩膀头上扛着长凳，一端用破布条子绑着两块磨刀石，一块粗一块细，另一端挂着个破水桶，其余的像什么铲子、木槌、刷子、水布之类的零碎儿，全放在随身的小匣子里。闫老屁有黄三哥的护佑，虽然手艺稀松平常，却号称是天津卫这一行里的大拿，倘若跟别人一样，扛着那条"骑着不能走，走着不能骑"的长板凳，如何显得他与众不同？他一向是推着小车做买卖，车上除了磨刀的家什，茶壶茶碗手巾蒲扇也是一应俱全，等于告诉大家伙："我闫老屁不指着磨菜刀吃饭，纯粹是为了玩儿！"

天生人来疯的脾气，专找人多的地方干活，一边磨刀一边骂，手里使劲，口中发狠，五官乱挪，浑身跟着动弹，骂出来四六成句、有板有眼、满带辙口，高兴了还能倒板，闪一眼落在板上、闪一板落在眼上，唱了几十年板子的不见得有他这功夫。老百姓听着又出气又解恨，即使家里菜刀剪子不钝，也得拿出来磨磨，就为了听他骂人。他一个人磨刀，总有几十上百号围观叫好的，堪比三不管儿撂地卖艺的把式匠。

那么说闫老屁嘴这么脏，还专挑达官显贵骂，人家能不治他吗？尤其那个年月，有钱有势的收拾个穷光蛋，如同捏死一只臭虫，但是您别忘了那句话——光脚不怕穿鞋的，谁敢动他一个手指头，他立马往地上一躺，什么叫"瘟症热症伤寒症、跑肚拉稀大头瘟、鼠疮脖子臁疮腿、腰蒻砸背砍头疮"，有的没的全来了。就这么一块滚刀肉。挨骂的犯不上招惹一贴臭膏药，何况你再去找衅他，反倒显得心虚，让人觉得他骂对了。他还不止骂人，逮什么骂什么，鼓楼下边骂过铜钟、炮台上边骂过铁炮、铃铛阁里骂过铃铛、娘娘庙门口骂过旗杆……据说他站在船头上一开骂，鱼虾自己朝网里钻；站在草地里一开骂，野鸡野兔自己往夹子上撞；站在窑子门口一开骂，老鸨子都能从了良！

闫老屁这张臭嘴，拿来当痰盂都嫌腌臜，现下却正好派上用场，他见冯瘸子落荒而走，当即冲着察五一撇嘴："五爷，咱们远日无冤近日无仇，府上也没少照顾我生意，你我之间用不着拿刀动杖的，咱鼻子下边不是长个肉窟窿吗？对了，你那是放屁的，我这是说话的，你可给我听好了，我得让你知道知道，大褂没边儿——你是怎么揍出来的……"说话就要开卷，却见金鼻子察五面不改色，伸出手来凭空这么一攥，再看闫老屁这洋相可出大了，干张嘴说不出话来，如同被人掐住了嗓轴子，手脚乱蹬，眼珠子憋得通红，从辇上跌落在地，连滚带爬地跑了。

金鼻子察五连胜两场，上前拿过"黄三哥"的牌位，塞入自带的黄布口袋。便在此时，白家门"魏太公"的香头边有三到了，从驾辇上跳

037

了下来，手里牵着个五六岁的孩子，来到金鼻子跟前开口说道："姓察的，今儿个全神出巡，合城军民拜辇求福，你却从中搅闹，因为什么我不管，截会的规矩我可一清二楚，无非是亮亮绝活儿、比比手段，巧了，我边有三会这么一手玩意儿，看看你来得了吗？"

天津城五路地仙，分别保着东西南北中五个方位，魏太公的堂口设在西北角，由西城的老君锅伙出辇，香头边有三也是西北角的人，在药王庙旁边开着个小买卖，以卖羊肉粥为生。西北角药王庙那可是一等一的热闹地方，庙前立着一座牌楼，穿过牌楼有大片空地，全是推车卖小吃的，诸如切糕、茶汤、乌豆、羊杂之类，也有带门脸的铺眼儿，不乏卖出名号的老店，像什么穆记卷圈、杨家粉汤、寇记炸鱼、常家羊肉包子，几乎是家喻户晓，离着多老远就能让馋虫勾过来，从早到晚熙熙攘攘、人流不断。

那一带民风彪悍，学文的少、练武的多，不乏练得出众的，边有三正是其中翘楚，不仅卖羊肉粥，还擅长耍大幡，比把式场子常见的中幡大出一号，一丈多长的木头杆子碗口粗细，上边挑着布幡，绣着"国泰民安""五谷丰登"等字样，耍起来挂动风声、上下翻飞，那真叫"往上一扬龙摆尾、往下一落蟒翻身"，以此招揽买卖，捎带着人前显贵。

他有个儿子，据说吃过刺猬大仙给的定风丹，打小喜欢登梯爬高，五六岁的时候就能在大幡上翻跟头打把式，任凭边有三把大幡耍得左摇右晃，这小子怎么也掉不下来。爷儿俩的名声越传越大，成了西北角的一景儿，围在他父子俩摊位的主顾，一小半是为了喝羊肉粥，一多半则是为了开眼。

边有三身为一路香头，今天给巡城辇队开道，不是来耍大幡的，但这杆大幡他也带着了，让人举在宝辇后面，这是他的门面，没想到还真用上了。他叫人将大幡扛过来杵在地上，走过来单手握住，拉屁匡攥拳头——暗中使劲儿，晃臂膀这么一抖，大幡"呼啦"一下飞上肩，用不着手扶，亮个相稳若泰山，立时引来四面彩声。

这一手看似简单，实则不易，您承想，实心儿的木头杆子得有多重？换个人扛也扛不起来，人家一抖手就上了肩，这是多大的气力？上了肩还得立得住，没七八年的苦功夫，绝对来不了。

再看边有三耍开大幡，什么是"仙人指路、夜叉探海"，怎么叫"乌龙摆尾、凤舞九天"，带招带式、有说有讲，耍到兴头上，冲着儿子一递眼色。小孩点头会意，跟个活猴儿相仿，"噌噌噌"几下，连蹿带蹦上了幡顶，摆出一个金鸡独立的架势。这孩子长得白白净净、虎头虎脑，下身水绿色的绸子裤，上身裹着个红布兜兜，远看跟个水萝卜似的，脑袋上用红绒绳一左一右扎着两个小抓髻，大眼睛长睫毛，"忽闪忽闪"直眨巴，太招人喜欢了。冲着众人抱了抱拳，身形一晃翻起了跟头，看得人眼花缭乱，分不清哪是头哪是脚了。边有三也没闲着，兜着大幡左右手交替，围着身子打转，惹得众人拼命喝彩，恨不能把巴掌拍肿了，哪怕回家再贴膏药，那都值了。

金鼻子察五眼皮都没抬，伸手从地上捡起一根草棍儿，往自己的鼻孔中逗弄，装模作样打出个喷嚏，大幡顶上的边家少爷竟如同中了风邪，全身上下抖若筛糠，哪还稳得住身形？大头朝下跌了下来。边有三大吃一惊，忙扔下大幡伸手去接。万幸的是大幡没砸着旁人，爷儿俩一同跌倒，孩子的后脑勺磕在一块石头子儿上，呼呼直冒血，给边有三心疼坏了，抱着儿子撒腿如飞去找郎中，"魏太公"的木头牌位又被金鼻子收入囊中。

周围看热闹的也瞧出来了，金鼻子多半是冲着五路地仙来的，合该五路香头倒灶，来一个让他收拾一个。本来也是，江山还轮流坐呢，凭什么你们身不动膀不摇，就受着香火享着供奉？

老百姓看热闹不嫌事儿大，鸡一嘴鸭一嘴怎么说的都有，其余的两

039

家脸上可挂不住了，南城九如锅伙的一众混混儿，抬着柳家门"封五娘"的宝辇冲了过来，辇上坐定的香头名叫袁疯子，年纪在个五十岁开外，头上说黑不黑、说白不白，前额凹下一块，一脑袋稀疏的黄毛，全贴在头皮上，根根露肉、条条透风，抓起来往上梳成个发纂儿。鹰钩鼻子蛤蟆眼，挺大个嘴岔子。无论什么时候，总穿着件花里胡哨的破袍子，是用碎布头拼成的，在当时这可让人笑话，怎么呢？天津卫管这种衣裳叫"百家衣"，过去谁家生了孩子，家里人就到周围邻居家要零碎布头，东拼西凑穿针引线缝在一起，给孩子做衣服或做被面。按着民间的说法，穿百家衣的孩子容易养活，但是甭说大人，孩子一会走路这衣裳就不穿了，所以街面上挖苦人经常说这么句话叫"百家衣还没脱了，就敢出来撒野"，可对袁疯子而言，这件破袍子却是他的"招牌"，从不换洗。

袁疯子打下生就疯，相传其母临盆之际，院子里来了条碗口粗细的大长虫，盘在屋门口不走。他爹怕这东西伤人，一铁锨拍在蛇头上，才算把它惊走。与此同时，袁疯子也生下来了，周身上下挺囫囵，只有脑门子瘪了一块，跟他爹拍蛇头的位置一样。邻居的婶子大娘都说，这孩子是蛇仙选中的弟子。他长大了之后整天疯疯癫癫、喜怒无常，说出话来前言不搭后语，却有一身缩骨的绝活儿，也没人教给，浑身上下大小骨头节都能挪能动，说摘胳膊摘胳膊、说摘大腿摘大腿，常年在南门口撂地做生意。跑江湖卖艺的当中，也有些个人会这手儿，可都没袁疯子的本事大。据他自己说，他得过老长虫精"封五娘"的仙传！

4

袁疯子身边有这么几件家伙：一个是小铁圈，多说尺许宽，他可以从里边钻过去；再一个是小孩儿衣裳，三岁孩子穿的，袁疯子缩了骨，能够穿上衣裳系上扣儿；另有一个二尺见方的木头匣子，用白茬木头板子钉成，四面挖几个出气儿的窟窿，他整个人钻到匣子里，还能唱上一段皮黄，嗓子那个宽、调门儿那个高，戏台上的名角绷着架子提着气也未必唱得上去，他居然可以窝在匣子里唱出来，这还不叫绝活儿吗？

　　撞上截会的，袁疯子也要显显能耐，叫人把自己的小匣子拿过来，耸耸肩、转转腿，"嘎巴嘎巴"几声脆响，该摘的骨头节就摘下来了，低着头窝着脖子钻到匣子里，又吩咐人合上盖子，在里边"咿咿呀呀"唱了起来。察五抱着肩膀、摇头晃脑听了两句，点着头说："行，有点儿意思，不过调门儿太低了，来来来，五爷给你往上长长！"说完拉着长音高叫一声："诶——好！"常听戏的您该知道，园子里叫倒好的才这么喊，喊完了这边一"嗵"那边一"噹"，台底下兜着四个角一起哄，台上的戏子就得抱着脑袋滚下去。

　　察五冲着小木匣子叫了这么一声倒好，里边袁疯子当时就"长夯"了，调门儿一下蹿上了天，可是荒腔走板，听不出个字眼儿。有人侧着耳朵细听，坏了，敢情不是唱戏，袁疯子在里边直学猴儿叫唤！

　　护辇的混混儿们慌了手脚，赶紧找来斧子，劈开木匣将人拎出来，只见奄奄一息的袁疯子全身上下骨断筋折，跟个耷拉爪儿的螃蟹相仿，仅剩下一口气儿了！

　　不表混混儿们怎么抬走袁疯子，单说金鼻子察五，接连收走了"胡黄白柳"四大仙家的牌位，这一来可惹恼了灰家门的香头黄治安。论起来，黄治安乃五路香头之首，在天津城鼓楼下供奉着"耗子大仙灰二姑"，信众无数，香火最盛。此人长得五大三粗、豹头环眼，心地耿直，专好打抱不平，"治安"是本名还是绰号无人知晓。相传他早年间逃荒至此，为了一口饭吃，干上了倒脏土的行当。

　　在过去来说，倒脏土甚至不如讨饭的乞丐，天不亮就得进城，走大街串小巷，将人家堆放在门口的脏土铲到木头车上收走。脏土是个笼统的说法，像什么碎肠子、烂肚子、娄西瓜、馊馒头、炉灰渣滓……凡是垃圾，全归倒脏土的收拾。干这个活又脏又臭，吃苦受累是免不了的，更无片瓦遮身，跟大多数穷苦人一样，用木头棍在臭水沟旁边搭个架子窝棚，秫秸篱笆做墙身，外边再抹上泥，顶上铺一层草帘子，来俩蛤蟆撒泡尿就能给冲倒了，赶上阴天下雨，窝棚内外污水横流，找不着下脚的地方。可是不管怎么说，倒脏土也是诸行百业中的一个行当，既是行当，便有行会、行规，规矩也不少，首先不能进人家院子，你那双鞋天天在脏土堆臭水坑踩来踩去，进院给人家来上两脚，半个月散不了味儿，那不是招人家腻歪吗？再一个，甭管你跟这家多熟，也不能直呼人家的名讳，以往那个年头，倒脏土的低人一等，别人的名姓从你嘴里说出来，会让人觉得晦气。还要在小推车上挂个铜铃铛，一走一动"叮叮当当"直响，提示行人闪避，以免蹭上一身。

正所谓"人无头不走、鸟无头不飞"，行帮各派都少不了当家主事之人。倒脏土的也有把头，在这个行当里说一不二。黄治安一个外地逃荒而来的穷汉，机缘巧合得了耗子大仙保佑，又凭着为人耿直仗义，当上了倒脏土的把头，九河下梢这么多拾毛篮的倒脏土的全归他管。

人头儿多势力就大，又都是靠力气吃饭的苦力，真要叫起板来，官面儿上都不敢惹，他却告诉手底下这些倒脏土的，咱们人穷志不短，仗势欺人不行，更不能干小偷小摸、顺手牵羊的事儿，不仅如此，撞见鸡鸣狗盗之辈，该管咱也得管。

黄治安身为行会大把头，不必亲自去倒脏土，闲来无事就在鼓楼底下耍耗子，他身旁放个大口袋，背倚大树往地上一坐，摇头哼唱："雨顺风调世界宁，仁宗继统政宽仁。万民鼓舞欢明盛，四海笙箫奏太平。歌五袴，乐丰盈，谁知五鼠降凡尘。君臣溷乱难分辨，玉面猫来判假真。"等到围观的人聚多了，他接着唱道："大爷姓卢单名芳，家住松江卢家庄，紫面长髯身魁伟，器宇不凡声洪亮。从小练就钻天术，江湖之内威名广，寿山福海献绝艺，御封六品校尉郎。"看热闹的人一听这几句词，都知道他在说《三侠五义》中"五鼠"之首卢芳卢大爷，这个书可好，五只"耗子"身怀绝技，除暴安良、行侠仗义，听着特别上瘾，说多少遍都有人爱听。话音未落，黄治安身旁的口袋里"嗖"的一下钻出个大耗子，足够两巴掌长，背上系着个青布小斗篷，两个前爪一抱，好似给众人行了个礼，紧接着调转身形，三下五下蹿上黄治安身后的大树，敢情这便是"钻天鼠卢芳"！

围观众人一阵喝彩，黄治安接着唱赞："二爷韩彰本领奇，探地埋雷无人及，疾恶如仇行侠义，力猛刀沉好身手……"又从口袋里掏出来一只耗子，黄面黄须，身量细长，短衣襟小打扮，真跟书里的彻地鼠韩彰有几分相似，两个前爪交替刨地，再没见过这么利索的，眨眼之间打出个地洞，"刺溜"一下钻进去，然后探出个小脑袋，搭着两个前爪，如同给众人抱拳行礼。接下来是"穿山鼠徐庆"和"翻江鼠蒋平"，逐一亮过绝活儿，才轮到"压轴的角儿"登场，只见黄治安不慌不忙，清了清嗓音，开口唱道："陷空五义美名扬，英雄当属白玉堂，习得惊人文武艺，心高气傲少年狂；万寿山前祭钢刀，忠烈祠内逞英豪，太师府里惩二妾，开封府中盗三宝；留刀寄简鸣不平，奇门遁甲困御猫，赤堤墩下捉水怪，侠肝义胆闯冲霄！"他那个口袋中白影一闪，"锦毛鼠白玉堂"登场亮相，身上与雪缎子相仿，没有半根杂毛，透着目空一切的派头儿。等到"白五爷"翻上一串跟头，赚足了彩头，黄治安已将三根草棍插在地上，随即一招手，让五只耗子列成一排，前爪抱、后腿伏，齐刷刷对着草棍下拜，这一段叫作《陷空岛五鼠结义》。

人们在评书中听过、戏台上看过，可没有耗子演的。黄治安耍耗子也不止《陷空岛五鼠结义》这一出，还有"白玉堂三试颜查散、彻地鼠恩救二公差、翻江鼠智擒花蝴蝶、通天窟摆阵憋御猫、锦毛鼠三探冲霄楼"，等等，真可以说层出不穷。这么出奇的玩意儿，天津卫的老少爷们儿能不舍得掏钱吗？解了闷儿开了心，回去挨饿也乐意，就这么捧！

如此一来，市井奇人黄治安不仅挣了钱，也闯出了名号，在七绝八怪中称为一绝，他行得正坐得端，管着倒脏土的行会，拜着坐镇鼓楼的耗子大仙，又有几分侠义心肠，专好打抱不平，常替穷哥们儿出头，官厅大老爷都得给他几分面子。这么个眼里不揉沙子的主儿，怎容金鼻子撒野，跳下辇来破口大骂："小兔崽子，甭装神弄鬼，什么亮绝活、比能耐，黄某人一概没有。你一百多斤一身肉，我也一百多斤一身肉，今天咱俩拿这一身肉比画比画！"

黄治安嘴上放着狠话，心下可也纳闷儿，怎么呢？他对天津卫人头地面儿最熟，不是不知道金鼻子察五的来头，大户人家的少爷羔子一个，打小养尊处优，衣来伸手饭来张口，从不懂为人处世之道，扔大街上比个傻子强不了多少。今天却不一样，面带邪笑、目露凶光，就跟变了个人似的。可他黄治安不是软面儿捏的，有耗子大仙护佑不说，这么多年混迹市井、闯荡江湖，一个金鼻子察五还入不了他的眼目。何况前边的四路香头已然栽了，如若他再折一阵，天津卫五路地仙颜面扫地，巡城辇会还办不办了？念及此处太阳穴暴筋、赤脉灌睛，纵身跃下宝辇，冲上去跟金鼻子豁命！

再看金鼻子察五，一不急二不恼，将肩上的春秋大刀卸下来往地上一戳，无端刮起一阵狂风，播土扬尘、飞沙走石，霎时间天昏地暗、白昼无光，如同虎至一般，惊得在场众人四纷五落，彼此不能相顾。

那阵风来得疾去得也快，等到风过去，人们睁眼一看，可了不得了，黄治安竟被活生生一劈两半，肠子肚子零七八碎流了一地，抡刀杀人的金鼻子察五踪迹全无，耗子大仙的牌位也不见了！

看会的人群立时炸开了锅，有哭的、有叫的、有跑的、有闹的，也有小偷小摸趁机找便宜的，人马杂沓，乱作了一团。原本抱着肩膀看热闹的巡警也慌了，争勇斗狠不要紧，出了人命可不行，这跟先前让人踩死的金麻子不一样，那是意外保不齐，这是歹人行凶，光天化日朗朗乾坤的，刀劈活人还了得？一边吹着铜哨疏散人群，一边拦住后边的车辇别往前走了。想走也走不成，血刺呼啦一地零碎儿，谁还敢往这边来？

黄治安一死不要紧，天津城里可乱了套。兴师动众的巡城辇会，刚出来就让人截了会，还搭上一条人命，死的这个人又是行会把头。那些个倒脏土的全不干了，都说金鼻子以邪法害死了黄治安，在场这么多巡警瞪眼看着，难不成你们都是吃干饭的？不拿穷哥们儿弟兄当人看是吗？

巡警唯恐他们闹事，赶紧放空枪、吹口哨，抡着警棍上前弹压。一众倒脏土的以往没少受巡警欺负，眼下仗着人多势众又占着理，一个个义愤填膺，压不住满腔怒火，带着家伙的抄家伙，没带家伙的砖头瓦块有什么是什么。双方打得头破血流、人仰马翻，斧把、板砖满天乱飞，看热闹的老百姓和周围住户全跟着遭了殃。

官面上为了息事宁人，不得不偃旗息鼓，玉皇会草草收场，各路神佛也甭巡城了，队头改队尾，队尾变队头，怎么抬出来的怎么抬回去。本想借着辇会稳定民心，没想到弄巧成拙，谣言传得更厉害了，不知金鼻子这个破落户，得了什么旁门左道的邪法，敢挡诸天神佛的驾辇，还抢走了五路护城地仙的牌位，玉皇爷都不敢动他！

事儿闹得再大，于老百姓来说也只是茶余饭后的谈资，吃饱了垫牙玩儿的，一众倒脏土的却不肯善罢甘休，脏土也不倒了，聚集了七八百号人，抬着黄治安的两截尸首，堵在巡警总局门前破口大骂，逼迫官厅捉拿凶手给黄治安偿命。

当官的干瞪眼没咒念，因为旧社会的天津卫是码头文化——行规大于王法。官有官法，民有民约，不论哪行哪业，均有帮派行会把持，闹起来没有怕官的。别看倒脏土的属于最底层，一旦行会有令，说了不许倒脏土，谁敢接着干？官厅权力再大，也拿他们没辙。正热的时候，一连几天没人倒脏土，城里城外垃圾成堆、蚊蝇扑脸、臭气熏天、路断人行，上到官厅大老爷，下至平民百姓，谁也出不了门。

華会上出了这么大的乱子，再加上倒脏土的闹事，天津城五河八乡巡警总局上上下下都觉得脸上无光，也恨不得拿住金鼻子平息事态。因此调动了大批警力，在各处严密排查。本以为手到擒来，可也奇怪，任凭巡警们逐门逐户地排查，搜遍了天津城犄角旮旯，腿儿都快跑断了，却不知金鼻子钻到哪个耗子洞里去了，到处找不着人。

最后迫于无奈，恳请天津城四大锅伙的四位"寨主爷"出面，又搬来行帮各派的几位元老，在归贾胡同的聚兴成包了一层楼，再把倒脏土当中说话管点用的，请出这么二三十位，双方坐下来商量，这叫"江湖事、江湖断"。说定了暂时各让一步，官厅尽快破案，并且开出了花红悬赏，赏钱由行会筹措，数额之大前所未有，都快顶着天了：拿住活的三千、逮着死的两千，提供线索的也有一千块。倒脏土的先拣双日子干活儿，几时抓到金鼻子，将凶手正了法，再恢复正常，一天倒两趟脏土。

整个天津城都在通缉金鼻子察五，缉拿队的飞毛腿刘横顺也不可能置身事外。论起捕盗拿贼，刘横顺排第二，天津卫没人敢认第一，落在他手上的贼人不计其数。六月二十三金鼻子截会那一天，刘横顺被安排在南门布防，没赶上北马路的乱子，否则岂容金鼻子趁乱脱身？

老百姓之间也说"金鼻子得了妖术邪法，若想擒拿此人，非得是追凶擒贼的飞毛腿不可"。五河八乡巡警总局顺水推舟，干脆将这条"湿棉裤"扔给了缉拿队，让刘横顺火速捉拿金鼻子归案！

第三章　城隍小先生

1

金鼻子察五截会行凶,刀劈七绝八怪之一倒脏土的黄治安,抢走了五路护城地仙的牌位,一来一往如入无人之境,真可谓猖狂至极。不止倒脏土的不依不饶,五大仙家的信众也不干了,没了牌位还怎么烧香磕头?一时间人心惶惶,都说金鼻子放着那么多香火钱不拿,单单夺去"胡黄白柳灰"的牌位,必然会兴妖作怪,而且肯定没外逃,为什么呢?一方水土一方人、一路香火一路神,离开了天津城,他那五个小木头牌子什么用都没有。当官的也挺损,借着老百姓的嘴,给刘横顺扣了一顶高帽子,指定他去抓金鼻子!

天津卫城厢内外千街万巷,河沽岔港樯橹如林,地方又大,人口又多,单找一个金鼻子,无异于大海捞针。不过刘横顺不仅是火神庙警察所的巡官,也在缉拿队当差,捕盗拿贼的耳目最广,五行八作没有不熟的,茶馆、妓院、饭庄子、戏园子,包括倒脏土的、拾毛篮的,乃至于沿街乞讨的叫花子,到处有他的眼线。真要说拿谁,除非此人远走高飞,离开九河下梢,否则没有拿不着的。再有一节,刘横顺与倒脏土的黄治安交情不浅,不将凶手绳之以法,对不起沉冤待雪的朋友。且听坊间传言——截会的金鼻子与收尸埋骨的李老道臭味相投,二人常在一处厮混。前一阵子,李老道在刘横顺的眼皮子底下瞒天过海,先后敛去魔古道九条阴魂,还盗走了白骨菩萨,不拿脑袋想也知道——准是没憋好屁,于公于私于情于理,他也不能放过金鼻子!

闲言少叙,且说刘横顺在巡警总局领了差事,一方面撒开耳目,另一方面也要踩街察访。转天一早,他换了便装,穿一件灰色夏布长衫,大襟上别着钢笔,巴拿马草帽遮住半张脸,脚下皂鞋白袜,暗藏金瓜流星,短枪掖在裤腰带上,手里拿着个小本子,出门直奔南城二道街——金鼻子落魄之后、截会之前,一直居住于此。尽管案发之后,早已经人去屋空,巡警总局的人也多次搜查过,可刘横顺信不过那伙酒囊饭袋,自称是小报记者,打算写一篇金鼻子的奇闻异事,寻着左邻右舍挨个扫听。

不问不知道,金鼻子的名头太响了,二道街一带的居民住户,亦或随便一个扫大街的、收破烂的、开杂货铺的,甭管大人小孩,一提金鼻子没有不认识的,因为五爷的鼻子太惹眼了,出门在外一走,真可以说明晃晃夺人的二目,称得起二道街一景儿。但是街坊四邻也只说得出他怎么败家、怎么挥霍、怎么人塌架子不倒……至于为什么截会,为什么抢夺五路地仙的牌位,之后藏到了什么地方,究竟是海走天涯外漂了,还是仍躲在九河下梢,却又没人说得出个子丑寅卯了。

刘横顺耐着性子打听了一天,急出一身热汗,费了半斤唾沫星子,没问出一句有用的。估摸金鼻子十有八九是外逃了,纵然带着官厅的批票去外方缉拿,也得知道此人躲在什么地方,那才不至于扑空。

眼瞅着下黑了,二道街两侧的商号铺户陆陆续续关门上板,又有不少推车挑担卖夜宵的小贩,挂上煤油灯,支开摊子做生意。二道街一带堪称旺地,不仅四通八达,离着南市也不远。当时的电影院、戏园子、落子馆、书场子大多集中于南市,住在老城里或是北门外的人们消遣完了往家走,势必经过此地,人多自然买卖兴旺,顺理成章地变成了消夜一条街。推车挑担的摊位一个挨一个,桌椅板凳连成了片。

其中有个小贩,操着一嘴外地口音招呼刘横顺:"先生先生,来来来,喝一碗馄饨再走!"刘横顺忙活了一整天,没顾得上吃饭,逮不着金鼻子,看什么他也没胃口,冲卖馄饨的一摆手:"不饿。"卖馄饨的也挺能逗闷子,嬉皮笑脸地说:"大晚不晌儿的,咋可能不饿呢?人是铁饭是钢,一顿不吃心发慌;人是泥饭是土,两顿不吃心发堵;人是水饭是盆,三顿不吃心发沉;人是爹饭是娘,四顿不吃软叮当……"刘横顺没心思听卖馄饨的耍贫嘴:"真不饿。"卖馄饨的追上来一把拽住:"针不饿?针不饿线还饿呢,来来来,照顾照顾小人的生意!"

有道是"抬手不打笑脸人",人家话都说到这个份儿上了,刘横顺也不便推托,打眼一看,小贩卖的还不是天津卫本地馄饨。要说本地卖馄饨的可不少,有馅儿大的、有馅儿小的,煮馄饨得用骨头棒子吊汤,一根骨头棒子用三天,煮透了也舍不得扔,撕下来的碎肉,拌上香油、酱油、辣椒油,再来点儿蒜末、抓上一捏芫荽,便是一盘下酒的拆骨肉。如果没有这盘拆骨肉,人家准得说你的馄饨汤不地道。清真贵教不说馄饨,唤为"菱角汤",有牛肉馅儿也有羊肉馅儿。另有一种素馅儿馄饨,汤也是清汤,吃的是个清爽。在二道街卖馄饨的小贩,一年前才打外埠逃难过来,凭着独一门的手艺,摆了个馄饨摊子,只做天黑之后的夜宵,故此又叫"挑灯馄饨"。

他煮馄饨与天津本地的不同,拿鸡架子吊汤,用不着放紫菜、虾皮、冬菜,别有一番鲜味儿。另有一手绝活,在馄饨碗里抓上一把鸡丝,为了省料，薄削窄剁，切得细如发丝，却是连皮带肉有肥有瘦。万不可小瞧这手儿，着实不容易。 谁没吃过鸡丝呢？拌凉菜的也好、做热炒的也罢，无外乎去了皮的鸡肉，不怕麻烦的用刀切，懒得切拿手撕也行，每一条都带皮的鸡丝可太少见了，鸡皮又韧又油，这玩意儿滚刀啊，没两下子绝对切不了这么利索。 说悬点儿，"八大成"墩儿上的师傅也未必有他这个手艺。 而且只用不足十个月的小母鸡，鸡胸口人字骨还是软的，肉质鲜嫩不说，皮下还满是黄澄澄的肥油，炖时飞水去腥、葱姜增味，吃到嘴里不干不柴，滑嫩鲜美，回味无穷。

兜里富裕的食客不在乎多掏俩，让小贩往馄饨碗里多抓点鸡丝，或是单切一小盘儿，配上一小碟混着蒜末辣椒的蘸料，这么吃更解馋。 当然了，吃的档次不同，价格也不一样。 最贵的是一大碗馄饨抓一大把鸡丝，卧两个鸡蛋，再配一碟子鸡丝；中间一档卧一个鸡蛋，抓一把鸡丝；最低档的鸡蛋省了，只捏一小把鸡丝，一样是物美价廉。 凭着实打实的味道，鸡丝馄饨渐渐叫响了名头，不单老百姓喜欢吃，那些个有钱的商贾、趁落儿的富户，乃至脑袋上顶着衔儿的官老爷，吃腻了大碟子大碗的山珍海味，也时不常地过来光顾。

卖馄饨的小贩今天刚把摊子支稳当，做惯了小买卖的人，刚开张想图个吉利、拉个主顾，于是厚着脸皮，死乞白赖地缠着刘横顺。 刘横顺本不打算吃，可是闻着味儿还挺香，出来办了一天的差事，回去也得吃饭。 索性在摊子前落了座，要了一碗馄饨，一盘鸡丝，再打两个酒。

馄饨摊子上有散酒，搁在坛子里用酒提子打，一提子二两，倾在一个白瓷杯里，这叫"一个酒"。 两个酒相当于四两。 刘横顺的酒量不小，半斤八两漱漱口，一斤二斤照样走，喝得越多脚底下越快，喝上几两无非解解渴、歇歇乏。

带馅儿的吃食搁不住，晌午包出来晚上再煮，馄饨皮儿就塌了，下了锅准破，吃到嘴里也黏糊，最好是现包现煮，无奈卖鸡丝馄饨的小贩一个人干买卖，忙不过来怎么办呢？馄饨摊子上有个小木头柜子，上边插着几排小抽屉，趁着刚出摊食客还少，赶紧多包几个，提前放入抽屉，一个抽屉里十二个馄饨，刚好是一碗，撒上干面粉，不沾不坨，还不落土。有人来吃馄饨，押出小抽屉往锅里一倒就齐活了。卖馄饨的小贩招呼刘横顺坐定，忙不迭煮了一碗，连同酒菜端到刘横顺面前："来喽！大碗的鸡丝儿馄饨，您了慢用！"他这一嗓子声音传出老远，既显着生意红火，又等同于吆喝叫卖。

虽说"一烫顶三鲜"，可是天热得跟蒸笼一样，刚出锅的馄饨实在下不去嘴，刘横顺先将馄饨碗扒拉到旁边凉着，端起三合油浇到鸡丝上拌匀了，夹一筷子搁嘴里尝了尝，滑滑溜溜、凉凉丝丝，当真说得过去。他一边吃着喝着，一边寻思着如何去找金鼻子。

馄饨摊子上零卖的散酒货真价实，是从大直沽烧锅作坊进的货，那一带有"六塘八湾"之说，河湾水塘边全是烧锅酒坊，由于河水不干净，都得在旱地上打井汲水，以上等高粱米发酵蒸馏，三斤粮食才出一斤酒。虽说干小买卖的大多有偷手，所谓"紧打酒、慢打油"，拎酒提子的手快，离了歪斜往白瓷杯里一倒，二两就变一两半了，但是烧锅酒力气大，不暴不辣、不酸不涩，上头上得快，主要给拉车的、扛大个儿、打铁的喝，全靠这个拿人了。寻常的老酒，喝上半斤八两才过瘾，这样的散酒喝一个足能解恨。刘横顺不知不觉喝下两个酒，仍是捋不清头绪。

夜色渐深，馄饨摊子前陆陆续续来了不少食客，形形色色打扮各异，有刚听完戏往家走的，穿的干净戴的讲究，摇头晃脑哼着二黄散板；有出来遛弯儿被香味勾来的，已经跟家吃过晚饭了，馋虫逗上来还得再找补一口，也不着急回去，慢慢悠悠地边吃边咂摸滋味儿；有下了工饿得前胸贴后背的，从自己怀里掏出个屉布包，里边裹着半张烤饼，不等馄饨上桌，那就先啃上了；也有拉洋车、赶骡子的，逮个没活儿的当口，抹着脑袋上的汗珠子吃点东西，吃完了还得接着奔命去。小贩忙而不乱，嘴里招呼着主顾，手底下煮着馄饨，腾出工夫还要包几屉预备着。眼睛也得勤看着，干这行的不能拿手接钱，免得招人膈应，要让吃主儿自己往匣子里扔钱，谁吃了多少该给多少，他都得看在眼里，真有趁着天黑拿瓶子盖儿充铜钱的，不盯紧了可不行。

便在此时，溜达来一位阔主儿，五十多岁颌下无须，脸上细皮嫩肉，一没疤癞二没褶子，连个麻子点儿也没有。长得白白胖胖挺富态，穿着华贵，从头到脚透着有钱，一身薄纺裤褂，裁剪得十分合体，衣襟上坠着半截金灿灿的怀表链子，右手掌心托着俩铁球，正经的保定空心铁球，浑然一体，看不出半点接头儿，只不过没有武把式玩的那么大，握在手中不费力气，为的是舒筋活血。且非光面儿素球，嵌着掐丝珐琅彩的鸾凤和鸣，两只铁球一鸾一凤，内里的钢胆响动一声高一声低，拿内行话说这叫"一公一母"，揉起来"咣里咣当"有扬有抑、清脆悦耳，绝对是上档次的玩意儿。

阔主儿踱着四方步走到馄饨挑子前，稳稳当当一站，一口地道的京片子，小细嗓儿慢条斯理："咱手底下人吃过你的馄饨，回去念叨了俩月，好悬没夸上天去，三说五说不要紧，倒把咱的馋虫勾上来了，高低也得尝尝啊，得嘞，给咱来一碗儿吧！"

卖馄饨的龇着牙咧嘴嘴，点头哈腰把这位爷让到桌前，问明白吃什么，扭身拉开一个小抽屉，刚要拿馄饨往锅里倒，阔主儿又发话了："慢着，咱不要这包好的，现给咱包一大碗，加俩卧果儿！"店大欺客、客大欺店，小商小贩哪惹得起财大气粗的阔主儿？不敢废话，麻利儿地包上了。正所谓"久练生熟、熟能生巧"，卖馄饨的手底下太利索了，左手抓皮儿、右手抹馅儿，捏得了手腕子一翻，雪片般的馄饨一个接一个飞到锅里，眨眼间飞下去十二个，拿笊篱一搅满锅乱转。

阔主儿一挑大拇指，称赞道："嘿，好手艺！"小贩点头赔笑，又往翻花冒泡的汤锅里卧了两个鸡蛋，煮开了稍微沉一会儿就捞，不能让鸡蛋黄煮老了，得带着糖心儿。盛在一个大海碗中，抓上一把切好的鸡丝，攥过几根洗干净的小葱，顺着葱尾拿剪子"咔嚓咔嚓"剪了几撮儿葱花，鲜鲜亮亮端上桌来，顺口一声吆喝："来喽，大碗的馄饨卧鸡蛋，香菜辣油桌上有，您先凉凉，我再给您切一盘鸡丝去！"

阔主儿本来笑眯眯的一脸和善，听完小贩这句话，先是打了一个愣，紧跟着"啪嚓"一下，脸儿可就掉下来了，多亏有脚面接着，否则准得砸出一个大坑。敢情这位是前朝的老太监，最忌讳听"鸡蛋"二字。当场勃然大怒，一脚踢翻小桌，碗筷吃食稀里哗啦撒落一地。

卖馄饨小贩吓了一跳："大爷，您……您这是干什么？"阔主儿怒不可遏，哆里哆嗦指着小贩鼻子骂道："甭跟我装洋蒜，干什么？我看你是存心找打！"卖馄饨小贩的脾气本来就柴，一听这话也急眼了："我没招你没惹你，凭什么踹我桌子？"阔主儿不依不饶，蹦着脚儿嚷嚷："挨千刀的猴儿崽子，浑不吝的玩意儿，贴着人鼻子尖儿放响屁啊，姓祁的没受过这个，我非把你的买卖搅和黄了不可！"

俩人越说火儿越大，不知道谁先动的手，揪领子掐脖子一通撕扯，当街扭作一团。小贩被扯掉了半截袖子，阔主儿的铁球也脱手了，折腾得满头大汗。只不过他们俩不会打野架，轱辘了半天难分高下，谁也奈何不了谁。有几个吃馄饨的食客账都没结，趁乱跑了，也有人躲一旁看热闹，又怕撞翻了馄饨锅烫着自己。只有刘横顺稳如泰山，眼皮都没抬，大街上蹬鞋踩袜子口角几句，小小不言的纠纷，哪怕动了手也掀不起多大风浪，他可没心思管这个闲事。

但是天津卫好管闲事的人太多了，馄饨摊子前这么一乱，立时围拢上来不少看热闹儿的，大多是在家门口乘凉的男女老少，拽着这个拦着那个，七嘴八舌地劝架。不劝还好，越劝那二人越来劲，公说公有理、婆说婆有理，一个乡下口音、一个高门细嗓，都恨不得把对方的话压下去。

刘横顺这才听明白，原来那位阔主儿是城里有名有号的富户祁老爷，最是乐善好施、广舍善财，常送米面油茶给穷苦人家，向来与世无争，本地人称之为"祁大善人"，当着面却不敢这么称呼，只能叫祁老爷，毕竟他是个真"骟人"！

2

祁老爷生在直隶省南皮县，家里穷得揭不开锅，长到七八岁的时候，眼看快饿死了，他爹不得不托人把他送到北京城"充皇差"，在"小刀刘"手上挨了一刀。阉割下来的"宝贝"下到热油锅里炸透了，裹上七层油纸，搁在一个米升子中带在身边，无论住在哪儿，都得吊到房梁上，为的是死后随葬入棺，来世还可以变个整身。净完身拜过司马迁的神位，养了几个月的伤，顶缺进了皇宫大内。先给主事的太监当徒弟，天底下再没有比皇宫里规矩大的了，怎么下跪怎么磕头怎么走路怎么请安，稍有差错项上人头不保。为了不让主子嫌弃，他也学会了满口的北京话。仗着聪明伶俐，长得也不寒碜，上人见喜，被招到敬事房打寝宫更，当上了御前近侍，又借此机会，一步一步得了宠。直到改朝换代，宫里边驱逐太监，他带着前半世攒下的金银珠宝、古玩字画，最紧要的是自己那个"宝贝疙瘩"，来到五方杂处的天津卫定了居。

起初在北开大街置下一所宅子，前院有门房，后院有花窖，一口气娶了六房媳妇儿，反正有的是钱，用不上纯当摆设也行。再从南皮县本族兄弟家过继来几个孩子，热热闹闹凑成一大家子，共享天伦之乐。有了孩子得了继，横不能坐吃山空了，怎么办呢？掏出钱来买房子置地，听人说早年间南城二道街有家大荣当铺着了火，烧得半趟街没人住了，便托牙行经纪低价买下地皮，房子能修补的修补，修不了的原地翻建，盖完了只租不卖，搁老话讲这叫"吃瓦片的"。几年的光景下来，钱滚钱利滚利，赚得盆满钵满，向来有"祁半街"之称。

吃不愁花不愁了，不能说没个志趣，祁大善人玩了半辈子心眼儿，没正经念过书，认得字不多，琴棋书画一窍不通，既不爱听曲艺也不爱看戏，男女之事对他来说更是形同虚设，那靠什么解闷儿呢？就一个字——吃！可别小看了这个字，能吃的、爱吃的、会吃的各有不同，一顿饭五张大饼卷二十个馒头，那是能吃的"饭桶"；爱吃的是什么好吃吃什么，一天吃六顿，顿顿不重样，不过知其然不知其所以然，吃完也就完了；祁大善人则属于会吃的，愿意钻研其中的门道。

当年在宫里的时候，他最愿意跟御膳房的厨子聊天，自打来到天津卫，吃遍了华洋两界各大饭庄，哪位名厨做什么菜最拿手无不门清儿。犄角旮旯的小门脸儿、小吃铺子，他一样可以品出短长，不论贵贱，适口为珍。家里招厨子得先过他这一关，三节两寿府上宴客，赶上他高兴了，往往会亲自掌灶，给众来宾露上一手，什么是"滑炒颠翻晃"，怎么是"焖熘熬炖煮"，这也叫一美。

头一阵子听手下人说二道街有个挑灯馄饨，只在夜里出摊，鸡丝馄饨与众不同。祁老爷立马来了兴致，这一天得闲，问明白地点，屁颠儿屁颠儿地跑来解馋。他一年到头养尊处优，吃得白白胖胖，脾气也好，待人接物一团和气，轻易不与人争执。唯独一节，他忌字太多，比如"缺、少、善、没"什么的，当着面都不许说。尤其忌讳连着说"鸡蛋"二字，为什么呢？打人不打脸，骂人不揭短，卖馄饨的哪壶不开提哪壶，众目睽睽之下非在老太监面前提什么"鸡蛋"，还存心故意地嚷嚷那么大声。祁大老爷这辈子六根不全，他是有鸡呢还是有蛋呢？能不生气吗？

换个地位最卑微的小太监，只怕也受不了这番羞辱，何况是有头有脸的祁大老爷？自打大清朝廷倒了，很多宫里的太监搬到天津居住，其中真有许多腰缠万贯的主儿，使奴唤婢、吃尽穿绝，出手也阔绰，一次打赏的钱，抵得上买卖家半个月的进项。开饭馆的怕得罪这路人，为了讨他们的欢心，行业中遵循一个约定俗成的规矩，跟北京城一样——无论大饭庄子还是小饭馆子，凡是带鸡蛋的菜，该怎么做怎么做，却不能明说鸡蛋，菜牌子上也不写这两个字。摊鸡蛋得说成"摊黄菜"，生鸡蛋叫"白果儿"，卧鸡蛋叫"卧果儿"，炸鸡蛋叫"炸荷包"，鸡蛋糕是"槽子糕"或"喇嘛糕"。还有用"锅塌"替代的，比如"锅塌里脊、锅塌火腿"之类。也有用木樨替代的，诸如木樨肉、木樨虾仁、木樨豆腐、醋溜木樨，等等，因为炒熟的鸡蛋色泽金黄，像极了桂花，学名正字是"木樨"。用鸡肉的菜也尽量改口，管鸡叫牲口，烧鸡说成烧牲口，熏鸡就是熏牲口，鸡杂碎叫什件儿，炸鸡叫炸八块……凡此种种，不胜枚举。

祁老爷被人捧惯了，耳朵里多少年没听过"鸡蛋"二字了，觉得卖馄饨的故意羞臊自己，众目睽睽之下，脸上挂不住了，能不翻呲吗？卖馄饨的小贩也是一肚子委屈，有劝架的偷摸告诉他："这个阔主儿是前朝的公公，你哪能这么说话？"小贩梗着脖子不服不忿，他一年前才从外地来此谋生，老家可没那么多弯弯绕，再者说，来吃馄饨的食客海了去了，他总不能挨个扒下裤子来看看不是？只认准一个死理儿："我的鸡丝馄饨货真价实，有俩糟钱儿你也不能摔碗掀桌子啊，难不成没有王法了？"

亏了围观看热闹的人多，连拉带拽将他们二位从中隔开，有的劝说小贩，有的安抚祁大善人。卖馄饨小贩和祁大善人终究是远日无冤近日无仇，又嚷嚷了几句，便借着台阶消了火。卖馄饨的猫着腰收拾桌椅碗筷，祁老爷也从地上捡起自己那对铁球，他可不是吃白食的人，正准备掏钱结账。偏赶在这个当口，两个巡警冲入圈内，一个高瘦、一个矮胖，拎着警棍咋咋呼呼："哎哎哎，怎么个意思？打架斗殴是吗？谁也不许走啊！"

刘横顺冷眼一看，二巡警非是旁人，一个姓夏，绰号"虾没头"，细高挑，水蛇腰，脸比驴脸还长，一个姓谢，绰号"蟹掉爪"，是个矬墩子，大脑袋直接撑在腔子上，跟个横放的酒坛子相仿，根本看不见脖子。他们俩同在四方坑蓄水池警察所当差，合称"虾兵蟹将"，成天跟在蓄水池警察所的巡官费通鞍前马后捧臭脚，正事一样没干，坏事一件不落。

自打费通"屎壳郎坐飞机——一步登天"，当上了天津城缉拿队的大队长，蓄水池辖区的大事小情基本上全交给这哥儿俩了。如此一来更了不得了，池里没鱼，虾蟹做主，这俩小子嘴都快撇豁了，打着费通的旗号招摇撞骗，吃拿卡要假公济私，专干丧良心的勾当，真可谓"狗皮一上身，立马称大王，哪个敢炸刺儿，揍你没商量"！

二巡警刚下班，也是听说二道街有个什么挑灯馄饨，特地过来讹两碗解解馋。来得早不如来得巧，正撞见有人打架，登时两眼放光，打起了歪主意。官厅怕当巡警的偷懒，每个月的薪俸只给七成，抓一个持刀动杖、当街行凶的，多加一成，至少抓住三起抄家伙动手的，这个月才能拿到足额薪俸，倘若抓得多了，额外还有奖赏。他们俩一肚子坏门儿，向来不干正经事，真遇上行凶作恶的，躲得比谁都远，撞见老实巴交、奉公守法的却是张牙舞爪凶相毕露。正愁当月凑不够差事，小小纠

057

纷没有油水可捞，非得是存心拱火，火上再浇一勺油，连打带吓唬，无风生出三尺浪来，把小案子做成大案子，不仅交了差事，更可以趁机狠敲竹杠！

虾兵蟹将搭档多年，用不着商量，相互使个眼色，彼此心领神会，分开人丛冲进来，一个揪住祁大善人，一个拽住卖馄饨的。蟹掉爪瞅见地上有一把大剪子，足有一尺长，乌黑油亮，明知是剪葱花用的，却喝问一声："谁的剪子掉了？有主儿没主儿？有主儿的拾起来，扎了脚算谁的？"卖馄饨的不知有诈，赶紧弯腰去捡，正待给巡警道谢。怎知他一个"谢"字还没说出口，蟹掉爪早已抖开手中的索子，一下套住了卖馄饨的脖子："你小子反了天了，当着巡警的面，胆敢持械行凶？"

一句话吓得卖馄饨的冷汗直冒，急忙争辩："副爷副爷，我这是剪葱花的剪子，拿它宰鸡都宰不了，不是凶器啊！"蟹掉爪眼珠子一瞪："是不是凶器你说了算吗？寸铁为凶知道吗？不是我们哥儿俩来得及时，你拿着这么大一把剪子跟人打架，扎心窝子上能不出人命吗？行了甭废话了，跟我们走一趟吧！"卖馄饨的蹦着脚叫屈："哎哟……不是不是，是副爷您让我捡的啊！"蟹掉爪"哼"了一声："什么叫我让你捡的？我让你干什么你干什么是吗？我让你死去你怎么不去呢？"

虾没头也没闲着，拿住祁大善人，愣说二人持械斗殴，扰乱治安。祁大善人纳闷儿，卖馄饨的有把剪葱花的剪子，说是凶器倒还勉强，我手里什么家伙都没有，怎么就持械斗殴了？虾没头指了指祁大善人手中的一对铁球，疾言厉色地呵斥："律条上写得明白——动铁为凶，手里没铁器叫打架，有铁器就是行凶。我可瞧见了，老小子你练过，拿这玩意儿当暗器打！"

祁大善人让这一番话气得直翻白眼儿，但他有财无势，不想经官动府，现如今改朝换代了，多一事不如少一事，破财免灾不算什么，他好歹曾是大内行走之人,被两个臭脚巡拽着锁链儿一通溜达,这张老脸往哪儿搁啊?正待据理力争,虾没头却说:"我看你也是体面人,说理不能在大街上说,那么多人围着,像什么话?到了警察所,有你说话的时候!"

围观的老百姓无不愤懑,都觉得虾兵蟹将面目可憎,一个站着三道弯,一个动一动好似皮球,人见了人嫌,狗看了狗腻歪,怎么搭配来的?维持治安不行,净欺负老实人了,警察所是随便进的吗?一旦到了里边,有理的变成没理的,没理的扒下一层皮,这不是憋着坏冤人吗?怎奈二巡警穿着狗皮、拎着警棍,看热闹儿的义愤填膺,却谁也不敢吭声。

刘横顺看不过去了,馄饨他也不吃了,撂下筷子往起一站,人丛之中鹤立鸡群一般,当场拦住了虾兵蟹将的去路:"二道街不是蓄水池的辖区,轮不到你们抓人。"

大街上黑灯瞎火乱乱哄哄的,刘横顺又穿着便衣,虾蟹二人满眼芝麻糊,没看清他的长相,板着脸骂道:"你奶奶个孙子的,木桶三道箍,你算哪一道?大半夜在街上晃荡什么?没地方睡觉了是吗?那行了,你也跟我们走一趟吧,自有你睡觉的去处!"

刘横顺摘下巴拿马草帽:"二位副爷,不认识我刘横顺了?"

虾蟹二巡警这才看出是刘横顺,立马慌了手脚:"哎哟哟……刘爷,您您……您吃着呢?"

刘横顺冲周围的人一拱手:"我一直在摊子前吃馄饨,从头看到尾,他们俩一个卖馄饨的,一个吃馄饨的,起了纠纷口角几句,早已经把话说开了,并不曾行凶斗殴,在场的老少爷们儿都是见证!"

整个天津卫,谁没听过火神庙警察所飞毛腿刘横顺的名号,看热闹儿的人们纷纷鼓噪,有几个嘴快的接过话茬儿:"对,刘爷说得没错!他

059

们俩只不过打打嘴架,嚷嚷几句,推搡两下,用得着去警察所吗?"

虾蟹二人你看看我、我看看你,一来惹不起刘横顺,二来也怕犯了众怒,只得腆眉耷眼地解释:"误会误会,最近地面儿上乱,我们还以为有人打架滋事呢,职责所在不能不管啊。早知道您在场,我们哥儿俩还有什么不放心的?回见、回见!"说着话挤出人丛,灰溜溜地跑了。

刘横顺赶走了二巡警,把卖馄饨小贩和祁大善人招呼到跟前,先板着脸对小贩说:"在街面上混事由,只守律条不行,还得懂规矩,入乡随俗,长点眼力见儿,你的买卖才能越做越顺当,否则无心之言,也可能招惹是非。"又指谪祁大善人:"尽管本地有这么一个约定俗成的规矩,毕竟没写在律条上,正所谓不知者不怪,卖馄饨的是外地人,有口无心这么一说,以祁老爷您的身份地位,何必为难一个做小买卖的?"

劝架不能只说一头儿的理,刘横顺这碗水端得最平,几句话说得二人心服口服,围着看热闹的也纷纷点头。

卖馄饨的小贩连着鞠躬,谢过刘横顺,又给祁大善人赔礼道歉:"祁老爷,您大人有大量,小肚子里能跑火轮船,怪我说错了话,扫了您的雅兴,我先给您赔个不是。您稍待片刻,小人再伺候您一碗馄饨。"

祁大善人刚才被卖馄饨的气得暴跳如雷,话一说开倒有几分抹不开面子了,心说话儿:"亏我一把年纪,黄土都埋到胸口了,怎么这么不沉稳呢,不仅长街之上让大伙看了笑话,还险些吃了官司。"不由得面带愧色,待到围观的人们散尽了,他请刘横顺坐下叙话。

小贩揩抹桌面、重整杯盘,张罗着给二人打酒煮馄饨,眨眼之间,凉的热的连碟子带碗端上了桌。

祁大善人给刘横顺敬酒,再三称谢:"久闻缉拿队刘爷的大名,只恨无缘结交,想不到今儿个是您替我解了围,我得念您一辈子的好处。甭瞧我深居简出,街面儿上的大事小情倒还有几分耳闻。一早听说了,官厅指派您捉拿杀人截会的金鼻子，您来二道街想必也是踩访此人踪迹。别的忙我帮不上，说到金鼻子察五，我必须给您念叨念叨了。不过咱有言在先，我可不是冲着悬赏花红说的，那一千块银圆白给我也不要，说句充大的话，我还真看不上那点钱。您猜怎么着，金鼻子在二道街赁住的闲房，正是不才祁某人的产业！"

3

祁大善人告诉刘横顺，他冲着老察家祖上也曾给朝廷效力，赁房的租金打了八扣，定钱也没押，想不到金鼻子察五给脸不要脸，刚开始还按月交租，没过多少日子就不是他了，一个月拖一个月，推三阻四赖着房钱不给。当真拿不出钱倒也罢了，舍给他几斤棒子面儿这都不算什么，可他成天出门招摇，坐着洋车、下着馆子，转着腰子使钱。手底下跑腿儿收租的没辙，他祁大善人可不惯臭毛病："你们家祖上有功于国，我也是净了身为皇上尽忠的，谁比谁差啊？我是奴才不假，可不是你们老察家的奴才，凭什么让你骑到我脖子上拉稀屎？"只不过未得其便，抽不出空上门讨账。

差不多是去年这个时候，那天夜里，祁大善人在外边吃完了请，打道回府路过二道街，吩咐车夫走慢些，瞅着自己半趟街的铁杆庄稼，心里头痛快极了，可一想到拖欠房租不给的金鼻子，他又挺别扭。当天在酒桌上听人说了，金鼻子察五打着迁坟动土的幌子，带领一伙民夫刨了自家祖坟，取出陪葬的珍宝供其挥霍，这是人干的事儿吗？天津卫七绝八怪中有个砸钱的丁大少，一样的坑家败产，可是玩得出奇、玩得露脸，反观金鼻子这个现世报儿，与跳梁小丑有什么分别？祁某人赊账也得赊给担得起一撇一捺的忠臣孝子，怎能便宜一个欺宗灭祖的畜生？

祁大善人越想越不甘心，赌着气上门讨账，暗暗寻思："察五啊察五，你规规矩矩交了房钱还则罢了，交不出房钱，不止啐你一脸唾沫星子，也别怪我腾笼换鸟——让你小子走人！"迈着六亲不认的步伐来到门口，透过窗户纸，瞧见屋里亮着灯，不等抬手叫门，屋门就从里边打开了，随即走出一个老道，头绾挽牛心发纂，身穿八卦仙衣，身后背着一口宝剑，眉目清朗的一张脸，却似蟹盖一般青中透灰，灰中带绿，看着跟棺材里的僵尸一样，手里还拎着只挺大的黑猫。

祁大善人捐过义地，认得这是推着小车收尸埋骨的李老道，此人怎么会从金鼻子家里出来？又怎么从蜡黄脸变成了青灰脸？而且七窍当中血迹未干，阴气森森的人不像人鬼不像鬼，不知是诈尸了还是撞邪了。

祁大善人本就阳气不足，登门之前理直气壮，使了半天劲，运了半天气，骂人的话都在心里过了三遍，骤然看见七窍带血的李老道，打头碰脸几乎撞个满怀，登时吓得腿肚子转筋，没有天灵盖挡着，三魂七魄非从脑瓜顶上冒出去不可，哪还顾得上找金鼻子？屁滚尿流地逃回家，什么叫朱砂安心丹、怎么是人参归脾丸，吃了一大堆，仍是压不住惊魂，一连做了七八天噩梦，此后再不敢登门讨账了。

祁大善人白话了一个口沫横飞，听得刘横顺眉头紧锁。说话的当口，卖馄饨的小贩又盛了一盘子鸡丝端过来，跟着随口搭腔："不瞒您二位，有那么一阵子，金鼻子和李老道也隔三岔五来吃我的馄饨，俩人往角落里一坐，黑天半夜嘀嘀咕咕，不知在合计什么。李老道身边带着一只黑猫，眼珠子跟一对金灯似的。他们俩还摆阔，买整盘的鸡丝喂猫，看得别桌的客人直骂街。一来二去给猫喂馋了，自打莲会上出了乱子，金鼻子和李老道不露面了，黑猫却照来不误。我从来没见过这么可恨的小畜生，只要我一不留神，它立马来叼案板上的鸡丝，叼起来也不往远了跑，蹿到房檐上就吃，您说气人不气人？它叼这一口不要紧，剩下的我也不能卖了，还得重新切，太糟践东西了，恨得我牙根儿都痒痒啊，无奈逮也逮不着，追也追不上，砖头儿扔、弹弓子打，硬是轰不走。硬的不行，来软的行吗？煮完的鸡架子我先扔给它吃，想不到这个猫还挑嘴，那鸡架子上边挂的碎肉也不少了，它愣是不吃，搭头闻一闻，拧腚就走，只认连皮带肉的鸡丝，再没这么可恨的了，不等它吃够了，我甭想安生……"说着话往高处一指："您瞧见没有，那只猫又来了！"

刘横顺抬头一看，果不其然，街对面的檐脊上蹲着一只野猫，浑身乌黑，月影下仅见轮廓，唯独一对猫眼亮得出奇，如同一对金灯。他当时一愣，觉得此猫十分眼熟，想起前不久孙小臭儿献宝虫，不期蹿出一只野猫，一口吞了宝虫，逃上屋顶之后还扭头瞪了他一眼，李老道当时也在场，而吞下宝虫的野猫，正是蹲在屋顶的黑猫！

坐在旁边的祁大善人也提着高门细嗓嚷嚷开了："对对对，当初我去金鼻子家讨账，撞见李老道从屋里出来，手里拎的就是这只猫，化成灰儿我都认得它！"

刘横顺愈听愈奇，表面上不动声色，与祁大善人推杯换盏，又喝下三五个酒，见也问不出什么了，便掏钱付了馄饨账，与二人拱手作别。

小贩脑袋摇得腮帮子直颤悠，说什么都不肯收刘横顺的钱。祁大善人一并拦挡："刘爷，您忙您的公事，今儿的账我候了。"

刘横顺无心跟他们夹缠，把钱放在桌上转身就走，边走边拿眼角余光瞄着高处的野猫，拐过一个街角，看看左右无人，脱下长衫系在腰间，提着一口气，垫步拧腰上了房。野猫歪着头打量来人，似乎没将刘横顺放在眼里，仍旧懒懒散散，蹲在檐脊上一动不动。

刘横顺什么身手，脚踩着屋瓦，三两步到得近前，伸手去抓野猫。怎知猫蹿狗闪最是敏捷，野猫气定神闲地舔了舔爪子，"喵呜"一声叫，从刘横顺的胳肢窝底下钻了过去，随即蹿房越脊，一路奔向暗处。

以刘横顺追凶擒贼的本领，抓只野猫不费吹灰之力，想不到这一次居然失了手，登时心头火起，甩开一双飞毛腿，在后紧追不舍。那么说堂堂火神庙警察所的巡官，缉拿队的飞毛腿刘横顺，何必跟一只猫较劲呢？一则他断定此猫或多或少与金鼻子一案有关，之前它一口吞下宝虫，说不定也是受了李子龙的指使，金鼻子与李老道沆瀣一气，逮着一个就跑不了另一个；二则卖馄饨的做点小买卖不容易，既受着虾没头、蟹掉爪一干臭脚巡的盘剥，又得忍着地痞无赖白吃白喝，再让只野猫欺负，这还有天理吗？既让他撞见了，怎么不得替卖馄饨的出口气？

天津城的街巷纵横交错，胡同密如蛛网，房子挨着房子，院子接着院子，屋宇连绵，高低错落，黑压压一大片。大多是道光、咸丰年间的老宅，虎座门楼、砖刻照壁、磨砖对缝的墙面、青瓦硬山的房顶，布局严谨，气势不凡。也有后盖的二层楼，雕饰花纹的木门，奶白色的石阶，显得古色古香。野猫在前，刘横顺在后，一个跑得快，一个追得疾，不在地上走，偏在房上行，踩着房檐，踏着墙头，高来高去，倏忽如风，真可谓"树不动影不摇，踏雪无痕似鹅毛；追星逐电神形变，只留残影挂月梢"！

城中地面儿繁华，夜色虽深，大街上也有行人往来，刘横顺在屋顶上追着黑猫一跑不要紧，可把看见的人吓坏了。话是这么说，一般人还真看不见，一人一猫跑得又快，步子又轻，屋瓦也不曾翻起一片，低头行路之人无从察觉。能看见的几位全是该着杠着，其中有个闲人，天热在屋里睡不着，搬了把藤椅坐在胡同口，一手捧着茶壶，一手摇着蒲扇，哼着西皮流水，半躺半坐地乘凉。忽觉得眼前一晃，似有两道黑气从房顶上掠了过去，给这位吓了一跳，手中茶壶掉在地上摔个粉碎，大呼小叫地嚷嚷撞见鬼了，跟谁说谁也不信，只当他是黑天半夜撒癔症。

另有一位跷着二郎腿坐洋车的，穿着长衫、戴着眼镜、手里的文明棍杵着脚铃，仰着脸摇头晃脑，嘴里头不知嘟吧着什么，冷不丁瞧见一人一猫从头顶上一闪而过，惊得险些翻下车去，使劲揉了揉眼，再看又什么都没有了，还以为闹妖精了，又是在胸前画十字，又是在头顶拜菩萨，以往不信的，此后全信了。

还有一个老爷子也瞅见了，那是一位给财主看家护院的教师爷，早年间开过镖局子，素以老侠客自居，总是穿快靴、裹绑腿、青缎子灯笼裤，酷暑三伏光脊梁扎板儿带，寒冬腊月寸排骨头纽短袄，外披大氅，生怕别人不知道武林中有他一号。说起行走江湖的往事，那真是侃侃而谈，从豪杰义士到水陆飞贼，没他不认识的；规矩礼数唇典黑话，没他不明白的；长拳短打软硬家伙，没他不会练的，俨然是一位大隐隐于市的侠客爷。那几年天津城治安不好，屡有飞贼入户行窃，天一黑他就搬梯子上房，支上一张小桌，摆放茶壶茶碗，屁股底下放个小板凳，大马金刀往屋顶一坐。贼道的规矩大，飞贼瞧见房上坐着人，就不能打这家的主意了。看家护院这一行也有个规矩，其中一条叫"落地为贼"。巡夜时看见房上有人也不能出手，高来高去的夜行人你管不着，甚至还要抱拳拱手，说几句客气话盘盘道，只要对方往院子里一跳，那讲不了说不得，当场不让步，举手不容情，不分个你死我活是不行了！当天夜里，他老人家连乘凉带守夜，喝着茶左右观望。到底是练过三天两早晨的，目力胜于常人，远远地瞧见一大一小两条黑影，蹿房越脊直奔自己而来。前边那个瞧不清楚，后边的似乎是个人，他心里"咯噔"一下，以为飞贼来了，正待报出名号，还没来得及开口呢，一个黑乎乎毛茸茸的活物已然蹿至面前，蹬鼻上脸踩着他的脑瓜顶子，"嗖"一下就过去了。惊得老侠客一个跟头滚下房坡，带着几十片屋瓦稀里哗啦一同坠地，跌了个一佛升天二佛出世，伤了十七八处，不是骨错缝，就是筋出槽，被人抬到家中，足足躺了半年才下炕。

不提人们如何大惊小怪，单说房上这场热闹。野猫灵动无比，善会闪转腾挪，凭借着地势蹿高纵矮、忽左忽右，东扎一头，西扎一头。刘横顺看出此猫诡诈多端，论脚力，八条腿的猫也跑不过他，但他一次次俯身去抓，野猫均以疾转疾停脱身。一人一猫在屋顶上兜开了圈子，从城南绕到城北，从城东跑到城西。刘横顺追着野猫，脑子也没闲着，寻思不能让只破猫牵着鼻子走，城中房屋错落起伏施展不开手脚，将它撵到开洼野地，还不是手到擒来？

动念至此，刘横顺不再急着抓猫了，不断从两侧迂回，挡住它兜圈子的去路，迫使野猫往城外跑。穿过城厢马路，是一大片稀疏的树林，没有了绵延的屋脊、高耸的墙群，乘凉的、过路的也不往这边走，黑夜里一片沉寂。野猫使出看家本领，四个猫爪攀住树干，三蹿两跃上了树梢，从这棵树到那棵树，撞得枝丫乱颤，霎时间宿鸟腾空、蝉声骤停。刘横顺也飞身上树，追在后面一步不落，转眼将野猫撵出了林子。

再往前是郊外的芥菜园，残垣断壁间冒出几座孤坟，三五株老槐树，树冠比庙顶子还大，泥塘水沟边上长满杂草，蚊蝇嗡嗡乱飞，蛤蟆呱呱怪叫，一阵阵恶臭直往鼻孔中钻。天津卫河东水西、沽上海下，没有刘横顺没到过的地方，知道芥菜园曾是大户人家的一处花园，雅名"芥园"，民间叫俗了叫成"芥菜园"，四周围起一道女儿墙，池塘引入活水，请来能工巧匠，建成了风亭雨榭、云楼水阁。园子里一半栽花，一半种菜，无意间串了秧，到冬天长出一种黄叶韭菜，最能提鲜，物以稀为贵，与铁雀、银鱼、紫蟹并称"年菜四珍"。后来宅门败落，花圃菜地无人照看，沦为了一座荒园。

这个猫是真灵，贴着地皮直奔芥菜园，快如离弦之箭。刘横顺一看差不多了，说什么也不能让黑猫逃入园中，那里面荆棘丛生，钻进去再想拿它可不容易了。此刻瞅准了机会，脚下生风，疾追几步，伸左手去抓野猫。野猫故技重施,顶胯扭屁股转向一侧,间不容发之际避了过去,随即蹿上一堵残破的土墙。哪知道经过这一番追逐,刘横顺已经摸透了它的路数,左手那一抓不过是虚晃一枪,趁野猫在墙头上立足未稳,早将右手的金瓜流星甩出,裹着一阵疾风,打塌了半截土墙,只听"轰隆隆"一声响,泥沙碎土荡起一阵烟尘。野猫滚落下来,轱辘着身子刚要往草丛里钻,刘横顺的手就到了,"嘭"地一把薅住野猫的后脖颈子。

猫最怕被人揪住脖子后边这块皮,它咬也咬不到,挠也挠不着,能耐再大也脱不了身。刘横顺跑出一身汗,酒意去了大半,将野猫提在面前反复端详,心说:"我也是喝多了,逮着一只猫又能如何?还指望它听得懂人话不成?"

正嘬着牙花子,忽听牲口串铃作响。刘横顺手拎野猫,闪二目观瞧,但见小树林中转出一人一骑,看打扮是一个土头土脑的外地老客,闷热的天气,此人却头顶皮帽,穿着件翻毛皮袄,背着粗布褡裢,手拿着半长不短的烟袋锅子,腰间所坠的一枚"落宝金钱"熠熠生辉,胯下骑着一头黑驴,缎子似的皮毛乌黑发亮,粉鼻子粉眼窝,四个白蹄子。老客眨么着一对夜猫子眼,看了看刘横顺手中的黑猫,抱拳称礼道:"刘爷,您这只猫卖不卖?"

4

刘横顺一打眼,便已断定以往未曾打过照面。瞅着骑驴老客一对忽闪忽闪的夜猫子眼,他心里头直犯恶,老言古语怎么说的"夜猫子进宅——无事不来",又道是"龟背蛇形不可交,横眼瞟人不用刀",来者几乎占全了,而且形迹可疑、装束反常,夜半更深的荒郊野地,从哪儿冒出一个买猫的?当下冷着脸反问:"你认得我?"

老客倒是知礼，翻身下驴，整了整身上的翻毛皮袄，又给刘横顺作了个揖："不瞒您说，我是打城里一路跟来的，刚才瞧见您在屋顶子上追野猫，那身手太快了，不是缉拿队的飞毛腿，谁还有这么大本事？明人不做暗事，真人不说假话，我窦占龙是个憨宝的，盯上此猫不是一天两天了，怎奈我的黑驴脚力虽快，灵动敏锐却有不及，几次三番拿不着它，倒让刘爷抢了先机。咱不妨商量商量，您说个价钱，把猫让给我行不行？"

窦占龙是惯走长路的买卖人，浑身上下三十六个心眼儿七十二个转轴儿，低头一个主意、抬头一个办法，且又挥金如土，从不把钱财放在意下。在他看来，天底下只有谈不拢的价码，没有做不成的买卖。似他这么精明的人，偶尔也有不灵的时候，拿钱砸别人行，砸得了这位爷吗？

刘横顺眼睛里没见过，耳朵里却没少听，知道九河下梢有个骑驴憨宝到处发财的窦占龙。坊间传言，此人目识百宝有的是钱，堪比财神爷转世，当年在三岔河口取分水剑时死了，也有说没死的，死的只是一个分身，反正众说纷纭，传得神乎其神的。而在刘横顺看来，憨宝没什么稀奇的，无非是走街串巷喝杂银收旧货的行当，为了低买高卖，杜撰些个奇谈怪论到处传讲，借机谋财而已，只要不偷不抢，缉拿队管不着人家，更犯不上跟此等人有什么往来。

换作以往，憨宝的敢在他面前讨价还价磨叽个没完，俩嘴巴一蹬罐儿，轰走就完了。眼下则不然，窦占龙到底是个出奇的人物，说不定真能放出带响的屁来，抓差办案无外乎"多听、多问、多跑腿儿"，既有憨宝的找上门来，怎么着不得问个究竟？他心念一动，不提卖与不卖，反问窦占龙："你倒给我说说，你不去憨你的宝，为什么上赶着买一只猫呢？"

窦占龙挺为难，可也瞧出来了，刘横顺的眼里不揉沙子，不抖落抖落掏心窝子的玩意儿，恐怕难以如愿。憋宝的不做亏本买卖，却又只做一锤子买卖，成与不成皆在此一举了。当即低下头，若有所思地抽了几口烟袋锅子，又眨么着夜猫子眼说："缉拿队抓差办案少不了眼线，憋宝也离不开宝引子，这只猫正是一个宝引子，没了它我拿不着天灵地宝。不过一行有一行的规矩，憋宝的法子不能对外人说破。我顶多告诉您，此猫有个名号，唤作'城隍小先生'，九河下梢藏龙卧虎，称绝道怪的能人比比皆是，有名有号的猫可仅此一只了！"

刘横顺闻言一愣，他还真听过一耳朵，故老相传，"城隍小先生"是一对走阴串阳的灵猫，他师父身上的能耐，正是得自其中一只白猫，但也未知其详，又听窦占龙说：西北角鬼坑旁有两座城隍庙，最早的是天津县城隍庙，雍正九年升为天津府，管辖六县一州，地方大了，一个城隍爷忙不过来，便又造了府城隍庙，两座庙紧挨着，由同一个庙祝掌管香火。府庙可比县庙气派多了，外有石狮子把门，两侧设中军亭，迈门槛绕影壁，迎面的大殿通高两丈，面阔五间，正中神龛上供奉着城隍爷的神像，方面大耳，五绺长髯，仪表堂堂，满身正气，全副仪仗分列左右。正殿后边是个小院，设有香火池子，这叫"殿前拜神，殿后烧香"。尽头又有三间后殿，住着城隍奶奶，黎民百姓称之为"卧奶奶"。早年香火极盛，九河下梢求财的、求运的、求子的、求寿的、求金榜题名的、求加官晋爵的、求妻贤子孝的、求香灰炉药的、求打开宝盒赢钱的、求出了窑子腿儿不软的、求作奸犯科不吃官司的、求偷人养汉不露馅儿的……各色人等踏破了门槛子，庙里檀香缭绕、磬声悠悠，庙外商贩云集、百货杂陈，善男信女磕头许愿，逛庙的游人摩肩接踵。当时去烧香的人们，经常看见两只野猫在庙中出没。有好事之徒声称，两只猫一黑一白，都是城隍奶奶打娘家带来的，也有人说其中一只是城隍老爷养的,怎么说的都有,使人难辨真伪,城隍庙的香火却更旺了。《宝谱》中没提白猫的下落,所以咱只说黑猫,并非乌云啸铁通体皆黑,而是四个白爪子外加一个白鼻子尖儿,长得端端正正、不偏不歪,按相猫的说法叫"踏雪寻梅",世所罕有。城隍庙周边的野猫不少,哪只也不敢进庙,唯独灵猫出入不避,白天趴在城隍爷的神位旁睡觉,供果点心随便吃,到了深夜还得出去打食儿,守庙的从不敢轰它。前来上香拜神的人们,无论大人孩子,谁要想摸摸这只大黑猫,那是门儿也没有,你看它睡得呼噜呼哧的,不等手伸到跟前,一拧身子它就蹿上屋梁了。另有一桩异处,此猫活得年久,形貌不曾有变,几辈子人都见过。虽说猫是一窝顶一窝地生,百余年间有几只长得一样的并不奇怪。善男信女们却更愿意相信,它是一只替城隍爷跑腿儿当差的灵猫,呼之为"城隍小先生",引得愚夫愚妇磕头膜拜,足吃足喝地供奉……

刘横顺拦住窦占龙的话头:"窦爷编得不错,快赶上说《岳飞传》的铁嘴霸王活子牙了,搁在南门口撂地,起码可以挣下半碗棒子面儿粥,还能再饶一小碟咸菜丝。但有一节,城隍庙灵猫是四个白爪一个白鼻子的'踏雪寻梅',眼前的猫全身乌黑,从头到脚没有一根杂毛,跟你说的'城隍小先生'对不上号啊,你再琢磨琢磨,是不是跑错梁子了?"

窦占龙摆了摆手:"您别忙啊,有道是茶吃后来酽,咱的话不是还没说完吗?民间以讹传讹的谣言是不可信,但据《宝谱》所载,城隍庙中踏雪寻梅的灵猫乃唐时古种,心有九窍六瓣,天上的事知道一半,地下的事它全知道,擅窃天精地华,专偷刚死之人最后一口活气,以此给自己续命。它在城隍爷眼皮子底下受着香火,还敢这么干,那真是有点儿不拿虾皮当海货了,因此上受了天罚,身子越缩越小,长出遍体癫疮,四个猫爪和一个鼻子也变成了黑的,再不敢踏入城隍庙,以扒土箱子翻死耗子过活,沦为了一只不折不扣的野猫,'城隍小先生'的名号也逐渐被人们忘了。其实跟人一样，有钱有势的时候都恨不能给他树碑立传，穷途落魄了谁也不乐意多瞅他一眼。此后时移物换，因果流转，又让拉杆讨饭的王宝儿捡了去，一个小孩一只癞猫相依为命，直到憋宝的看出灵猫本相，打算带它去逮门楼子上的玉鼠，无奈王宝儿财运不到，让倒了八辈子血霉的崔老道横插一腿，因而错失了天灵地宝，灵猫也开了窍，自此褪去癞疮，逃了个无影无踪……"

刘横顺只惦记顺藤摸瓜找出杀人截会的金鼻子，可是窦占龙绕来绕去，愣把一只黑猫说成白鼻子白爪的灵猫，这不是存心逗闷子吗？

窦占龙劝刘横顺沉住气："您瞧您这急脾气，我又不是能掐会算的半仙，更不懂如何抓差办案，您问我，我问谁去？实话跟您说了，憋宝的全凭一本《宝谱》，其中有先天造化，易时而变。我能告诉您的，皆为谱中记载，《宝谱》上没有的可不敢妄言。至于说白鼻子白爪的'城隍小先生'，为什么又变成了一只从头黑到脚的野猫呢？按着《宝谱》中的记载，皆因此猫误吞了一个屈死鬼的魂气，苦于吐不出来。其中的来龙去脉，我实不知也。却有一招，咱可以让灵猫吐出肚子里的东西，您想打听什么，不妨直接问它！"

刘横顺半信半疑："那么有劳窦爷，让我长长见识开开眼。"

窦占龙嘿嘿一笑："不怕您瞧不起，我终究是个买卖人，什么是买卖？有出有进、有来有往才叫买卖，咱们是先小人后君子，可得把话砸瓷实了——我助您一臂之力，灵猫就归我了！"

刘横顺眉头一紧："甭说那没用的，你先来点儿真格的，只要能帮我抓到金鼻子或李子龙，你拿这个破猫憋出九驴十三担紫金子来我也不眼热。"

窦占龙一挑大拇指："罢了，我窦占龙走南闯北到处憋宝，从没遇上过见了天灵地宝不动心的人，冲您这句话，我再掖着藏着可说不过去了。实不相瞒，天津城底下埋着一个宝窟窿，仅在今年七月十五中元鬼节显宝一次，倘若没有灵猫引路，窦某人无从取宝。既然刘爷成全了我，我也不能亏心！"

说完话，窦占龙让刘横顺放下灵猫，他自己则叼着烟袋锅子的玛瑙嘴，一口接一口地猛嘬，喷出一缕缕浓烟。刘横顺胆大艺更高，一不怕灵猫跑了，二不怕窦占龙抢了去，憋宝的敢在自己眼皮子底下耍什么花活，不仅猫跑不了，你个憋宝的也甭想走了，当即放开灵猫。那只猫让刘横顺逮住，早已是心服口服了，蹲伏于地不敢再逃。窦占龙一言不发，紧嘬烟袋锅子，不住喷云吐雾，呛得灵猫连声咳嗽。

刘横顺不明所以，只见烟雾越来越浓，渐渐遮蔽了天上的月色，灵猫张开嘴巴"嗷嗷"干呕了几下，从中吐出一道黑气，影影绰绰似是人形，对着刘横顺拜了三拜，自称是收尸埋骨的李子龙，说出一番阴阴惨惨的话来：他本在沧州麒麟观出家，说是出家，可并未受戒，一脚门里一脚门外，算半拉江湖人，八宝道袍穿在身上，却是贪财好色、沽名射利。白天住在观中，一不招灾二不惹祸，赶上幽玄道场，他也跟去一通忙活，能唱能跳、能吹能打，不比别的老道出力少。

到夜里就不是他了，各处坟地乱葬岗子一通转，专捡入土不久的女人下手，搜刮完陪葬的头面饰物，额外还要奸尸，以旁门左道的邪法采阴补阳。尝惯了这个甜头儿，李子龙一门心思惦念着棺材里冰冷拔凉的女尸，个中滋味真叫别有洞天。道观里有一桩方便，谁家死了人来做法事，必然会说出生辰八字和下葬的坟穴，一旦有大姑娘小媳妇儿，亦或半老的徐娘，人家白天埋下去，到夜里他就给刨出来，缺德缺大了，瘾头儿更是与日俱增。不过送上门来的可遇不可求，很多时候，李子龙只能跟个没头苍蝇似的到处瞎撞，在乱葬岗子上忙活一宿，未必找得着一个合适的。他饥不择食，索性不挑成色了，不看年纪不分岁数，不论皮干肉枯，亦或肠穿肚烂，是囫囵个儿的就行。

李老道越陷越深，整天魂不守舍，头牌的花魁打从身边经过，他也懒得看上一眼。等天一黑下来，他两个眼珠子冒着绿火，在道观大殿里来回转悠，如同磨坊里的毛驴子——闲不住，只盼着其余道士赶紧睡觉，方便他出去快活。

后因行迹败露，李子龙顺手偷了几件镇观的法宝，一口七星剑、一面小镜子，一辆轱辘上刻着麒麟的木头车，上插一面小旗，写着"普济苍生"四个字，另有一盒绣花针，随后连夜出逃，躲到天津卫暂避风头。凭着一番花言巧语，在西门外白骨塔寻了个收尸埋骨的事由，又脏又晦气，还没什么进项，旁人避之唯恐不及，对他而言却是如鱼得水。

怎奈天津卫花花世界，吃喝玩乐比沧州高出一大截子，衣食住行哪一件也离不开钱，从麒麟观中盗出的几件法宝他又不会用，只得四下踅摸，看看哪个大户人家有信道的老太爷、亏着心的姨奶奶、败家的傻少爷……总想找这么一个冤大头，狠狠地敲上一笔，一来二去逮着个合适的——金鼻子察五！

第四章　夜审李子龙

1

老察家祖上有钱有势，连吃带勺满天飞元宝。后辈儿孙只会逗富斗阔，一代比一代能败家，尤其是金鼻子察五，幼时被人绑票割鼻，家里人觉得亏欠他，更是宠上了天，正经事不走脑子，吃喝玩乐他可样样精通。

怎么叫"精通"呢？只知道山珍海味好吃好喝不成，必须当成学问来研究，作为闲混日子的法门。首先说这个吃，金鼻子早吃腻了宫廷御宴南北大菜，吃到最高境界讲究的是"尝美味而不食珍馐"，什么叫珍馐？燕窝鱼翅、熊掌鹿尾、猩唇驼峰，食材本就金贵，怎么做也不会差。真正的吃主儿，得琢磨如何将家常便饭吃出花儿来。您比如说蛋炒饭，再平常不过了，两个鸡子儿一碗隔夜饭，放热锅里拿油扒拉扒拉，那值得了几个钱？

搁到人家府上，做一碗普普通通的蛋炒饭，起码能顶一般老百姓三年的嚼谷。《红楼梦》里贾母舍不得吃的御田胭脂米，从来入不了金鼻子的法眼，必须用西洋进口的冰湖松针米蒸饭。此米其貌不扬，胜在味道绝佳，拿鲍鱼海参煮的汤汁隔水蒸熟了，打鼻子一闻喷儿香，再盛到寒冰石制的盘子里，摊匀了凉上一宿。再说炒饭用的蛋，鸡蛋鸭蛋乃至天鹅蛋，都不配炒这么贵的饭，非得是赤眼白羽的鸽子蛋不可。自己府上养的鸽子，从小用虫草人参拌上燕窝喂。您承想，一个鸽子蛋才有多大？还不要蛋清，仅留蛋黄，炒这一小碗饭，少说得用七八十个。

　　他们家厨子的手艺也得厉害，炒出来的米饭外金内银，一粒儿是一粒儿，谁也不能挨着谁。光吃炒饭干得慌，怎么着不得喝两口？金鼻子察五不仅喝遍了天下的美酒，家里头还有专门的酒窖，喝什么酒得讲究个搭配：吃牛羊肉上火，配海淀莲花白，甘冽涓润、入喉不燥；吃河海二鲜，则配绍兴花雕，加上冰糖姜片，温热了以防寒凉；吃烧鸭、烧鹅、叉烧肉之类油大的，配玫瑰露、荔枝露，提前冰好了，喝着解腻润肺。慢说酒了，哪怕说泡茶喝的水，这都得够讲究。皇上喝京西玉泉山的泉水，山间石隙水卷银花，清冽甘美，每天一早，由插着龙旗的水车运到紫禁城。金鼻子喝的也不差，在密云的山里买下个泉眼，不许别人用，常年给他们家供水。水倒不值钱，但是人吃马喂把水运过来得掏多少银子？泉水送到府上，先放入瓷瓶，瓶口用蜡封上，再搁冰窖里镇着，喝一瓶开一瓶。这么好的水，怎么能用大炉子土灶烧呢？有专门的支炉，拿果木炭火慢慢儿烧，早上起来就用这个水泡最贵的雀舌漱口。所以说"没钱的是穷讲究，有钱的是真讲究"！

　　吃喝尚且如此，玩乐更甭说了。单单一个"玩"字，大致上也分"文武"两路。"文"并非习文练字、吟诗答对，但凡有用的都不叫玩儿，金鼻子玩的是票戏、捧角儿，京评梆越、单弦时调，没他不会唱的，鼓板丝弦件件拿得起来。尤其擅长子弟玩意儿，荤的素的大小岔曲，皆可自弹自唱。用的三弦也够品，且不说制弦子用多么名贵的木头、多么漂亮的蟒皮，仅仅弹弦子的这副指甲，有多少钱都买不着，那是拿人骨磨成的，还得是大姑娘小臂内侧的骨头。平时不能放在盒儿里，专有一个小丫鬟贴身养着，养得温润如玉，弹着才顺手。

唱戏的行头、戏装乃至于锣鼓场面也置办了不少，单一把胡琴就花了足足一百两金子，贵就贵在那一根黄紫竹的琴担子上。竹竿子再好能值几个钱？但是物以稀为贵，竹子从根儿往上长，一节比一节短，一节比一节细，极品胡琴的竹节得一边长，粗细也得匀称，一百万根竹子不见得出这么一截材料。做胡琴的名师，亲自去到江南竹林中千挑万选，还得赶巧才能寻到，砍下来拿棉布包裹了，回来上蜡烘烤，校直调圆，格外加着小心，稍有劈裂，那就白费功夫了。蒙蛇皮，张丝弦，弦轴用海南黄花梨精雕细刻。这样的胡琴有个名儿叫"黄老虎"，音色刚脆亮堂，不浑不浊，哪怕你是五音不全、六律不正，靠这把胡琴垫补，足能给你托腔保调。

金鼻子买东西不在乎钱，捧角儿、养戏子更是不在话下。一听说哪位名角儿下了天津卫，立马打上二指宽一张小纸条，先派人给角儿接到自己家里，陪着他连喝酒带唱戏，唱美了他还得贴一段儿，就这么大的瘾。头路的名角儿这么听话，全凭金鼻子舍得砸钱。

搁下文的再说武的，弓刀石马步箭、打拳踢腿、站木头桩子一样不会，他玩的是架鹰走马、斗鹌鹑斗狗，老话讲"家有万贯，带毛儿的不算"，这些个玩物再好，保不准什么时候死了，那就分文不值了。金鼻子不在乎，为了玩儿一掷千金，他没管过钱，身上也不带钱，看上什么一努嘴，下人就替他买了。

有一次不知怎么不痛快了，噘着嘴去逛鸟市。这个市面儿上太热闹了——有专门为了听声儿的百灵、画眉、金丝雀，讲究"十三套叫口"；有练成一身绝活儿的蜡嘴、黄雀、八哥，或能叫远叼钱，或能飞旗打蛋儿，或能学人说话；还有纯粹图一个看着痛快的，譬如红嘴红脚的"珍珠、玉鸟"。金鼻子从东头儿溜达到西头儿，挨个问价，恨只恨卖得太便宜，让五爷花钱花不痛快，一赌气买下一趟街的鸟。

买得起马也得配得起鞍，连同鸟笼子、鸟链子、鸟杠子、鸟罐子，喂鸟的小米、皮虫、菜籽、天麻、苏子……看见什么买什么，几十个跟班的在后头付钱提货。他还曾重金购得一只关外的猎鹰，懒得自己熬，雇来驯鹰的把式替他调教，见天儿拿鲜鹿肉喂鹰，腰窝、后腿不行，这些地方的肉肥，给鹰喂馋了就不听话了，非得是贴着脊椎骨最瘦最嫩的两条里脊肉，给鹰吃下去只长劲头儿不长膘，飞起来能钻天儿，钱花得海了去了。

这只鹰也给他长脸，玉爪金钩，神气十足，捯饬好了架在牛皮护手上，带出去一通溜达，谁不得多看两眼？金鼻子想去哪个饭庄子喝酒，往往先把鹰放出去占座。饭庄子掌柜的看见鹰落在门口，准知道这位爷要来，赶紧吩咐伙计打开单间，擦抹桌案收拾干净，灶上提前备菜。金鼻子以此彰显自己与众不同，玩得讲究。

除此之外，喝花酒、打茶围、抽大烟、进宝局，金鼻子件件不落。后来改朝换代，断了铁杆庄稼，他爹察老爷也过世了。金鼻子仗着家中开着不少买卖，浮财甚多，不耽误他摆阔充大爷，今天听戏捧角儿卖了粮行，明天斗蛐蛐儿输了金铺，去一次大烟馆抽没了北门里的三合院，吃个早点都得花出去五亩地，没多久浮财散尽，落到了身无分文的地步，他却不着急，浮财没了不要紧，家里还站着房子躺着地呢。

他们家这宅子是坐北朝南的"四合套"。什么叫"四合套"呢？天津卫早先是驻军的地方，城内以衙署公廨为主，你再有钱，也没地方让你盖房。有钱人想在城里买房，顶多先置办一个四合院，几时等到前后左右的住户变卖家宅，再买下来扩充出一层套院，民间俗称为"四

077

合套"。

金鼻子家祖传的府宅，里外四层的大四合套，茅房比县太爷的衙门还大，外边看"虎坐门楼一字墙"，两扇朱漆木门又大又厚，刷得红中透亮，能照出人影来，院子里穿廊圆拱、山石流水，里里外外百十间屋子，梁上挂玉、墙上贴金，哪间都是顶盖肥。家具摆设、古董字画、绫罗绸缎、珠宝玉器，有的是好东西。金鼻子没钱了就回家拿东西，翻出颗晶莹剔透的南洋珍珠，够鸡蛋大小，扔地上能卖三千银圆，他拿到当铺就换了一百块钱，还告诉掌柜的"小小不言的玩意儿，我嫌它搁家里占地方，你替爷收着吧"，出门把当票一撕，反正没打算赎。拿着这一百块钱，给他捧的戏子做了四面靠旗。

如此这般，把当铺当成自家的钱庄了，今儿当俩翡翠镯子，明儿当个珊瑚盆景，家里金碟子玉碗、象牙筷子犀角杯，大件没了当小件，小件没了当零碎，身上戴的手里玩儿的，有什么算什么，甭看全是零碎儿，那可没有便宜的。比如说冬景天，怀里揣个皮子细里子厚的蝈蝈葫芦，最次也是鬼子薛家的本长。有道是"千金易得，本长难求"，十亩葫芦地，几十年出不了一个这么周正的。再找头路的匠人，押上一龙一虎的花纹，放了蝈蝈进去，取"龙吟虎啸"之意。口盖也了不得，紫檀镶虬角、驼骨嵌象牙、雕红镌山水，拢共三千两银子配成一个蝈蝈葫芦，拿到当铺百不值一，而且是"当不过三"，无论这一次当了多少钱，不出三天准造干净。到最后典房子卖地，传了多少辈儿的家业，终于让他彻底败净了，只剩下一双青云斋的鞋子，用来给自己充门面。

金鼻子以前阔的时候，可不止有钱，那叫"家趁人值"，供他使唤的下人，男男女女、老老少少不下几十个，谁是跟班、谁是长随，谁给他揉肩、谁给他捶腿、谁捧着茶壶、谁端着鸟笼子，皆有专人伺候，再加上花把式、鱼把式、鸟把式、狗把式、蛐蛐儿把式、鹰把式……玩儿什么有什么把式。如今家财散尽,养不起这么多的嘴了,只能全打发了。下人们也是各有各的去处,有的另找个财主当用人,有的回家务农种地,有良心的逢年过节还得回来给主子磕头。

众多下人当中,仅有一个老奴才察荣没走,说是奴才,那可不是一般的奴才,自小过了牛皮文书买来的,改名换姓,生是察家人,死是察家鬼,由于脚踏实地行事周全,察老爷抬举他做了"大查夜",三房六库的钥匙有他一套,相当于半个总管。金鼻子是他从小抱起来的,不忍看着少主当了倒卧,拿出自己仅有的一点存项,给主子在二道街胡同中赁下一处房子栖身。实际上掏一样的钱,可以在城外租个大四合院,但他知道金鼻子住惯了热闹地段,受不了冷清,二道街一带吃的喝的使的用的应有尽有,去哪儿都方便,故此舍大求小。

察五爷从深宅大院搬进小胡同,真可谓是一落千丈,自觉得颜面扫地,直似斗败的鹌鹑、咬败的鸡,整天没精打采。老奴察荣劝他:"不要紧的,英雄不怕落难,主子您是文武全才,想当初您也念过圣贤书,提笔成文、出口成章,单凭这一点,到外边给人家代写书信也好、测字问卜也罢,怎么不能安身立命?"

察五嗤之以鼻:"你把五爷我当什么人了?代写书信、测字问卜?那与贩夫走卒市井小民有什么两样?我拿治国安邦的满腹经纶干这个,对得起圣人吗?"

察荣又说:"对了,前几天我在街上碰见一个戏班子的班主,他说您唱念做打样样都好,尤其是不走鼻音儿,太有味儿了,京城的大老板也未必有您这两下子,只要您肯下海,不出三个月,必定红遍九河下梢……"

金鼻子闻听此言,气不打一处来,伸手抓过桌上的茶杯,扔在地上摔个粉碎,拍案骂道:"大胆的奴才,八流盗骗抢、九流耍艺娼,一个戏子半拉娼,那是下九流,连贼盗都不如!五爷我票戏无非是为了玩儿,怎么能真当戏子?那对得起列祖列宗吗?"

老奴才吃了瘪,吓得跪下磕头不止,再也不敢劝他了。

人有一口气在就得吃饭,金鼻子不出去赚钱,只能靠老奴察荣给人家干零活养着他,仗着过去结交了不少大宅门里的下人,东家干干、西家忙忙,人家碍着面子半舍半给地帮衬着,俩人才不至于饿死。只不过没有了锦衣玉食,上顿棒子面儿下顿棒子面儿,窝头吃腻了改贴饼子,家里腌缸咸菜,再来罐酱豆腐,对付着活命。

落到此等地步,金鼻子仍是"童男童女跳大河——人倒架子不倒",窝头儿咸菜小米粥也得穷讲究,绝不能跟拉车卸货的苦大力一样,攥着窝头儿捏着咸菜,捧着大碗吸溜儿,碟子必须是碟子,碗必须是碗,汤匙、筷子怎么摆怎么放绝不能乱,眼珠子饿蓝了也得细嚼慢咽。

哪怕家里只剩下一根萝卜,连窝头都吃不上了,该摆的谱儿他一样得摆,萝卜缨子切段儿凉拌、萝卜皮切片儿炝拌、炒萝卜切丝、炖萝卜切条,根根都得一般粗细,边边角角的切成滚刀块,再煮一碗萝卜汤,凑够四菜一汤这才叫吃饭!

2

自打金鼻子没钱挥霍了,如同霜打的茄子,整天窝在家里不肯出门,以前马上来轿上去,最次也得坐洋车,两只脚不沾地,鞋底儿比小丫鬟的脸还干净。现如今没钱雇车了,万一遇见熟人太没面子,倒不如跟家忍着。一天两天好忍,日子长了可受不了,如同没驯熟的黄雀儿,整天在家"撞笼"。

可巧有这么一次,察荣不在家,金鼻子从箱子底儿翻出个布包来,包着一件水獭皮的大衣，这可不是一般的东西，取七十二只水獭身上最好的皮子，趁着冬初剥下来，毛尖儿上带着半寸长的银针，请最好的裁缝来到府上，管吃管住缝了一个月，从里到外看不出接头儿，如同一块整皮子。不提皮子值多少钱，仅仅是工费就不得了。那还是之前金鼻子变卖家产时，察荣偷偷留下来的，防备着万一哪天主子吃不上饭了，可以卖了应急。

金鼻子可不管那套，当时暗骂一声"狗奴才藏奸！"，包了水獭皮大衣，又找出那双青云斋的"蚂蚁上山疙瘩底"，急匆匆蹬在脚上，出门直奔典当行！

金鼻子生怕别人瞧见他是从小胡同里出来的，低着头紧走几步，来到大街上才迈开四方步把架子端足了。他这两条腿金贵，面子更金贵，不坐洋车不会走道儿，一摸兜里还有几个铜圆，正好坐车用。民国初年物价低，币制也混乱，当时的一块铜圆比铜子儿值钱多了，也可以说成一块钱，只不过十个铜圆才能换一个银圆。

二道街附近人来人往，满大街都有拉洋车的，因为洋车两侧有两个大胶皮轱辘，所以天津人称之为"胶皮"。金鼻子招手叫来一个拉胶皮的，其中也分档次，最次的是拉菜车，破得不能再破了，车把断了绑根门闩、车底掉了拿大钉子楔上，两个轮子对付着能转，根本坐不了人，拉车的穿得又脏又破，跟要饭的差不多，给人家拉个货运个菜什么的。有的洋车就不同，崭新的凤头车，擦得锃光瓦亮，凿花电镀、起线包铜，轮圈钢轴一尘不染，车厢也宽绰，绷着皮面、垫着棉垫，上边是遮阳棚、下边有脚铃，车漂亮人也漂亮，拉车的年轻力壮、腿脚灵便、长劲十足，青布衣衫外罩号坎，打着绑腿，足登青口布鞋，脖子上搭条白毛巾，同样跑一趟，能比普通洋车贵出几倍，金鼻子专找这样的车。

坐上车不能说去典当行，那多栽面儿啊，离老远就得下车，五个大子儿的路程,他给了拉胶皮的一块铜圆。拎着包袱溜达到典当行门口,看看左右无人,这才昂首挺胸走进去,随手把包袱往柜台上一扔:"掌柜的,爷有件穿不着的袍子,搁家里占地方,舍给你了,值多值少的你看着给。"

掌柜的打开包袱一看,立马陷在眼里拔不出来了,正经是值大钱的东西,心说这位爷真会遮羞脸儿,而今天转寒凉,反倒说水獭皮大衣穿不上了,放家里还嫌碍事,那我得成全你,于是高叫一声:"写!虫吃鼠咬光板没毛破皮袄一件,当银圆一块!"

金鼻子根本不在乎这件皮袄值多少银圆,对他来说一块钱不多,可也够吃一顿烤鸭子的。秋风起树叶黄,正是鸭子肥美之时,点上一只最肥的烤鸭子,胸口的脆皮单切一盘,蘸白糖夹空心烧饼,其余的片作一百零八片丁香叶,葱丝黄瓜条荷叶饼配面酱,夹好了这为"一卷儿"。喝花椒酒解油腻,鸭肉属寒,酒得热着喝,一卷儿烤鸭子配一盅花椒酒。吃饱喝足后拿鸭架子汤腻缝儿,来他个原汤化原食。什么登瀛楼的山东海参、天一坊的八大碗、先得月的满汉全席……哪个也比不上这一口儿啊!

金鼻子越想越美,揣着一块钱由打当铺出来,先到一旁的"中和"烟铺,买了包上等槟榔,捏一枚扔在嘴里,"吱吱咂咂"地边嚼边啐,又抬手叫了一辆胶皮,坐上去高翘二郎腿,吩咐拉车的:"走,春园烤鸭店!"

来到门口,春园烤鸭店的伙计迎上前请安,认得这是有钱的大少爷,尽管落魄了,那也是瘦死的骆驼比马大,牙缝儿里剔下一星半点的,就够伙计吃半年的。当即点头哈腰,一口一个五爷,一个人用不着雅间,让到靠窗的座位,擦桌子、铺桌布,摆齐了杯筷碟盏,沏得了茶水,再递上一条热毛巾。

金鼻子当惯了大爷，想也没想，掏出那一块银圆赏了伙计。这一来他还剩下两块铜圆，吃烤鸭是没戏了，只得告诉伙计，自己这阵子不想吃油腻的东西，但又惦记这个味儿。要了几个鸭油包、一碗鸭架子汤，吃饱了再雇辆洋车，等回到住处，身上一个大子儿也没有了！

　　当天傍晚，察荣回到家，得知金鼻子当了水獭皮袄，心里虽然着急，却连个屁也不敢放，因为奴才不能欺主，何况那件皮袄本就是人家的东西。一赌气没做晚饭，告诉金鼻子今天揭不开锅了，饿他一顿，让他长长记性。

　　金鼻子只在晌午吃了几个鸭油包，饿得半夜睡不着觉，看笸箩里还剩下半个窝头，咸菜缸里有几头腌咸蒜，半生不熟尚未腌透。他捞出三头咸蒜，就着窝头吃了，非但没解饱，反倒觉得烧心。实在熬不住了，只得打家出来，想趸摸口正经吃食压一压。

　　那个年头的饭庄子，几乎没有连灯彻夜的，只能找路边摆摊卖小吃的。金鼻子让鬼牵着似的，一步三摇出了胡同，来到二道街上，放眼一看全是挑着灯卖夜宵的，有卖羊肉包子的，有卖烂肉面的，也有卖吊炉烧饼、煎饼馃子的……其中有个卖馄饨的，正在案板上切着鸡丝，条条带皮、细如发丝，刀法之精、下手之快他是前所未见，心中暗自喝了一个彩。再看旁边那口腾腾冒着热气的汤锅中煮着几个鸡架子，一个个馄饨扔进去，奶白色的滚汤一冲一冒，眨眼就熟了，盛到大海碗中，抓上鸡丝葱花，端着从他眼前一过，可给金鼻子馋坏了。

　　正盯着大锅发呆的当口，收尸埋骨的妖道李子龙走了过来，冲着金鼻子行了个礼："哎哟，五爷，您还没歇着呢？"他已盯上金鼻子一个多月了，跟做贼的一样，下手之前也得踩踩道，眼见机会来了，便即充作熟人，寒暄了几句，拽着金鼻子坐下，吩咐小贩煮两碗馄饨，切上一大盘儿鸡丝，再打两个酒。

金鼻子饿得胃里直反酸水儿，听李子龙道了一个"请"字，哪还顾得上客气，抄起筷子来一尝，皮薄馅足、汤汁鲜美，再配上又滑又嫩的带皮鸡丝，堪称人间美味。顷刻间将一碗热馄饨、一碟子鸡丝扔进了肚子，又抓过酒杯来一饮而尽，辣得龇牙咧嘴，可总算是还了阳。

再一打量李老道，但见此人蜡黄蜡黄的一张面皮，像是大病初愈，长得倒是不寒碜，眉分八彩，目如铜星，鼻如悬胆，四字方口，五缕长髯飘洒胸前，头上高绾牛心发纂，身穿天青色道袍，金银线绣八卦，乾三连、坤六断、离中虚、坎中满、震覆盂、艮伏碗、兑上缺、巽下欠，腰系水火丝绦，足登厚底双梁青缎云鞋，背后插一口宝剑，绿鲨鱼皮鞘，金饰件金吞口，垂着杏黄穗头，亚赛古画中不食烟火的神仙。

金鼻子看着李老道眼生，想不起在哪见过。那也不出奇，贵人多忘事，他是大门大户中的阔少爷，脸上又有个金鼻子，九河下梢有几个不认识他的？心说："甭管你是牛鼻子还是马鼻子，遇上我金鼻子就别想痛痛快快地喘气儿了，这可是你让我陪着你吃的，五爷吃你一碗馄饨，那是赏你的脸，吃完了也该你付账！"

李子龙一肚子花花肠子，且又能言善道，最会糊弄人，对金鼻子一通恭维，喝不到一顿酒，二人便已厮混熟了。自此之后，李老道隔三岔五请金鼻子出来吃喝，只不过他在白骨塔收尸挣不了几个钱，一应开销皆是从沧州带来的家底，出项多入项少，不得不省着用，请不起大鱼大肉山珍海味，顶多买些个炸虾米、炸小鱼、炸素丸子下酒，能花一个绝不花俩。金鼻子没离开过天津卫，更没结交过江湖人，哪知道李子龙憋着什么坏？反正不吃白不吃，总比窝头咸菜强多了。

这一天李子龙去杀人的法场收尸，得了几个冲喜的赏钱，又请金鼻子去开荤。大碗的馄饨双卧果儿，大盘鸡丝往饱了吃，两盘不够来四盘，三个酒不过瘾来五个，二人喝了个天昏地暗。

李子龙有备而来，使出江湖伎俩，三言两语勾动金鼻子的心思。察五爷借着酒劲儿破口大骂，抱怨大清国的铁桶江山破了，他才沦落至此，可没觉着是自己把家产败光了。李子龙听着听着，突然捧腹大笑。

　　金鼻子心里直发毛，不知李老道中了什么邪："你……你笑什么？"李子龙叹了口气："我的五爷，您还是没开窍啊！怎么守着粮仓挨饿、捧着金碗讨饭呢？"金鼻子莫名其妙："禄米仓不是倒了吗？哪儿还有粮仓？"

　　李子龙看了看左右无人，凑在金鼻子耳边说道："有一注大财，足够您挥霍一世，还就摆在您眼前，伸手可取！"

　　金鼻子更纳闷儿了，低下头四处踅摸："在哪儿呢？"李子龙故弄玄虚："您看不见不是？为什么呢？犹如玉在璞中而不知剖也，只差贫道指点您一句，给您捅破这层窗户纸！"金鼻子若有所悟："嘿！你个牛鼻子老道，你想让我抢大街上的金楼银楼去？那不得吃枪子儿吗？"

　　李子龙一摆手："不不不，贫道指点您发的财，身不动膀不摇，一不偷二不抢，三不坑四不骗，换了别人也不行，为什么呢？他们没有那么大的福分！"

　　金鼻子一听这话有点儿意思，论着福分，谁比得了我？忍不住追问："你快给爷说说，怎么发这个财？"

　　李子龙却面露难色："说破了容易，但是事成之后，您得拿出一半分给我，由我捐了香火，替您消一消业障，皆因树大招风、财大招祸，若不依贫道所言，发了财您也留不住。"

　　金鼻子急得抓耳挠腮："行行行，咱是一言为定，绝不能让你白忙活！"二人击掌为誓，说定了二一添作五，一人拿一半，李子龙才给金鼻子献上一计："您家阳世之财已然散尽，可在地府里还存着不少钱呢！"

　　金鼻子挠了半天脑袋，怎么也悟不透，问李子龙："此话怎讲？"李子龙嗤嗤一笑:"五爷您不想想,您是什么出身?您家祖坟不是还在吗?那些个入了土的列祖列宗,谁也不是空着手走的,棺材里满满登登的珍宝,哪一件不是你们老察家的东西?敛吧敛吧凑一块儿,不敢说富可敌国,那也足够您享用了!"

李子龙出主意让金鼻子刨了自家祖坟,换二一个人听了,非跟这个妖道豁命不可,但是金鼻子在坑家败产界独占鳌头,加上李子龙紧着灌迷魂汤,告诉他:"咱可不是挖坟盗墓,这叫迁坟动土。您家的祖坟位于风门水口,把财都冲没了,因此才会落败。贫道早相中了一块宝地,给列祖列宗挪个地儿,老察家一定可以东山再起!"

金鼻子真觉得李老道说得挺对,再搭着这阵子穷怕了,鸭架子汤都喝不起了,成天的棒子面儿,脑门子都吃黄了,闻言非但不恼,反倒连称妙计,怎么早没想到呢?

俗话说"受穷等不到天亮",发财更是如此,金鼻子马上将李子龙请到家中,两个人关上门,连夜合计怎么雇人、怎么干活、怎么迁坟、怎么开棺、东西拿出来怎么分。比如挖出来的棺材也值钱,那都是上等的楠木,交给棺材铺的人,拖回去打磨上漆,还能再卖一遍……大小节骨眼儿全商量定了,差不多天也亮了。

李子龙假模假式地掐指一算:"择日不如撞日,今天正是迁坟动土的黄道吉日!"事不宜迟,当即拿出钱来,让金鼻子去雇干活的民夫。财迷心窍的金鼻子满心欢喜,揣上钱就要出门。而在一旁伺候茶水的老奴察荣,听完他们俩谋划的勾当,冷汗都下来了,连拉带拽拦着主子不让走。金鼻子暴跳如雷:"狗奴才,轮得到你多嘴吗?"当时连卷带骂,狠抽了察荣几个大耳帖子,一脚踹出门外,不准再回来了。

李子龙和金鼻子二位,一个暗中布置,一个出面安排。金鼻子在河边雇了几个卸船的民夫,说自家祖坟的风水不好,挡了财路,要迁坟动土改换门风。人家干活的拿力气换钱，不管这么多，雇主让干什么就干什么，带上锹镐铁锨、穿心杠子、大绳竹筐，风风火火地跟着金鼻子去到坟地！

3

察家大坟位于芦子坑北，整整齐齐排列着二三十个坟头，坟前有汉白玉的石碑、栏杆，引路的仙鹤、驮碑的赑屃、抱着仙桃的童男童女，大户人家坟地里该有的一样不少，迎面靠边戳着一块小牌子，上写"察家茔地"。周围十来亩地，全是老察家的田产，广植树木花卉，搭着几间竹篱茅屋，夏秋时节，常有游人来此踏青赏菊。之前曾有一户逃荒的人家，幸得察老太爷收留，安排他们在芦子坑地头上盖了两间小房，种点庄稼蔬菜，顺带帮着照应察家的祖坟，从没收过租子。那户家人感恩戴德，把坟地收拾得干干净净，每年打下应时当令的菜蔬，必定送到府上给主家尝鲜。

老察家落魄以来，田产都让金鼻子卖光了，仅留下一块坟地，不是他不想卖，只是没人吃饱了撑的买一片坟地。守坟的那户人家无地可种，仅靠打零工谋生，坟茔疏于照料，石碑石人东倒西歪，分外凄凉。

金鼻子等人扛着锹镐，大摇大摆进了坟地。那一带并不偏僻，附近有些个庄户人家，过来过往的也不少，看见有人挖坟，都围过来看热闹。金鼻子双膝跪地，提高了嗓门嚷嚷："列祖列宗在上，不孝子孙察五惊动诸位老人家了，不为别的，给祖宗们换一块上风上水的宝地，捎带着再换换匣子，您各位住着舒坦了，才能保着咱家再次兴旺。"这一番糊弄鬼的话，全是说给围观百姓听的。李子龙则在坟前挥宝剑、摇铜铃，洒净水、焚黄纸，装腔作势比画几下，看看差不多了，冲着金鼻子一使眼色。金鼻子立刻吩咐干活的："挖！"

常年在河边卸船的苦大力，个个身大力不亏，手底下也利索，三下五除二挖开一个坟头，再用大绳勒住了棺材，穿心杠子插进去，从坟坑中抬出来。李子龙是吃过见过的主儿，当初在沧州城外翻尸倒骨，什么样的棺材没见过？指点干活的撬开棺盖，刮尽陪葬的金珠玉器，塞到几个大皮口袋里，再拿麻绳子扎住。

守坟的明知是败家子儿掘墓，眼瞅着他们翻尸倒骨，却不敢多说，人自己家的坟地，你凭什么拦着？何况正逢乱世，落魄儿孙打着迁坟动土的幌子，挖开自家祖坟取走祖宗陪葬翻身之事，可以说屡见不鲜，不过别人多多少少还顾着脸面。比如前一阵子迁动韦家大坟，那是何等的兴师动众？择定黄道吉日，坟头上高搭长棚，和尚念经老道做法，孝子贤孙磕头行礼，按照《坟茔藏穴图》的顺序，小心翼翼搭出棺材，将陪葬的冥器逐一登记在册，再给老祖宗更换装裹，从头到尾有巡警盯着，最后才找机会悄声地取走珍宝。为什么在光天化日之下当众开棺登记冥器呢？无非是不敢自己动手，又怕巡警暗中截留，还得顾着自家脸面，不能落人口实，哪有金鼻子这么心急火燎的？

围观众人指指点点，议论着"金鼻子堪称天津卫头一号的现世报儿"，也有人扯着脖子往棺材里看，想看看到底有什么值钱东西，看明白了够吹半个月的。

金鼻子可不在乎别人怎么说，吩咐干活的搭出尸骨，拿草帘子卷了，连同陪葬的珍宝，一并放到破木头车上。李子龙遣散民夫，他自己推着车，金鼻子迈着四方步跟在后头，直奔"风水宝地"——芦子坑老君堂后的大水沟。到地方捡出尸骨，往蒿草堆里一扔，推着金银财宝就回家了！

李子龙在路上买了些酒食，回到金鼻子住的小屋。俩人吃饱喝足，将珍宝倒在炕头上，一件件拿到手上翻看，像什么羊脂玉的扳指、金刚钻的戒指、碧玺的十八子念珠、翡翠的如意、纯金錾花的穿心盒……单拿出哪一件，也能值个千八百的。

金鼻子没想到这笔财发得这么容易，一边看一边琢磨，早该刨了自家的祖坟，当然现下也不算晚，这么一大片坟地，一天刨一座坟，用不了一个月，挖出来的东西就得塞满这一屋子，真是天无绝人之路、水有无尽之流，列祖列宗有德，五爷我是光着脚踩电门——又抖起来了！

李子龙忍了半天，见金鼻子没有分东西的意思，心里老大的不痛快，耐着性子问道："五爷，分我那一半，是您给我拿，还是我自己拿？"

金鼻子跟穷的时候不一样了，腰杆儿见硬，脾气见长，心说我们家老祖宗都喂了野狗了，凭什么分你一半呢？怎奈之前赌过咒发过誓，商量定了一人一半，再反悔实在说不过去。他眼珠子转了一转，将炕上的珍宝分成两堆儿："得了，这一半归你，尽管拿走！"

李子龙乐得合不拢嘴，一边把珍宝收入囊中，一边问金鼻子明天在哪碰面。

金鼻子一愣："明天？明天没你的事儿了，哪凉快哪歇着去吧。"

李子龙不干了："怎么着五爷？你想过河拆桥，甩了我单干啊？"

金鼻子打个哈哈："爷打小有这毛病——吃惯了独食儿，不容别人在旁边碍眼！"

李子龙急道："咱之前可说定了二一添作五，你怎么能反悔呢？"

金鼻子说："谁反悔了？今天的不是分给你了？你那一半只多不少，我可没说其余的坟头也得分你一半！"

李子龙怒不可遏，从炕头蹦到地上，"爷"都不叫了，指着金鼻子直呼其名："察五，你拿我当棒槌是吗？"

金鼻子一看李子龙翻脸了，心想："此人身后背着一口宝剑，开没开刃那也是个大铁片子，真动上手，五爷拿筷子跟他过招不成？可要说挖

089

多少分多少，又未免太吃亏……"逼不得已使了一招缓兵之计，拽着李子龙坐下："你瞧你个牛鼻子老道，怎么还使上小性儿了，你又不是不知道，五爷我是小家子气的人吗？挖一个坟头分你一半又能怎么着？来来来，坐下喝酒！"

李子龙只是想吓唬吓唬金鼻子，借机下了台阶，俩人重整杯盘，喝着酒商量怎么挖坟取宝。

金鼻子嘴上支应着，心里头暗暗发狠，从小到大除了被土匪绑票那一次，哪有人敢跟他这么说话？不由得怒从心头起、恶向胆边生，几杯酒闷下肚，拿定了主意——前一阵儿家里闹耗子，察荣买了包耗子药，还剩下多半包。他趁李子龙起身上茅房的机会，翻出半包耗子药，偷偷摸摸下到酒壶里，拿筷子搅和了几下。

李子龙是个贪杯的酒鬼，回来又给自己倒上一杯，仰脖子一饮而尽："五爷，撒尿时我寻思了，咱一天挖一个坟头太慢了，只恐夜长梦多，不如……"说到一半，忽然发觉肚子里不对劲儿，翻江倒海有如刀锉，再看金鼻子正一脸邪笑盯着自己，他立马明白了："哎哟坏了！终日山前打鸿雁，怎料被雁啄瞎了眼！"抬手一指金鼻子，没等骂出口，人已经站不住了，原本蜡黄蜡黄的一张脸，随着药力发作变成了青灰色，口鼻之中血流不止，疼得倒在地上来回打滚儿，挣扎了多时，终于蹬着腿儿气绝身亡！

金鼻子骂了声"活该"，抓过另一壶酒，守着李子龙的尸首自斟自饮，"吱喽"一口酒、"吧嗒"一口菜，心说："可也为难，此地不比荒郊野外，屋外就是胡同，如果背着死人出去，撞上巡夜的说不清，在屋中剁碎了喂狗又太麻烦……"

胡思乱想之际，冷不丁瞥见屋里多了一只大野猫，可能后窗户没关紧，让它溜了进来。野猫通体乌黑，仅有鼻子和四个猫爪是白的，蜷着尾巴蹲在死人跟前，不知吞了什么，正不住作呕，要吐又吐不出来，眼瞅着整个身子全变黑了。

金鼻子担心诈尸，抓着桌上的酒杯要砸。便在此时，凭空卷来一阵阴风，裹着一道黑气，正扑在李子龙身上。屋中灯影迷乱，那个七窍带血的死人，竟直挺挺坐了起来，脸色仍是青灰，有如蟹盖一般。金鼻子大惊失色，一时兜不住了，裤裆里屎尿齐流，坐在炕上抖如筛糠。

不单金鼻子，那只猫也吓了一跳，弓着腰夯着毛钉在原地不知所措。李老道低头往自己身上看了看，没搭理吓得半死的金鼻子，冷笑声中抓起野猫推门便走。

金鼻子被死而复生的李老道吓得目瞪口呆，攥着酒杯坐在炕上，哆哆嗦嗦挨了半宿，直至鸡鸣破晓，悬着的心才算落下一半，脱去满是屎尿的裤子，拿手巾抹了抹屁股，换上一条旧裤子，连屎带尿乱七八糟的这一大堆卷起来扔在墙角，提心吊胆地一连三天没敢出门。

到第四天待不下去了，且不说屋子里臭气熏天，饿也把他饿出来了。金鼻子决定去一趟典当行，背着一口袋陪葬珍宝，探头探脑地出了胡同，挖祖坟时李子龙给他的钱还剩下几个，先拿出来对付一口早点，吃完坐上一辆胶皮。

一路上跟拉洋车的打听，问车夫最近几天去没去过西头，见没见过白骨塔下的李子龙。拉车的整天城里城外到处跑，人熟道儿也熟，正赶上昨天路过西门外，还真瞧见李老道了，仍和往常一样，推着小车收尸埋骨。金鼻子长出一口大气，低头看看装满珍宝的皮口袋，不禁得意忘形，心里痒痒得跟猫挠似的，寻思着，自己多少天没下馆子了？多少天没逛窑子了？多少天没押宝耍钱了？金盛茶园的大鼓妞儿还记得五爷吗？东天仙又邀了哪一路名角儿？海参鲍鱼烤鸭子是什么味儿来着？

金鼻子去当铺，自是熟门熟路，在北门外锅店街山西会馆下的车，拐过一个街角，有家"天泰典当行"，早先仅是一间门面，库房在后院，买卖不算大。自打金鼻子来当东西，天泰典当行彻底发了迹，不亚于金山银山长着腿，自己个儿往钱库里跑啊，先后盘下了左右铺户，聘下七八位站柜的先生，俨然成了行业翘楚。

头柜看见金鼻子进门，立马笑脸相迎："给五爷请安了，头几天听说您给老祖宗迁了风水宝地，想必又得了许多祖传的玩意儿，我们库里的地方都给您腾出来了！"金鼻子翻了他一眼："掌柜的太会说话了，响而不臭啊！"头柜心说："嘿，你小子当我放屁呢？行，跟我来骂人不带脏字这一套是不是？不把你的价码压到泥儿里去，从今往后我跟你的姓！"当下腾出栏柜，请金鼻子亮宝。

金鼻子却拉过一把椅子，大马金刀一坐，皮口袋放在旁边，跷着二郎腿说："急什么？五爷我一早打家出来，还没喝茶呢。"头柜赶紧招呼伙计："快给五爷看茶，上高的！"金鼻子不为喝茶，只为摆谱儿，抓过茶杯来呷了一口，搁在嘴里咕噜几下，"噗"地往地上一啐，这才不慌不忙地打开皮口袋，从中拿出个翡翠雕成的九层玲珑塔，半尺多高、晶莹剔透，整块的冰种飘绿花儿，赢镂门窗、烟云流动，曾是老察家先祖供在佛堂里的东西。

头柜心中一震，捧在手上舍不得放下了："五爷，您打算当多少？"金鼻子下半辈子全指着祖坟里的东西了，再不能跟之前一样扔着当了，张嘴要一千块银圆。头柜心里明镜似的，别说一千块，三千块收了，转手也是翻着跟头赚，怎奈金鼻子何许人也？天底下头一号的秧子，不切他我切谁去？于是故作为难，嘬着牙花子说："五爷，咱可是老交情了，您怎么跟我开玩笑啊？这么个小玩意儿，哪儿值一千块？咱这么着，您别多要，我也别少给，银圆两块，足够您吃烤鸭子了。"

金鼻子气得直乐，劈手夺回翡翠塔，往大皮口袋里头一塞："我说掌柜的，你欠着多少绝户账没还呢？上五爷我这儿捡漏子来了？既然你不识抬举，可别怪五爷另换一家了！"

头柜一看到嘴的熟鸭子要飞，赶忙上去拦着："您倒听我把话说完了，两块钱是给您买茶叶的，还有二十块，那才是您当东西的钱！"

金鼻子勃然大怒："以往来当的玩意儿，全是五爷用不上搁家占地方的东西，是多是少你看着给，五爷从不跟尔等计较，你们也别拿五爷当傻小子！这一次可是典当祖传的奇珍异宝，你给这仨瓜俩枣儿打发要饭的呢？这不是恶心老察家的列祖列宗吗？"他气不打一处来，指着头柜破口大骂。当初金鼻子在家使奴唤婢，那是张嘴就骂、抬手就打，又会票戏唱曲，骂起人来那是刚出窑的瓦盆——一套一套的，骂了头柜一个狗血淋头，只差一口黏痰啐到脸上了。

做生意的哪个不是八面玲珑一肚子心眼儿？金鼻子越骂，头柜越不着急，再横的话也能竖着往下咽，只在心里头暗暗发狠，表面上紧着赔不是："哎哟哟……全怪我了，可不敢跟您开玩笑了，您消消火。这一大口袋东西，咱一件一件说，全按您开的价码来行吗？"当场叫来一个伙计，耳语了几句，让伙计跑一趟钱庄子，快去快回。

金鼻子"哼"了一声："牵着不走打着倒退，欠骂！"运着气坐下来，将皮口袋里的珍宝逐一摆在桌上，白玉的祥云、象牙的瑞兽、宣德年的铜炉、乾隆年的金瓯……看得天泰典当行上下人等心里直念佛，今儿个可是青龙偃月扎屁股——开了大眼了！

4

头柜斟茶递烟拿点心，低声下气地陪着金鼻子喝茶说话，忽然闯进来一伙吆五喝六的"灰大褂"。此乃老百姓对缉拿队的俗称，捕盗拿贼的便衣巡缉不穿制服，一人一件土灰色的粗布大褂，比长衫短，比小褂长，为的是不显眼。看着也确实不如巡警身上的"黑狗皮"威风，不够豪横怎么办呢？他们自己琢磨出一路穿法，有疙瘩襻不系全了，前襟半敞，袖口撸到胳膊肘往上，走路左摇右摆，身子往前探，好像随时要掏枪，其实腰里不一定有枪，通常会揣一个手巾卷，遮在大褂里怀，并非用于擦汗，因为私底下不许带枪，除非出去抓差办案。鼓鼓囊囊地揣个手巾卷，隔着大褂一看，短的像"花口撸子"，长的像"二把盒子"，纯粹是吓唬人的摆设。

那么说万一遇上贼了，手里没真家伙怎么办呢？凡是在缉拿队当差的，出门一定会带几个小布包，分黄白红三色，黄包里是沙子、白包里是白灰、红的是辣椒粉，掏出来往对方脸上招呼，久练久熟一扔一个准儿，轻则迷眼，重则失明。缉拿队这伙人个顶个如狼似虎，趿拉鞋，颠蹬腿儿，斜眼儿瞥人带歪嘴儿，往街上一溜达，比混混儿还横，明着吃拿讹要、暗里迤贼通匪，专拣老实人欺负！

当天来到天泰典当行的一伙缉拿队，为首之人又矮又胖，八字眉、单眼皮、蒜头鼻子、大嘴岔，小圆脸儿油光锃亮、白里透红，罗圈腿外八字，腆着个小鼓肚儿，一走一颤巍，一看喂的就是细料。身上也穿着灰大褂，但纽襻系得规规矩矩，袖口垂而不挽，胸前坠着黄澄澄的怀表链子，脚蹬德华馨的方头皮鞋，漂白的袜子，手里拎着文明棍，其实是一柄"二人夺"，抻出来能当宝剑捅人，是一件防身的利器。咱们书中代言，这位非是旁人，刚刚上任的天津城缉拿队大队长费通，官称"费二爷"，外号"废物点心"，又叫"窝囊废"！

费大队长进得门来，拽出一副亮闪闪的铜铐子，不由分说"咔嚓"一下先把金鼻子锁了，怒骂："反了你个胆大包天的臭贼，光天化日在此销赃！"

金鼻子可不把缉拿队的人放在眼里，在他看来，穿不穿狗皮也是狗，就拿费通来说，当年老察家有钱有势的时候，逢年过节都得来府上问问，来往生意有没有欠账不给的？街里街坊有没有暗里伸腿的？使唤用人有没有抬杠拌嘴的？点头哈腰一脸谄媚，办事是假讨赏是真，随便赏个仨瓜俩枣儿的，就能美得这小子翻着跟头出去。过去鹰是鹰鸟是鸟，如今可倒好，鹰鸟齐飞了，敢给你察五爷上铐子，这不反了天了？当即把脸一沉："销什么赃？这全是五爷祖传的东西！再不把铐子打开，我可让你吃不了兜着走！"

费通是真拉得下脸来，有钱你是孙猴子，没钱就是猴孙子，厉声骂道："甭废话！众目睽睽之下你偷坟掘墓开棺盗宝，如今人赃并获，你敢不认？"

金鼻子嘴岔子一撇，理直气壮地说："那是五爷自己家的祖坟，有地契为凭啊，我给老祖宗迁坟犯了哪条王法？"

费通打着官腔叱责道："你家的祖坟也不行，迁坟动土你登记了吗？想当初老韦家的势力可不比你们家小，还不是求到费二爷我的头上，请本大队长亲自盯着才敢迁坟。你事前不报事后不说，偷偷摸摸拿到典当行这么多东西，全是你家祖坟里的？谁能证明其中没有贼赃？另外还有人报案，说你曾在此当过一副弹弦子的指甲……"

没等金鼻子说话，头柜就插口道："对对对，确有其事！"立即让人取来一张自留的底票，上边摁着金鼻子的手印，另有一个錾刻雕花的铜盒，里边整整齐齐搁着一副指甲。

费通问金鼻子："是不是你当的东西？"金鼻子一脸疑惑："是我当的，无非一副弹弦子的指甲，这也犯禁？"费通抬手抽了金鼻子一记耳光："揣着明白你跟我装糊涂！我问你，这指甲是什么做的？"金鼻子大为不忿："骨头的呀！"费通反手又一巴掌："什么骨头的？"金鼻子被打得蒙头转向，眼冒金星，可仍未纳过闷儿来："什么骨头……人骨头！"

费通单等他这句:"对啊,不杀人哪儿来的人骨头?你身上哪块骨头能拿出来使?"

金鼻子恍然大悟:"合着是天泰典当行勾结了缉拿队,栽赃陷害五爷,可那指甲是我花钱买的,国有国法,五爷我背不着这个黑锅!"

缉拿队可不容人喊冤,抬脚将金鼻子踹出门外,拿绳牵住脖子,三步一打两步一抽,押着他去家中起赃。一路上过往行人交头接耳议论纷纷。金鼻子出门不坐车都觉得丢人,此刻两条腿跟灌了铅一样迈不开步,恨不能找个地缝钻进去。

万幸他买的人骨指甲有字据,为什么会有字据呢?毕竟是私凭文书官凭印,当初有穷人家的姑娘夭折,某弦师出了高价,跟姑娘的父母签了字据,截下一小段臂骨磨成指甲,转手卖掉得带着字据,否则谁敢买?又多亏老奴察荣办事仔细,全替金鼻子收着。翻箱倒柜这一通找,还真让他找了出来,连同察家大坟的地契,一并交给费通核对。

费大队长早知道金鼻子没杀人,就是憋着冤他,人命官司虽不追究了,却以逐一查验为由,将察家大坟的地契和几袋子珍宝尽数收缴,煞有介事地贴上封条,告诉金鼻子:"我们还得核对其中有没有来路不明的赃物,这么多东西,没个二三十年查不完,一旦里边有贼赃,你可得随传随到。反正你记住了,这一次不给你鼻子拧下来,就已经给你留着脸了,往后你自己掂量着办!"扔下这一番话,率领着一众手下,拎上察家祖坟中的珍宝,大摇大摆地出门去了。

金鼻子忙活半天,落个两手空空,还让费通打得鼻青脸肿,简直是"王八钻土灶——憋气又窝火",恨得他咬牙切齿,嗓子眼儿发甜,差点儿吐了血,苦海里游着刚看见岸,一个浪头又给打飞了。他手上没有地契,又被缉拿队盯上了,哪敢再挖其余的坟头?除非是破财免灾,掏一笔"活动费"上下打点,有那个钱他也用不着刨祖坟了,想找费通豁命,又怕吃枪子儿,想一头撞死,又狠不下心,真可谓"上天无路、入地无门"。

搜肠刮肚琢磨了一宿,终于是"王八退房——憋不住了",觉得还是该去找收尸埋骨的李子龙:"李老道之前跟我说了,挖开祖坟之后,我得分出一半珍宝,交由他替我捐了香火,以此消灾免祸,否则发了财也留不住,我不听他的话,这才落了个竹篮打水的下场。想那李老道可以未卜先知,喝下耗子药也没死,真不是一般的牛鼻子老道,五爷舍下脸面,再去找他一趟,他总不至于见死不救。"

金鼻子一早上从家出来,连吃早点带雇洋车,身上那几个零钱全花完了,如今毛干爪净,没钱雇洋车了,只能腿儿着去。磕磕绊绊、走走停停,来到西门外,在白骨塔下见着李子龙,仍跟那天夜里一样,青灰色的一张脸。金鼻子多少有点亏心,硬着头皮先施一礼。

李老道还了个礼:"察五爷,别来无恙否?"金鼻子正憋着一肚子委屈,"别来无恙"四个字可太勾心思了,本待一吐为快,李老道却一摆手:"不必说了,贫道早已知悉。"金鼻子求告再三:"万望道长再指点我一条妙计,挖出察家祖坟余下的珍宝,咱俩人还是二一添作五,我一个大子儿少不了您的,有违此言,天打雷劈!"

李老道一笑置之:"贫道方外之人,可不在乎分你一半财物,之前找上你,无非是为了看看察五爷的器量如何。你不听贫道之言,舍不得破财免灾,反倒起了杀心,拿药酒戕害于我,故遭此报。事到如今覆水难收,不可强求了。"

金鼻子悔青了肠子,索性破罐破摔耍开了无赖,往李老道的小推车上一躺:"我不管,反正是你让我挖的祖坟,如今宝贝都没了,祖坟也没了,要么你赔我,要么你把我撂在白骨塔里——权当路倒收了!"

李老道略一沉吟:"嗯……你既登门认错,想是道缘未了,贫道也不忍弃你于不顾,迟早再点化你一场大富贵,眼下时机未到,仍须从长计议!"

金鼻子如同抓住了救命稻草,要不是饿得直打晃,真恨不能跪下给李老道磕俩响的。从此之后,李老道隔三岔五给金鼻子送点吃喝,再带他去街边吃上一碗挑灯馄饨。金鼻子心里长了草儿,每次狼吞虎咽地吃着馄饨喝着酒,总不忘追问自己那场大富贵几时能来。李老道却是讳莫如深,被金鼻子缠得紧了,就招来那只黑猫,偷几枚铜钱给他。

金鼻子大手大脚挥霍惯了,哪看得上这点小钱,伸手接了都嫌栽面儿。他心下懊恼,又不敢对李老道发脾气,鼻子不是鼻子脸不是脸地冲着猫嘟囔:"雪中送炭真君子,锦上添花是小人,五爷真得谢谢你了!"堵着气买了整盘鸡丝喂猫,自己一个大子儿不留。

直到官厅为了安抚民心,定在六月二十三办一场巡城辇会。李老道这才指点金鼻子出头截会,夺下五路护城地仙的牌位,又告诉他:"天津城底下埋着个宝窟窿,等到七月十五鬼门开,你再去钻宝窟窿换金身,得一场无穷无尽的荣华富贵。此话怎讲呢?金山银山总有搬空的时候,又逢乱世,军阀混战、贼匪横行,纵使住在城里头,有钱没势也架不住黑白两道强取豪夺,一旦换了金身,从头到脚全是金子,到那时,贫道再助你一件大神通,让你晃一晃脑袋,就噼里啪啦往下掉金砖,掉多少长多少,不止挥霍不尽,还没人抢得走!"

鬼迷心窍的金鼻子信以为真:"嘿!那可太阔气了,看哪个穿狗皮的再敢来讹五爷,五爷拿金砖拍扁了他!"忙问李老道如何行事?

李老道告诉金鼻子:"关帝庙里的关王爷有一口春秋大刀,看着挺唬人,青虚虚、蓝瓦瓦,左边镶八卦,右边嵌七星……其实是木头片子削的,连个耗子也劈不死。你把它偷回来,贫道传你一个法诀,念出来即可削铁如泥。不过你得先杀一个活人,让刀见了血,方可在辇会上震慑五路地仙,神挡杀神、佛挡杀佛!"

金鼻子早已走火入魔,对李老道言听计从,但他心里也明白,关帝庙有道士住持,光天化日不可能明目张胆进去偷大刀,夜里头人家关门闭户,如何进得去?他跟李子龙对付:"你是老道,关帝庙里头的也是老道,你们是同行,他能不能跟他们商量商量,借咱春秋大刀用几天,再不然你掏钱买下来。"李老道连连摇头:"商量不了,使钱买也不行,一旦走漏风声,只会坏了大事。"但是转念一想,察五说得也对,他一个阔少爷,打小养尊处优,饿死也做不了偷东西的贼,别再耽误了正事,便对金鼻子说:"贫道陪你走一趟,助你盗出春秋大刀!"

关帝庙在老城户部街东口,前面是药王庙,旁边是三义庙,各有三五个老道,经常凑在一块儿,有的附庸风雅,对弈品茗,谈古论今,也有的贪图口腹之欲,买些酒肉解馋。

李子龙从沧州麒麟观带出一辆小木头车,用于收敛尸骨,看着不起眼,却是一件镇观之宝,名为"土麒麟",可以穿山入地,却进不了门神拦路的地方,只得先去踩盘子。关老爷乃是武财神,适逢乱世,前来烧香求财的各色人等络绎不绝。他们俩也装作给关老爷上香,打探清楚内外状况。当夜晚间,街上空无一人,李子龙踩着金鼻子的肩膀爬上墙头,跳到院内,打开院门,放金鼻子入内。

此时的几个道士,正在后殿酣眠。李子龙掏出一截铜丝,三下两下捅开大殿门上七道箍的铁锁,带金鼻子推门进殿,取下周仓泥像手中的春秋大刀,再悄么声地从关帝庙溜出去。

单说金鼻子,扛着春秋大刀,但觉豪气顿生,想起一出《斩华雄》,忍不住哼了几句:"扬扬得意某就出宝帐……上阵去斩华雄,叫他试一试……青龙宝刀……"他从不把人命放在心上,奈何手无缚鸡之力,杀人又不比宰鸡,谁会心甘情愿地伸着脖子挨刀呢?总不能事事都求李子龙,左思右想计上心头——奴才是下人,下人也算人啊!

出去一扫听，得知老奴察荣被自己赶出去之后，四处给人打八岔，侍弄花草、遛狗喂鸟，什么活儿都干。金鼻子连夜把人找来，带至荒坟野地，李老道和那只猫就在旁边看着。此时月冷星稀，阴风阵阵，金鼻子单手擎刀，绕肩缠背耍了个刀花，点指察荣破口大骂："狗奴才，有道是一奴不侍二主，一女不嫁二夫，你有家不回，跑外边给五爷丢人现了！"察荣老泪纵横，磕头如同捣蒜："主子不发话，老奴不敢回去。"金鼻子凶相毕露，一举手中春秋大刀："既是我们察家的奴才，你的命也是我的，且拿你一条狗命，助我一场富贵，你给爷跪稳当了，伸着脖子，不许乱动，待某家取你的项上人头！"

察荣苦苦求告："主子，您念在奴才一辈子忠心耿耿，当牛做马没有丝毫怠慢，话不敢多说半句，饭不曾多吃一口，不看僧面看佛面，不念鱼情念水情，您念在故去的老太爷的分上……"他为仆半生，可也算吃过见过的，说话间偷眼观瞧，这大刀怎么看怎么像木头片子，别再是戏台上的刀枪把子？虽说自己老眼昏花瞧不真楚，但若此刀是镔铁打造，少说得有五六十斤，凭我们家少爷那点力气，拿笤帚疙瘩都费劲，抡得动春秋大刀吗？这是唱的哪一出呢？

金鼻子不耐烦听个奴才多说，念动李老道传授的法诀，关帝庙泥胎手中的木头片子，霎时化作了神鬼皆愁的青龙偃月。随着一阵狂风大作，半空中飞沙走石。金鼻子就觉得手中大刀活了一般，自己抡起来往下剁，"咔嚓"一下，察荣的人头滚出去老远，腔子里鲜血狂喷，溅了金鼻子一脸，尸身直挺挺栽倒在地。金鼻子一错眼神，再看自己手中的春秋大刀，依旧是个木头片子。他心里更有底了，将死尸踹入乱死坑中喂了野狗。这才在六月二十三杀人截会，一口气夺下五路护城地仙的牌位，只待七月十五鬼门开，再跟着李老道钻宝窟窿换金身！

第五章　分宝阴阳岭

1

刘横顺大感不解，设若察荣的尸身让野狗吃了，肯定又是一桩无头案，而金鼻子手上也多了一条人命，还有喝下药酒的李子龙，从蜡黄脸变成了僵尸一般的青灰脸，到底死没死呢？如果说没死，那在月下荒园述说冤情的是谁？钻进去可以换金身的宝窟窿又是什么？怎奈越急越听不清楚，不觉天交五鼓、晨鸡报晓，随着天边泛出了鱼肚白，笼罩在四周的烟雾渐渐消散，刘横顺定睛再看，眼前仅有一只白鼻子白爪的灵猫，外加手牵黑驴的憨宝客了。

窦占龙听到此处，方知金鼻子也是冲着宝窟窿来的，此人生在金窝、长在银窝，却将偌大家业败得一干二净，天灵地宝正是他翻身的机会。至于青灰脸的李老道，肯定不是之前的李老道了，如今这个活死人是谁，又如何找得着宝窟窿，窦占龙是真不知道了。他扒拉扒拉心里的算盘，眨么着夜猫子眼奉承道："刘爷，在天津卫提及您的名号，当真是龙卷风刮不倒的铁旗杆子，总不能够说了不算啊。这金鼻子杀人截会的来龙去脉您都听明白了,城隍庙灵猫是不是该归我了?"

刘横顺可不会让憋宝的绕进去:"咱们有言在先,你助我破了案,猫才是你的。怎么叫破案?活要见人,死要见尸,你至少得让我看见金鼻子才行,如今八字还没一撇,仅凭一面之词,怎能让你带走灵猫?"

窦占龙无可奈何,《宝谱》中没有的内容,他也无从知晓,何况憋宝的受鬼神所忌,说多了容易坏事,只得跟刘横顺约定:"看来七月十五中元节,金鼻子还会再次现身。当晚二更前后,我在卫南洼废砖窑等着,您带上灵猫、外加一挂最响的炮仗过来,咱俩一个取宝、一个抓人,谁也不亏谁。"

刘横顺对窦占龙的话半信半疑,可眼睁着翻遍了天津城也找不出金鼻子,既有此线索,断然不能放过。从芥菜园回到火神庙警察所,天光已然大亮。早起的人们各忙生计,各个水铺、饭摊上炊烟袅袅,本该一片祥和,可家家户户门前的土箱子、土筐,以及街底儿的脏土池子,全都堆冒了尖儿。那些个混着鱼肠子、鸡骨头、馊泔水、烂菜叶的脏土,如同摆在又闷又热的蒸笼上,各处臭气熏天,苍蝇乱飞,人们走道都得捏着鼻子。

刘横顺刚走到火神庙,还没等进门,就听见哈欠连天的老油条在屋里发牢骚:"好嘛,刘头儿一宿没回来,我成大车轮子——连轴转了,我这把老骨头盯得住吗?你们仨也真够可以的,就知道家里炕头儿舒服,没一个早来会儿的,不懂尊老爱幼吗?不行不行,我得赶紧回家歇着,晚上肯定不能来了,今天谁替我值班?"

原来老油条躺在木头桌子上睡了一宿,后半夜蚊子香灭了,额头、脚心、胳膊肘被咬了七八个红疙瘩,一挠就痒是不挠更痒,加之桌板太硬,睡得浑身皱巴,腰酸腿疼,看到张炽、李灿、杜大彪进了屋有说有笑,简直把他鼻子气歪了。

张炽、李灿推托道："值班还得是您来，有您坐镇警察所，我们跟着刘头儿出去抓差办案就没有后顾之忧了。谁不知您是火神庙的老黄忠，五虎上将老当益壮啊，要不是嫂子岁数大了，您准得再给我们添几个大侄子，慢说一天一宿了，再来个十天八天的您也盯得住。您承想，全城通缉金鼻子，挖地三尺愣没找出来，肯定外逃了。甭问，咱们头儿出去一天一宿，准是跑外地抓人去了，等他拿住金鼻子领了犒赏，怎么不得请大伙吃顿解馋的？"

老油条一拍大腿："对，你们哥儿仨可得给我作证啊，我真是一宿没回家，没我在警察所盯着，保不齐后院起火，咱们头儿分身乏术，哪顾得上去抓金鼻子？领了赏钱不得分我一半？"

正逗着闷子，刘横顺手拎灵猫一脚迈了进来。火神庙的四个巡警见了他俱是一愣。杜大彪心眼儿直，听那三位说了半天，自是先入为主，不是去抓金鼻子吗，怎么逮了一只猫？金鼻子变成猫了？

张炽、李灿惯会见风使舵，谁也没吭声，相互使个眼色，一个将猫接过来，一个投了条热手巾递上去。老油条大失所望，嘟嘟囔囔地抱怨："还不如拎只老母鸡呢，咱火神庙又不闹耗子，抓只野猫来吃闲饭吗？"

刘横顺也是一肚子火，不想跟他们多说，擦了把脸，暗暗嘀咕"如果真是城隍庙中的灵猫，论着辈分说不定我还得管它叫师叔，可不能让外人得知"，让杜大彪把猫看住了，又拿出钱来，吩咐张炽、李灿出去买早点。他连着一天一宿没合眼，吃完了得赶紧睡上一觉。

一直嚷嚷着下班的老油条，听说有早点吃，立马跟苍蝇见了蜜似的，再不忙着走了，点头哈腰地跑过来搭话："您不是去抓杀人截会的金鼻子了？怎么逮了只猫呢？"

刘横顺斜了他一眼："甭问了，一句两句说不清。这一宿辛苦你了，

103

今天我盯着，你赶紧回家歇着吧。"

老油条一撇嘴："您看您，一家人怎么还说上两家话了，您还不知道我吗？替您当班，我十天半个月不睡觉又如何，我是那临阵脱逃的人吗？您不说下班还则罢了，您这么一说，我还就不走了！"索性拉过一条板凳，往刘横顺对面一坐，张家长李家短，七个骆驼八匹马……管丈母娘叫大嫂子——没话找话，唠叨个没完。

过不多时，张炽、李灿回来了，一个端着笸箩，烙饼、烧饼、馃子、炸糕、卷圈儿，全是热气腾腾刚出锅的，另一个端着锅热豆浆，覆着层浅黄色的油皮儿，阵阵豆香直往人鼻孔中钻。

老油条咂吧着嘴说："刘头儿给的几个钱，哪够买这么多的？你们俩坏小子又讹上哪个冤大头了？"张炽忙打马虎眼："你吃不吃？不吃走你的！"老油条倒是利索，伸手抄起一根馃子："凭什么不吃？咱们头儿请客，我扭脸一走，岂不是不给他面子？"刚要往嘴里送，却被李灿拦住了："不好意思，还以为你下差事回家了，没打你的量。别看买得多，可只够我们四个人的，那怎么办呢？出门往西是豆腐坊，麻烦你自己买去吧！"

但凡脸皮薄一点的，听了这话也没法再吃了。老油条却是"干活光愣神，吃饭端大盆"的主儿，从不在乎冷嘲热讽，俩眼珠子一转，那股子奸猾劲儿就上来了，慢悠悠地将馃子放回笸箩："不瞒各位，我也替金鼻子一案操心，整整一宿没合眼啊，长了满嘴的火泡，吃不下这么热的东西，不吃可又不行，肚子里没食儿，眼目前儿金灯银星乱转，那还怎么当差？"

刘横顺听得心烦，不等张炽、李灿反唇相讥，先给了老油条一个台阶："行行行，大伙儿知道你辛苦，吃多少你自己带着，拿到家放凉了再吃。"

老油条乐坏了，忙不迭找来一块屉布，卷上一大包早点，又拿烧水的铁壶，灌了满满登登一壶豆浆，哼着小曲拎走了，走到门口儿仍觉得不上算，掉转回头，又让杜大彪往他嘴里递了个烧饼。咬着烧饼回到家，连带他媳妇儿，两口子又省了一天的饭钱。

人有九品、相有百态，对于老油条的所作所为，刘横顺只当没看见，信着置气早气鼓了。他也明白，抓差办案不能指望一只猫，吃完早点进屋迷瞪一觉，起来还得出去，继续打探金鼻子的下落。

接下来的几天，刘横顺访出金鼻子以往常去的饭庄子、戏园子、澡堂子、典当行……逐一踩了个遍，终是一无所获。倒脏土的仍在闹事，城里城外臭气熏天、污水横流、垃圾遍地、蚊蝇乱飞。官厅大老爷的脸色一天比一天难看，坊间的风言风语也传得越来越厉害，都说火能克金，火神爷怎么拿不住金鼻子呢？

刘横顺更是着急上火，吃不下喝不下，嘴角起燎泡，嗓子也肿了，四处寻访无果，眼瞅到了七月十五，有枣没枣他都得来上一竿子了！

民国年间的九河下梢，真可以说是"土的土、洋的洋"，土的能土掉渣儿，像什么巡城辇会、吉祥法鼓、拴娃娃、走阴差……哪一样不是原汁原味地传了几百年？摩登的洋玩意儿也到头儿了，什么是西餐舞会、怎么叫赛马回力球，花花世界光怪陆离。

撂下洋的单说土的，按着天津卫本地风俗，从七月初一"开天门"，到七月三十"关地门"，整个"鬼月"之中，每天晚上都有人在大道边、小道沿烧纸，阵阵阴风卷着纸灰在半空中打旋儿，吓得小孩不敢出门。老例儿也多：比方说"一人不烧二纸"，一个月当中，只能烧一次纸，且不能在马路中间烧纸，走路避免踩踏灰烬，否则容易让鬼缠上。但有钱的大户人家最爱过节，甭管什么节，没有不过的。七月十五中元节是正日子，往年这一天，各大祠堂里边灯火通明、香烟缭绕，为表孝心挥金不吝。供桌上摆着各类干鲜果品，当中是一尺多高又香又甜吃在嘴里不粘牙的蜜供，门外堆着打发恶鬼的馒头垛。后半夜没人守着，就便宜讨饭的乞丐了。普通百姓也是家家祭祖、户户酬神，蒸面人、放河灯、结鬼缘、送魁星。

今年却格外邪性，从一早上起来，无数乌鸦铺天盖地乱飞，河里大片大片地往上翻死鱼，耗子过街、长虫挡路，有水的地方蛤蟆吵翻天、有路的地方蛇鼠乱窜，成群成群的死鸟从天上往下掉，倒脏土的又不肯帮忙，扫街的怎么扫也扫不净，全城百姓人心惶惶。傍黑时分，路上已罕有行人，因为当地民谚有云，"七月半，鬼乱蹿"，尽管说"尘归尘、土归土；人鬼殊途、各走各路"，但是五路护城地仙的牌位让人抢了，没有它们镇着，谁不怕出门撞邪？

刘横顺让老油条守着警察所，又安排其余三个手下在周边巡逻，火神庙挨着河口，如果有放河灯烧法船的，漂到芦苇丛中容易失火，无论如何得盯住了。

交代完差事，刘横顺一个人带着灵猫出了门，他也没提干什么去，捉拿一个跳梁小丑般的金鼻子，犯不上兴师动众，况且又是窦占龙的一面之词，不如先稳一手儿，万一扑空了也不打紧，所以跟谁都没说。

自打"城隍小先生"被刘横顺捉住，许是知道翻不出火神爷的手掌心了，索性当起了"顺毛驴"，成天吃饱了睡、睡饱了吃，开着门都不带跑的，对刘横顺更是俯首帖耳，召之即来挥之即去，没事儿就跟腿底下蹭痒痒。张炽、李灿、杜大彪闲着也逗它，还总喂它点吃的，比老油条的人缘好多了。灵猫不吃剩饭剩菜，哥儿几个买来吃的先喂它。看得老油条大为不满，恨不能猫嘴夺食，并非他缺这口吃的，只是有便宜不占浑身难受，他还有理："娘们儿不能对她太好，猫狗不能喂得太饱，一斗米养恩人，一担米养仇人，咱可不能把猫嘴喂刁了……"惹得那只猫一见他就龇牙，他脸上也让猫挠了几道血檩子。一人一猫算是结了梁子，只不过猫是刘横顺的，打狗也得看主人，老油条不敢动真格的，顶多是暗气暗憋。

刘横顺哪有闲心理会这一人一猫，只想着青灰脸的李老道包藏祸心，接连收去魔古道九条阴魂，盗走西门外的白骨菩萨，又借金鼻子之手夺下五路地仙的牌位，自始至终算无遗策，却落下一只猫，引来个憨宝的窦占龙，究竟是百密一疏，还是有意为之呢？

他心中疑惑，可不耽误抓差办案，从火神庙取了一挂一百响的大查鞭，脚下生风，穿过天津城，一路往南走。要去卫南洼废砖窑跟窦占龙碰头，菜桥子是条近路。此桥位于南门外炮台庄，横跨于赤龙河上，桥边守着挺大一片空场，草木稀疏、坑洼不平，苍蝇乱飞、耗子乱窜。有很多贩卖鲜鱼水菜的乡农，赶早在空场上做生意，挤挤擦擦人头攒动，过了晌午即散，丢下满地的烂菜臭鱼。其实住在附近的人也不少，九河下梢不止"土的土、洋的洋"，更是"穷的穷、富的富"，富的能富死，穷的能穷死，由于山东、河南等地旱灾、蝗灾不断，一批又一批的灾民涌入天津城。纵然是一方宝地，碗里的饭终究有数，又有行帮各派把持，绝不许外人涉足，谁来跟谁豁命。

越聚越多的灾民没活儿可干，吃不上饭一动弹就饿，连要饭的棍子也拿不动，还不能躺着睡觉，因为躺着更饿，宁可在马路边倚墙而坐，有太阳晒着，身上暖和点儿，肚子里就不那么饿了。众所周知，"躲灾逃难"是官方的说法，对于吃不上饭的饥民而言，无非是换个地方等死。您看去吧，菜桥子边上坐的、蹲的、站的、卧的，全是饥民乞丐，人不像人、鬼不像鬼，个个面如菜色、目光呆滞、衣不蔽体，如同行尸走肉一般，离着老远就能闻见一阵阵霉烂刺鼻的臭味儿。

一众饥民聚集在菜桥子周边，无非是为了捡烂菜叶子吃，眼尖的说不定还能扒拉出一条臭鱼、半截虾头。白天跟野猫野狗抢烂菜叶子果腹，天黑了往赤龙河边的破窝棚里一躺，只比死人多一口活气，绝没有出来溜达的，连巡夜的都不往这边走。天亮了才有抬埋队过来，扒拉出断了气儿的，一车一车推去乱葬坑喂狗。所以在入夜之后，菜桥子一带黑灯瞎火，路上连个鬼影也见不着，又值七月十五中元节，月影朦胧、夜雾茫茫，少了蛙叫、断了蝉鸣，此时此地、此情此景，可就该出事了！

2

刘横顺与骑驴憋宝的窦占龙约定，二更前后在卫南洼废砖窑碰头，但是火神爷的脾气最急，加之破案心切，打算先到附近瞧瞧地形。当差的跟当贼的一样，也得提前踩道，以免有所疏漏让金鼻子跑了，所以天一擦黑，他就拎着灵猫出来了。凭一双风火轮似的飞毛腿，走这一程还不快吗？转眼间穿城而过，也合该出事，刚走到南门外菜桥子，突然卷来一阵黑风，直刮得大树低头、小树折腰，灵猫打了个激灵，双眼冒出两道金光！

赶在抓差办案的当口儿，刘横顺可不敢大意，停下脚步举目观望，但见桥上走来一伙轿夫——四个形貌相仿的胖墩子，长得怪里怪气，身高不足四尺，皆为黑衣黑帽、大肚子小脚，蒜锥子脑袋枣核腰，尖嘴嘬腮，獐头鼠目，两撇狗油胡，小眼珠子滴溜乱转，纵使是一个娘生的，也没见过长得这么像的。肩扛一乘五颜六色的扎彩小轿，不知是哪家吃死人饭的烧活儿铺子糊出来的，四面火炭红，描画金砖银锭，冷眼一看与真轿子没分别，只是轿身上挂着几十串白纸钱，随着黑风摇来荡去，显得鬼气森森。

轿顶上盘腿坐着一个圆鼓轮墩的老太太，长得奇丑无比，四鬓高抬裹着花巾，千沟万壑的一张老脸，抹得白不呲咧的，配着一对瞎目糊，左边是个疤瘌眼，右边赛过烂梨花，脸上碎白麻子不分个儿，下巴上一串黑疙瘩，噘嘴尖牙扫帚眉，气死画匠都难下笔。

有句话叫"人不知自丑，马不知脸长"，怪老太太模样不济，可还紧捯饬——红绫袄、绿罗衣，内衬湖绸小夹袄，水牛腰、罗圈腿，杏黄色的闪缎灯笼裤，织花带子扎裤角儿，三寸小鞋顶着茶盏大的绿缨，侉的都没边儿了，手持一杆又细又长的旱烟袋，玛瑙的嘴儿、紫铜的锅儿，下边坠着花里胡哨的烟荷包，斜叼在嘴上，嘬得吱哇乱响，身上的零碎更多，挂着千把钥匙万把锁，还有打狗饼子问路石。抬轿的四个胖墩子，八条小短腿捯得飞快，随着黑风奔至桥头，挡住了刘横顺的去路！

刘横顺心明眼亮，看得出来者非人，别的不论，谁坐轿子不坐里面？又有哪家的老太太能坐到轿子顶上？何况那还是一顶烧给死人的扎彩轿子，指不定是什么深山老林荒坟古墓中的玩意儿，借着七月十五出来作怪。眼看着小轿在跟前一拦，准知道是冲自己来的，然则魔古道一众妖邪他都没放在眼里，菜桥子上这几个砂锅安把儿的"大怯瓢"够瞧吗？

坐在轿顶的怪老太太趾高气扬，拿烟袋锅子一指刘横顺，阴阳怪气地问道："来的可是刘横顺？"一开口有如破锣烂磬，刺耳无比。听得刘横顺长出一身鸡皮疙瘩，心说："哪来这么一伙胎里怪的东西？怎会知道我的名姓？"他急着去抓金鼻子，并不想节外生枝，告诉那四个抬轿一个坐轿的："既然认得刘某，就该知道我的脾气，趁早把道儿闪开！"

老太太脸色一沉："小子无礼，你立住脚儿，掏干净耳朵听着，老媳妇儿搁关外唤作'黑姥姥'，想当年也是水水灵灵又俊又俏，走在关东山里，谁见了不得多瞅两眼？故此受了胡家门祖师爷的垂青，经他老人家翻云覆雨一番点化,修得十二重楼横骨俱无。为啥挡着你的去路呢?实有一番良言相劝,你可听真楚了,老媳妇儿带着四个崽子下山入关,千里迢迢走这一遭,只为替天行道——收拾憋宝的窦占龙!那厮倒行逆施、言而无信、里挑外撅、缺边少沿儿,屡次残害我门下弟子,做下许多烂眼子的恶事,又存非分之想,到处勾取天灵地宝。此等作为,实乃损阴丧德,更受鬼神所忌,早在阎王簿上记了账、判官笔下勾了名,老天爷都饶不了他。你当懂得好歹,断不可助纣为虐!"

刘横顺听了个一头雾水:"谁问你是谁了?这一大套你跟我说得着吗?哪一条律法上写着不许憋宝了?我为什么得听你的?再说了,你不是跟憋宝的有仇吗,那你只管找窦占龙去,凭什么拦着我的路?"

黑姥姥恨窦占龙入骨,可是这么多年,从没占过便宜,净吃亏了,这才琢磨出一招"釜底抽薪",妄想挡住刘横顺的去路,让窦占龙憋不成宝。而刘横顺这一番话,正戳在黑姥姥肺管子上,好悬没气晕了,登时忍无可忍:"你个拔犟眼子的玩意儿,冥顽不灵、四六不懂!既然你自己往死道儿上走,可别怪老媳妇儿翻脸无情了!崽子们,麻利儿地,把这一人一猫给我拿下!"

四个黑衣黑帽的胖墩子齐声领命,稳稳当当放下扎彩轿子,随即抖开长袍,从裆下放出一股黑雾,打着转裹住了一人一猫。刘横顺提鼻子一闻,这个臭啊,只怕吃了一辈子烂韭菜配旱萝卜的蹲茅坑,都没有这么大的味儿。他见过的邪乎事太多了,根本没把黑姥姥一伙当回事儿,更不想再费口舌,仗着腿快,身形一晃,撞破黑雾,冲过了菜桥子。

黑姥姥叫了一声"好",又厉声骂道:"小瘪犊子腿儿再快,怎及胡家门祖师爷赐下的扎彩轿子妙法无穷!"不等话音落地,已从轿顶上跃将下来,手中烟袋锅子一挑,扎彩轿子拔地而起,飞到半天云儿上,刮着风往下一落,与大碗扣蛤蟆相仿,将刘横顺罩在其中。

刘横顺一双飞毛腿比风火轮还快，怎料扎彩轿子厉害，困在轿中无从脱身，见周遭漆黑一片，仅有灵猫眼中射出的两道金光，他稳住心神，寻思"一顶扎彩轿子能奈我何"？有心踹个窟窿，怎知道一脚蹬出去，如同踹在铁板上，纸糊的轿子纹丝不动，随他使尽力气，依旧是扯不开撕不破。灵猫也在轿子里一通扑腾，撞了个晕头转向，急得喵喵乱叫。

黑姥姥心满意足，在轿子外高声叫嚣："你说你俩跟头把式的，豁愣个啥呢？胡家门的扎彩轿子刀枪不破，用不着时拿阴火烧成纸灰，又随用随有，凡夫俗子岂能损之分毫？你俩就老实趴着吧，仗着老媳妇儿我修的是善道，不可能要你这一人一猫的命，等憋宝的窦占龙吹灯拔蜡归了西，过个三五十年的，再放你俩出来不迟！"说罢吩咐一声，"崽子们，给我把这姓刘的和那只死猫带去关东山，杀一杀他俩的威风、扳一扳他俩的脾气、蹲一蹲他俩的性子，给他俩整得明明白白儿的！"

刘横顺身在扎彩轿子中，只觉两脚离地，身子乱晃，心中暗骂："什么黑姥姥白奶奶，真让你们几个歪门邪道的东西抬到关外，我还有脸回天津卫吗？"

他可不只腿快，脑子转得更快。火神庙老刘家世世代代拜火吃饭，祖传的金瓜流星暗藏"钻金火"。刘横顺急中生智，扭动锤头机括，一抖金瓜流星，登时闪出几个火星子，随即腾开烈焰，可了不得了，"此火原本在石内，燧人刻木钻金生，五行之中独为盛，南方丙丁最无情"，纸糊的扎彩轿子一下燎着了，几丈之内的树干树枝树叶子呼呼冒火，全变成了火树！

四个黑胖墩子吃惊非小，再看肩膀头子上都冒烟了，"嗷嗷"怪叫着扔下轿子。眨眼之间，扎彩轿子化为乌有，这一次可是让钻金火焚毁，真叫一干二净，半点纸灰也没剩下，再难复原了。与此同时，一人一猫跌落尘埃，刘横顺身法快捷，抓住灵猫着地一滚，立即翻身而起。

黑姥姥气得鼻子不是鼻子眼不是眼，怒骂："大胆的刘横顺，竟敢损毁胡家门法宝，你跟那个憨宝的全该死！"说着话从身上摘下两把锁头，一扬手甩在刘横顺脚下。刘横顺刚一起身，双脚已被锁头坠住，如承千钧之重，拔不动腿、迈不开步。随着黑姥姥一声喝令，那四个胖墩子反身扑来，有扯胳膊的有拽大腿的，要给刘横顺来个大卸八块。

刘横顺火冒三丈："瞎了你们的狗眼，分不清哪瓣儿蒜大哪瓣儿蒜小，真当刘爷我是善男信女了，想怎么摆布怎么摆布？"他出道以来，斗过的强敌不计其数，深知"擒贼先擒王、骂人先骂娘"，看准了为首的黑姥姥，暗道"要收拾这一伙歪瓜裂枣，必先剪除打头的丑婆子"。怎奈握着金瓜流星的手臂被一个黑胖子扯住，急切间挣脱不开。此时心念一闪，想起另一只手还拎着灵猫，抬手掷了出去。那只猫也憋足了劲，出其不意，攻其不备，正落在黑姥姥脸上，"喵呜"一声厉叫，四只猫爪子乱蹬乱挠！

黑姥姥躲闪不及，让灵猫抓得满脸是血，不由得又惊又怒，有力无处使，有法无处用，本以为刘横顺比窦占龙容易对付，哪知道更不好惹，早知如此，何必蹚这浑水？忙叫："崽子们快来，逮着这只破猫，毛儿给它薅光拔净……"

四个胖墩子乱了方寸，抛下刘横顺去救黑姥姥，怎知灵猫敏捷无比，在黑姥姥头上窜来跳去，就是逮不着，气得四个胖墩子骂不绝口。黑姥姥的心念一慌，术法全乱了，坠住刘横顺双脚的两把锁头随即掉落。

刘横顺趁此机会，抡开金瓜流星打过去，剃头的刀子——那叫一个快，真如疾风迅雷一般，行上就下、行左就右，只在电光石火之间，四个胖墩子外加一个黑姥姥，一下一个全打趴下了，个个口鼻喷血、气息奄奄。收拾此等丑类，刘横顺不屑于下死手，打成半死不活的才解恨，收了金瓜流星，拎上灵猫就走。

周边的窝棚中躺着不少饥民,很多人一连几天没吃过东西,到夜里饿得睡不着,听到外面响动不对,有几个胆大的出来看,瞧见一个黑毛白脸的老獾子,另有四个怪模怪样的狐獾子,个个身形肥硕,都快赶上猪羔子了,不知让谁打的,全受了重伤,嘴角淌着血,在地上挣扎爬动。

众饥民看见送到嘴边的肥肉,登时呼爷唤儿一拥而上,拎着后腿捉了。这算沾了刘横顺的光,吃上荤腥儿了。

咱再说刘横顺,起个大早赶个晚集,提起一口中气,拔足狂奔,直冲得尘土飞扬,路旁树枝野草乱晃。来至卫南洼废砖窑,看见黄豆大小的一点火星子忽明忽灭。

骑驴憋宝的窦占龙早到了,手捏烟袋杆,正蹲在窑边喷云吐雾,看见刘横顺走过来,立即站起身来,眨么着夜猫子眼一抱拳:"刘爷,窦某在此恭候多时了!"

刘横顺放下灵猫,途中遇上黑姥姥一事只字未提,因为憋宝的唯利是图、居心叵测,抓到金鼻子之前,他不想多生事端。清朝末年,天津卫的九国租界大兴土木,四郊盖了很多砖窑,在当地取土烧砖,出窑的砖头上皆刻洋文。民国时期,卫南洼的法国砖窑早已荒弃,还有早年挖土留下几个大坑,远看像五六个大碗,周边洼淀遍布,河道四通八达,土坑全成了水潭。此地人烟稀少,荒冢累累,砖窑旁大大小小的坟头不计其数,不同于正经茔地,七月十五家家上坟插柳烧纸送钱,收拾得也是干干净净的,乱葬岗子无人照料,野狗掏的土窟窿倒是不少,却哪有什么宝窟窿?

窦占龙心知取宝的时机已到,用不着再瞒刘横顺了,直言相告:"民间传言,卫南洼这一大片荒坟,通着地府后门,七月十五中元节,灵猫便从此处下去,偷入地府翻看《生死簿》,看明白接下来的一年之中什么人该当横死,它就找上门去,伺机盗取残存的阳寿。可对憋宝客来说，什么地方有天灵地宝，几时显宝，又该如何取宝，全凭手上一本《宝谱》。《宝谱》中写出来的绝无差错。宝窟窿不在别处，就在天津城底下。想当年，九河下梢凿城设卫，屡次遇着地陷，城墙造一段塌一段，费时耗力不说，还砸伤了许多民夫，皆因城下埋着个宝窟窿。无奈没人下得去，更不可能把它挖出来。最后请来受过皇封的五路地仙护持，按照东西南北中五行方位，依次供上五个牌位，以此为镇物，城墙才稳稳当当地立了起来。后来庚子大劫，天津卫的城墙就让洋鬼子拆了，如今五路地仙的牌位又丢了，宝窟窿也该挪地方了。按《宝谱》中的记载，七月十五夜半三更，必定会在砖窑边的坟地显宝，错过这一次，只怕下辈子也等不到取宝的机会了。"

　　刘横顺听了个云里雾里，仍不知什么是宝窟窿，又当如何显宝？反正人也来了，火神庙一百响的大查鞭和灵猫也带了，且看憋宝的如何装神弄鬼吧！

3

　　窦占龙牵着黑驴，带着刘横顺绕来绕去，左顾右盼东瞧西看，相中一个坟头，往坟后边一蹲，叼着烟袋锅子又是一番喷云吐雾。刘横顺受慢急了，心说："你可真够呛，羊角风——老抽啊，不是来憋宝的吗？怎么走两步就得蹲下歇会儿？"

　　天上乌云翻涌，遮住了月光，荒坟中漆黑一片。二人等了一阵子，忽听一声怪响，不远处的一座坟穴裂开，鬼火闪烁，从中钻出一队童子，糙着数也不下几百个，皆是一尺来高，一个个怪模怪样，高的矮的胖的瘦的、丑的俊的男的女的，分着"赤青黄白黑"五色彩衣，全光着脚丫子，没一个穿鞋的。七手八脚拖拽着一头石赑屃，民间俗称"驮碑的王八大哥",只不过没驮石碑,而是一个磨盘大小的石头元宝。众童子有的往东拽、有的往西扯,吵吵嚷嚷争执不断,鸡一嘴鸭一嘴闹了个不可开交。刘横顺支棱着耳朵一听,奇了怪了,竟没有一句人话!

正诧异间,头上云层移转,一轮明月照下来,银霜匝地,亮如白昼。月光之下,一众童子纷纷显形,有的是狐狸、有的是黄鼠狼子,还有许多小刺猬、小长虫、小耗子。合着天津城的五路地仙全让金鼻子拘了去,没了当家主事的约束,底下的重子重孙乱了营、炸了窝,妄想分了石头王八各奔东西。

窦占龙让刘横顺点上一百响的鞭炮,往荒坟中一扔,"噼里啪啦"爆响如雷,惊得五大家的徒子徒孙胆战心惊,王八大哥也不要了,那真叫来如山倒、去似退潮,眨眼之间,逃了个干干净净。

火神庙的大查鞭响彻云霄,待到硝烟散尽,砖窑旁荒坟中恢复如初。刘横顺见怪不怪,问窦占龙:"你又不是撒尿和泥的小孩儿了,放炮崩鸡窝图一乐儿,不是说来找宝窟窿吗?在哪儿呢?"

窦占龙嘿嘿一笑:"你瞅着是个石头元宝,但在憋宝的眼中,此物名为阴阳岭,说来也是一件地宝,连着九天三界,怎奈太大了,憋宝的褡裢装不下,恰似炖熟的鸭子摆在眼皮底下,只许看不许吃,可有多难受?幸亏宝窟窿也在阴阳岭上,刘爷不必焦躁,且看窦某略施手段,将此宝一分为二!"

驮着元宝的石赑屃斜杵在月光之下,投在地上的黑影,形同一座山岭。窦占龙引着刘横顺转至暗处,随着月影西移,二人一驴外加那只灵猫的身影,渐渐融入那片漆黑的轮廓。

刘横顺盯着黑黢黢的影子,越看越觉得无边无际,铺天盖地,吞没四面八方,再也看不见月光了。灵猫眼似金灯,竖着尾巴扭动身躯,引着二人一驴往前走去,不知不觉之间,竟已置身于一座山岭之上。

窦占龙告诉刘横顺:"咱们有灵猫引路,一进一出不难,更不必担心月影移开,不论在此耽搁多久,于尘世而言,无非顷刻之间。却须当心,阴阳岭这一面通着暗界,掉下去万劫不复!"

刘横顺不明所以,再看岭上也没那么黑了,周遭密密麻麻,插满了焦煳的半截树根,似乎曾遭雷火烧灼,却死而不倒、枯而不朽,看得人心里毛毛咕咕的。越往高处走,山路越是崎岖陡峭。兜兜转转绕过一大片焦炭般的树桩子,林中斜插着一截半人多高的枯木,古树鳞皮皆已玉化,当中是个大窟窿,渗出许多水珠。灵猫飞奔上前,迫不及待地伸着舌头去舔。刘横顺以为它走得口渴,窦占龙的夜猫子眼则是一亮,叫道:"宝窟窿在此!"刘横顺更纳闷儿了:"李老道指点金鼻子……钻这个树窟窿?"

窦占龙冷哼一声:"金鼻子来与不来,非是我能左右,但我估摸着,他多半是上了妖道的恶当。窦某人走南闯北,拿的是天灵地宝,天灵是活的,地宝是死的。您还甭说天灵,我们憋宝的拿到一件地宝,就得有多大的机缘和气数?然则一件天灵,又抵得上十件地宝。虽说宝窟窿只是地宝,够不上天灵,又只能用一次,却夺造化之秘,有个俗名叫'女娲肠',可赋予万物生机,能让地宝变成天灵。换言之,死的进去,活的出来。金鼻子败家子儿一个,他又不是地宝,钻进去也变不成天灵,纵然拿着五大仙家的牌位,又得李老道相助,仗着邪法上了阴阳岭,可是没有窦某人的黑驴,谁又能将宝窟窿拽出来?"说完从褡裢里捧出一口金钟,仅有巴掌大小、赤金打造,上有蒲牢钟纽,池间满刻铭文,横纵二带相交之处,雕刻着一朵栩栩如生的宝相花。托在手中倒转三圈,正转三圈,轻轻吹上一口气,花瓣径自旋转,金钟轰然作响,声若海潮,久久不绝,同时放出霞光瑞彩,灿然耀目,令人不敢直视!

刘横顺暗暗称奇,这可比洋人的电灯泡亮多了。灵猫也吓了一跳,往后退开几步，两个猫眼直嘘唬。

窦占龙存心卖弄："二位上眼，此乃金钟河下的一件古宝，百余年间下河取宝之人不计其数，不是喂了王八就是填了海眼。前两天该它显宝，某才略施手段，骑驴赴水将此宝收入囊中。只等拽出女娲肠，再将金钟塞入宝窟窿，等上几昼夜，地宝即可化为天灵！"

刘横顺可不是来听窦占龙夸口的："我抓不着金鼻子交不了差，你也别想取了宝一走了之！"怎知憋宝的窦占龙贪心最重，见着天灵地宝，就如同苍蝇叮上了带缝的蛋，两个眼珠子直冒绿光，别人说什么他也听不进去了。刘横顺脾气再急也没咒念，眼下一切不明，他不便轻举妄动，只能紧紧盯着窦占龙的一举一动。

但见憋宝客翻身下驴，将金钟挂在一旁的树桩子上，照得周遭一片通明，又掏出一条粗麻绳子，一头捆住枯树根，另一头拴在黑驴身上。窦占龙的黑驴擅于识宝，不用他鞭抽手打，便低下驴头四蹄攒劲，打着响鼻儿，"吭哧吭哧"地使劲拖拽。刘横顺眼观六路耳听八方，瞥见灵猫鬼鬼祟祟地躲到暗处，似乎是怕了什么，窦占龙却不理会，一门心思地取宝发财。

正待将"宝窟窿"连根拔起，忽听身后有个齉齉鼻儿的声音叫道："一介乡下老客，连脖颈子上的皴儿还没搌干净呢，就敢妄言气数，天灵地宝岂是你能拿的？"

刘横顺循声一望，不知何时，身后插了一面血淋淋的幡旗，上写"普济苍生"四字，旗下扔着死得透透的大长虫、瘸腿狐狸、老刺猬、黄鼠狼、母耗子，正是丢了牌位的"胡黄白柳灰"五大仙家，可怜多年道行，一朝尽成画饼。

随着一阵狞笑，幡旗之后转出一个人来，打扮得真叫一个热闹：头戴全家该斩的盔一顶，斜插两根诛灭九族的野鸡翎，瞒心昧己的一身甲，下衬缠尸裹骨的大红袍，胸前丧尽天良的护心镜，腰系捆死孩子的袢甲绦，草包肚子鲶鱼嘴，鸭子脚往外撇，足登名号青云斋的蚂蚁上山疙瘩底，脸上明晃晃一个金鼻子，手拎一口春秋大刀，虽是木头片子削成，却也雕画金龙戏珠、挂缀铃缨，看上去煞是威风！

刘横顺从没跟杀人截会的金鼻子打过照面，可单冲此人脸上这件"摆设"，翻遍九河下梢都找不出二一个来了，足见窦占龙所言非虚。当即将金瓜流星扣在手中，断喝一声："察五，好缺宝儿，刘爷我可把你盼来了！"

窦占龙正牵着黑驴，将宝窟窿从山岭上一寸一寸地往外拔，听到有人出言不逊，也转项回头循声而望，虽断不出对方是什么来路，但从刘横顺的话里，听得出来人正是金鼻子。可甭管你是谁，敢抢天灵地宝，无异于剜憋宝的心尖子。登时撕去善脸，怒目横眉地抡着烟袋锅子，就要冲上前去分个你死我活。

刘横顺一把拦住："窦爷，咱们有言在先，我拿人你取宝，谁也别碍谁的事！"窦占龙夜猫子眼一转，看看金鼻子，又看看刘横顺，心说"刘横顺手中那条金瓜流星可不是吃素的，收拾一个金鼻子绰绰有余，我得紧着干正事"，便不再搭理大放厥词的金鼻子，转头又去跟宝窟窿较劲了。

金鼻子打小逆天暴物，仙丹治不了的没良心，只要自己痛快，从来不把别人的命当命。自打杀人截会，夺下五路护城地仙的牌位，依持邪术，更狂得不知道自己行老几了，整天盘算着怎么刀劈活人。但见他将手中大刀一横，仰天打个哈哈："听李道爷言讲，缉拿队有个跑得比兔崽子还快的飞毛腿，妄想败坏五爷的大事，本以为是何等厉害的角色，今日一见，也不过是个为虎作伥的狗腿子，给五爷提鞋都不配，老母鸡坐月子——你给爷玩儿蛋去！实话告诉你，之所以留下灵猫将尔等引至此地，皆因没有憋宝的黑驴，谁也拽不出阴阳岭上的宝窟窿，这全是李道爷设下的奇谋妙计。五爷我福大命大造化大，按着李道爷的吩咐，在七月十五中元节砸掉五路护城地仙的牌位，宰了胡黄白柳灰，血祭土麒麟，借此来到阴阳岭上钻宝窟窿换金身。现下大事得成，索性来个一勺烩，捎带着把你和憋宝的乡下老客收拾了，连那头黑驴也宰了下汤锅，做几个驴皮影耍着玩儿，省得将来挡五爷的路、碍五爷的眼！"

刘横顺见多了心狠胆硬的亡命之徒，想不到一身囊膪的金鼻子，肩不能挑担、手不能提篮，居然也敢口出狂言，他是不怒反笑："行，你小子出息不大，口气倒不小，就冲你敢这么说话，我今天不拿枪打你，暂且留下你一条狗命，拎到巡警总局有个招对！"

金鼻子暴跳如雷："刀快不怕脖子硬，姓刘的你纳命来！"抡开春秋大刀，口中念念有词，一瞬间飞沙走石，裹着一股子疾风，搂头盖顶直劈下来！

占据瓦岗寨的混世魔王程咬金，抡开斧子还有个三招半，目中无人的金鼻子却是"黄瓜敲锣——就这一下子"。刘横顺可不比伸脖子挨刀的老奴察荣，金瓜流星早已扣在手中，此时一不躲二不闪，抖开金瓜流星，当真是不出手则可，一出手有如石破天惊，后发先至，飞锤长了眼似的，正打在察五爷脸上。

猖獗如金鼻子，手擎春秋大刀，俨然把自己当成斩颜良诛文丑的关圣帝君了，在刘横顺面前也走不过一招，真可以说是"踩着凳子够月亮——差得太远了"。但听"嗷儿"的一声惨叫，五爷的鼻子瘪了，门牙碎了，满嘴的鲜血，手中的大刀也扔了，抱头捂脸遍地打滚，杀猪一般惨呼哀号。

还多亏刘横顺手底下留着寸量，没打算要金鼻子的命，因为这小子行凶截会犯了众怒，坑苦了一众倒脏土的穷哥们儿，一下打死太便宜他了，非得给他插上亡命招子，绕着天津城游街示众，最后押至西关外小刘庄砖瓦场的美人台，挨上陈疤瘌眼两梭子枪子儿才解恨。

刘横顺收住飞锤，一脚踏住金鼻子，正待给他捆上，忽听得一声巨响，恰似天崩地裂，震得耳底发麻。原来是窦占龙一下接一下地拍打驴腚，黑驴被他打急了，四蹄腾空，猛地往前一纵，将宝窟窿连根拔了出来。在这一瞬之间，阴阳岭地动山摇、分崩离析。金鼻子趁刘横顺立足不稳，抓住挂在一旁的金钟，来了个就地十八滚，手脚并用钻进了宝窟窿！

窦占龙大惊失色，宝窟窿可以让地宝变成天灵，但是只能用一次，怪自己贪念太重，光盯着宝窟窿，竟给了金鼻子可乘之机。急忙扑上前去，伸手抓住金鼻子的两只脚，使出吃奶的力气，总算把那一身囊膪从宝窟窿中拽了出来。再看这个天津卫的头一号败家子儿，脸塌了一半，七窍流血，身子软塌塌的，已然死透了！

憋宝客夺的是天灵地宝，可不在乎一个坑家败产的金鼻子是死是活，抬脚将尸首踢到一边，又着急忙慌趴在地上，伸着胳膊去掏金钟，摸是摸得着，但怎么抠也抠不出来了。

刘横顺在一旁看得分明，以为自己下手太重，一飞锤打死了金鼻子，心头顿时一沉，本想拎着杀人截会的凶顽，在天津城里走这么一圈，让老少爷们儿瞧瞧，那是何等的威风？只恨费那么大劲，最后还没拿着活的，虽说死的也能销案，尽可以带去五河八乡巡警总局，给倒脏土的一个交代，却总觉得差点儿意思。

正觉为难，幡旗"呼"地一撩，钻出来一个推着小木头车的老道：头顶九梁一字冠，身上双带飘双叶，脑后金圈分日月，额前三点绘三光，八卦道袍按阴阳，腰下长绦玉皇结，白布水袜登云履。这一身打扮绝对下了血本，捯饬得真不含糊，再没见过这么老道的了，恰似李耳重生、纯阳再世，只不过面如蟹盖，脸色青中透灰，看着没有半分活人气息，跟刚从古墓中爬出来的僵尸一样。

李老道那辆小木头车上摆阵似的，放着一尊白骨菩萨，身上挂了九盏油灯，闪着忽明忽暗的鬼火。刘横顺见着此人分外眼红，烧了骨头认得灰——正是在西关外收尸埋骨的妖道李子龙！

4

李老道不慌不忙，撂下小推车，冲着怒目而视的刘横顺一摆手："刘爷，咱俩的事儿不忙，容贫道先拿此人身上的鳖宝！"

窦占龙正急于掏出金钟，听得又有人来抢自己身上的鳖宝，额上青筋直蹦："我走南闯北到处憋宝，从没这么不顺，怎么又出来一个拿我当软柿子捏的？许不是吃下熊心豹子胆了？"

李老道面沉似水，盯着窦占龙，厉声喝道："窦占龙，讨命的账主子到了，你身上的鳖宝可该物归原主了！"

书中代言，窦占龙被三足金蟾占了形窍，一辈子要躲九死十三灾，这只是他的一个分身，受财气迷心，因此贪得无厌，只想着如何取宝发财，偶尔念及前事，也是恍恍惚惚。仗着埋在脉窝子里的鳖宝，上看天下看地，无宝不识，不饥不渴，不疲不累，凭这一身能耐开山探海，心大胆也大，没有不敢去的地方，更没有不敢拿的天灵地宝。而李老道一句话点醒梦中人，窦占龙扭过头来一看，猛地记起前尘旧事，直吓得心寒胆裂，脸色煞白，四肢打战，阴阳岭上的宝窟窿不要了，镇河的金钟也不掏了，脑中只剩一个念头"逃"！

青灰脸的李老道森然一笑，伸手抓了过来。窦占龙惊骇至极，纵身跃上驴背，一烟袋锅子狠狠打在驴屁股上。黑驴立马蹽儿了，项上鬃毛直竖，尾巴根儿翘起老高，驮着主子舍命狂奔。李老道拂尘一摆，挂在白骨菩萨身上的九盏鬼火飞出去，围着窦占龙嗖嗖乱转。

窦占龙左冲右突走投无路，火烧眉毛的紧要关头，胯下黑驴插翅一般，纵上去三丈多高，从圈中一跃而出，落在阴阳岭下，眨眼间踪迹全无。

李老道也是托大，一个没留神，又让窦占龙从眼皮子底下跑了，多少有点无可奈何，自言自语般叨咕了几句，随即一挥袍袖，收住了九盏鬼火。

刘横顺暗暗皱眉，看来窦占龙也没多大起子，枉称什么上天入地逢险必夷，怎么见着个李老道就吓跑了？就这两下子还憋宝呢？碍于鬼火阻隔，他来不及出手相助，再往宝窟窿那边看，灵猫吓得全身毛竖，直似吞了烟筒油子，净剩下打哆嗦了。刘横顺迷惑不解："妖道李子龙究竟是什么来头，为什么城隍庙的灵猫这么怕他？"

正在此时，牲口串铃"哗铃铃"作响，黑驴又冲上了阴阳岭，窦占龙却已气绝身亡，懈了咣当的身子跌下驴背，一只脚挂在镫子上，大张着嘴脸色铁青，两只夜猫子眼往外凸着，不知岭下见着了什么情形，有如被活活吓死的，任凭黑驴拖着，东撞一头、西撞一头地到处乱跑。

刘横顺见李老道仍想拦下黑驴，怎奈拖着窦占龙尸首的黑驴，发狂一般胡乱冲撞，一脸邪气的李老道也无计可施，心说："且不论窦占龙是死是活，天津城几次大乱子，均与妖道李子龙脱不开干系，苦于挖地三尺找不着人，此番在阴阳岭上显身，说什么也得将妖道生擒活拿，问个水落石出！"他动念拿人，自不必再费口舌，使了一招猛虎擒羊，一个箭步蹿上去，出手如电，来抓李老道的手腕子。

他想得简单，一旦扣住脉门，也就是寸关尺，这个地方通着心脉，一般人被捏住了准没跑儿，即便李老道有妖法在身也施展不了，以自己

122

的手劲儿，足以攥碎妖道的腕骨，紧跟着脚下一勾，把人放翻了，再拿索子捆住，直接拎去巡警总局。终归想拿活口，换个手黑的巡缉，逮着脸对脸的机会，绝对是二话不说，先往裤裆底下撩一脚，这叫"绝户脚"，有孩子的捡个便宜，没孩子的就算绝后了。但以刘横顺追凶擒贼的手段，出手就该万无一失，怎知白骨菩萨身上的九盏鬼火突然一晃，刘横顺抓了个空，再一伸手，仍落在空处。

李老道奸笑一声："刘爷，贫道几次三番相助于你，没功劳也有苦劳，你不说请我喝酒吃饭洗澡听戏，再买上二两茶叶聊表心意，反倒来拿我，岂不是恩将仇报？"他这几句咸的淡的，如同逗闷子一般。刘横顺恨得咬牙切齿，抖开祖传的金瓜流星砸了过去。您可听明白了，不同于对付金鼻子，这一下是"砸"不是"打"，"打"是打胳膊打腿打面门，为的是让对方无力反抗束手就擒，"砸"可是搂头盖顶，奔着脑壳子下家伙，天灵盖再硬，硬不过金瓜流星，他这是下狠手了，拿不着活的，死的也行，绝不能留下这个祸患！

刘横顺身在公门，深知缉拿队不是杀人的军队，抓差办案不能轻易取人性命，一般的小偷小摸做贼心虚，撞见官差就打怵，给俩嘴巴也不敢吭声；偶有厉害的凶贼，会个三拳两脚，能够高来高去，或者身怀利刃心黑手狠的，如果逼得太狠，万一狗急跳墙，容易伤着百姓。眼下可顾不上那么多了，怎料这一出手，又被九盏鬼火挡住了。刘横顺手上祖传的金瓜流星，自幼开练，从无一天懈怠，如臂使掌，收发自如、百发百中，绝不比刀枪剑戟的招式少，又没有花架子，全奔着要害招呼，什么叫"缠、绕、抡、砸、摔"，哪个是"击、劈、收、放、甩"，直练到"疾如风驰雨骤、快似玉女穿梭"，当真是"上打朝天一炷香，下打黑狗来钻裆，左打青龙过东海，右打猛虎下山岗"！

打从出道以来，刘横顺抓过的顽凶贼寇数不胜数，哪一次不是手到擒来？想不到今天邪了门儿了，随他使出浑身解数，怎么也打不着李老道，情急之下，顺手拔出了短枪。他的枪法也是打小跟师父练出来的，外行人大多以为，打枪如同开弓放箭，像什么百步穿杨、一箭双雕、箭射铜钱眼，指哪儿打哪儿，分毫不差，越准越厉害。这么说其实没错，但是用于捕盗拿贼，那又另当别论，贼人不可能一动不动，干等着吃枪子儿，那成傻小子了，所以说枪打得准不准尚在其次，关键是一个"快"，打闪认针的工夫出枪上膛，抬手就打，只要打中了，贼人就跑不了，打不中也得吓得一哆嗦。练到什么程度呢？枪在腰里别着，一伸手攥住枪柄，不用过脑子，枪就自己往外蹦，胳膊自然而然抬到该抬的位置，枪子儿也跟着往外蹿，最后再练准头儿，凉水泼眼珠子、灯底下数蚊子腿儿、半夜打香火头⋯⋯师父也曾告诫他，枪法有了，但绝不能轻易使用，抓人不是杀人，拿住活的赏钱才多，缉拿队并非人人配枪，万不得已开了枪，那也得避开要害，因为贼人该不该死、该怎么死，不是他们说了算的，如果仗着有枪，逮谁对谁下家伙，光天化日惊了路人不说，万一亮了枪还没拿住贼，那不是让人看笑话吗？

刘横顺急火攻心，额上青筋直蹦，迫不得已拔枪在手，对着李老道连开三枪。怎奈那九盏鬼火遮拦，枪子儿又打空了。李老道并不恋战，从容不迫地一摆拂尘，撂下一句："咱们后会有期！"说完带着九盏鬼火，拿小车推上宝窟窿，闪身转过旗幡。刘横顺急冲上前，扯下绘着门神的幡旗，无非是一面烂布旗子，旗下掩着一个土窟窿，李老道早已不知去向。

窦占龙的黑驴方才拽出宝窟窿，阴阳岭已随之崩裂，到得此时，只听"喀喇喇"的巨响一阵紧似一阵，地皮一片一片鼓胀开来，犹如开河破冰，碎石混杂着泥浆从地缝中往上喷涌，直达数丈之高，又"噼哩噗噜"地掉落下来，雾卷云腾，天崩地摧，一片混沌！

刘横顺灰头土脸，身上跟个泥猴相仿。上天无路、入地无门之际，忽见金光一闪——眼赛金灯的灵猫从脚下蹿了过去，猛然想到憋宝的窦占龙说过，此猫心有九窍六瓣，天上的事知道一半，地下的事全知道，最为贪生怕死，它上得了阴阳岭，必然也出得去！

时机稍纵即逝，容不得多想，刘横顺拎上金鼻子的尸首，凭着一双飞毛腿，冲过乱石泥沼，追逐着灵猫眼中的金光，不顾天摇地动一路飞奔，终于一脚踏入荒坟，这才稳住身形，抬手抹去脸上的泥污，再看明月高悬，驮着元宝的石赑屃四分五裂，金鼻子戏袍的袖子被他扯下一只，尸首却不见了，"城隍小先生"也已逃了个无影无踪。

虽然说"千层浪里得活命，百尺危崖才转身"，刘横顺却高兴不起来，金鼻子是悬赏通缉的头号要犯，活要见人死要见尸，可不仅死尸没带出来，还搭进去憋宝的窦占龙一条命，自己口说无凭，断了头的案子，如何跟官厅复命？又怎么跟倒脏土的交代？还有收尸埋骨的李老道，此人暗中布置，接连收去魔古道九条阴魂，带走白骨菩萨，指点金鼻子行凶截会，夺下五路地仙的牌位勾出阴阳岭，又拿着金钟去钻宝窟窿，到底想干什么呢？真别怪金鼻子上了妖道的当，之前李老道指点自己收拾魔古道，自己不也信了吗？这个牛鼻子机关算尽，太会蛊惑人心了，稍一大意，就不免落入他的鼓中。

最让刘横顺脊背发凉的，还是李老道遁去之前再一次留下灵猫，只怕这也在妖道的算计之中，没有此猫带路，自己跑得再快，也逃不出阴阳岭。李老道使尽诡计、用遍奸谋，为的是什么呢？接下来又将如何兴妖作怪呢？这一次可真把刘横顺难住了，有如置身十里迷雾之中，越琢磨越没头绪。然而他无论如何想不到，过了没两天，金鼻子截会一案让人破了，更想不到破案之人，居然是火神庙警察所最没用一个的臭脚巡——老油条！

提及破了金鼻子一案的老油条，几乎没人知道他姓甚名谁，相识的仅以绰号相称。倒不是说不配有名有姓，皆因此人胆小怕事、窝窝囊囊，只会张家长李家短地串老婆舌头，惯于偷奸耍滑占便宜，说话油腔滑调，办事油头滑脑。久而久之，警察所的弟兄、辖区之内的居民、乞丐，乃至于家门口子的街坊邻居，但凡相识的，都管他叫老油条了。

论资排辈，老油条算火神庙警察所的前辈、元老，没功劳也有苦劳。火神庙的五个巡警，一个萝卜顶一个坑，巡官刘横顺管着日常事务，又在缉拿队任职，三天两头出去抓贼，杜大彪站岗守桥盯着渡口，张炽、李灿在外巡街，只能让老油条在警察所值班，看似清闲，既不受风吹日晒之苦，又不必满大街跑腿，实际上闲七杂八的琐碎事务并不少，没了他还真不行。可是从不受人待见，尤其刘横顺，怎么看老油条怎么别扭。

因为刘横顺恨贼，更恨捉贼不利之人。老油条虽是当差多年的巡警，却出工不出力，连瞎了眼瘸了腿的蟊贼也没逮着过半个，看见打架的都躲着走，万一拳头不长眼，把他误伤了，看伤的钱谁掏，克扣的薪俸谁补？所以在老油条看来，偷奸耍滑是天经地义，守夜当差虽不比做买卖，将本图利可也没毛病，挣那仨瓜俩枣的，犯不上卖力气。

另有一桩旧事，挺让刘横顺闹心。前几年，他刚当上火神庙警察所的巡官，上有师父提挈，下有黄治安等穷哥们儿帮衬，大贼小贼一个接一个地抓，不仅黑白两道行帮各派，九河下梢的老百姓也是交口称赞，三教九流五行八作广交朋友，真可说是一顺百顺如日中天。接下来本该平步青云了，偏赶在升迁的节骨眼儿上，老油条的一张破嘴给他捅了娄子！

一等巡官比二等脚巡高了四级，薪俸也多出几块，一天两天显不出什么，日积月累，那可差着不少钱呢。老小子自己不图上进，还见不得别人好，看刘横顺当了巡官眼红，同在一个坑里趴着，你又是晚生后辈，凭什么你先出头？不免到处嚼舌头传闲话，他家也住南小道子胡同，跟摆摊儿算卦的崔老道是邻居。早先还没有火神庙警察所那会儿，就领了个添灯续油打更巡夜的差事，抱着被褥卷住在火神庙里。

据老油条所说，刘横顺在娘肚子里横生倒长，迟迟生不下来，崔老道跑来火神庙，碾碎一对蟒宝混上朱砂，给火神爷脚下的风火轮涂得通红。老油条纳着闷儿，问崔老道意欲何为？崔老道支支吾吾，顾左右而言他。老油条暗暗寻思："远亲不如近邻，同住在一个大杂院儿里，谁不知崔老道无利不早起？想必算定了火神爷显圣，谁去描红添彩，谁就能发财！"崔老道前脚刚走，他就踅摸了一块红朱砂，也拿水调匀了，用手指头蘸着，照葫芦画瓢，在风火轮上涂了八遍。

转天早上，崔老道又来到火神庙，听说刘横顺出世了，悬着的心落了地，可一看火神爷脚下的风火轮，不由得大惊失色。老油条大惑不解，千方百计一番打听，终于从崔老道口中得知："此子是火神爷下界，由贫道相助方得出世，却不知哪个缺心没肺的横死鬼多手，将风火轮上的颜色涂得太重了，可了不得了，一旦让他离开火神庙，必成燎原之火，涂炭八方生灵！"

第六章　老油条破案

1

老油条嘴上没有把门的,三吹六哨一通穷白话,将这一番谣言添油加醋,传得人尽皆知。官厅大老爷素来迷信,出趟门都得翻八遍皇历,耳根子又软,听风就是雨,再不敢提拔刘横顺了,至多让他当个火神庙的巡官,出力抓贼有他,立功请赏没他,始终得不到重用。

当然了,这个说法无从证实,老油条自己也不承认。刘横顺并非鼠肚鸡肠之辈,尽管心里窝着火,掐半拉眼珠子都瞧不上老油条,那也是烦归烦、厌归厌,犯不上挤兑这个老小子。怎知事有凑巧、物有偶然,合该着老油条时来运转,逮着一个露脸的机会,居然破了金鼻子杀人截会一案!

原来七月十六一早,刘横顺打卫南洼出来,满头满脸的灰土,浑身上下没有干净地方,有如庙里的泥胎出来遛早儿,只得先去洗个澡。来至南市玉清池,澡堂子才刚开门,得意泡澡的"堂腻子"们还都没到。伙友以为进来个逃难的,本待伸手拦挡,听说话才认出是刘横顺。

澡堂子新换的池水清澈见底，堂腻子们全是奔着"头过水儿"来的，刘横顺满身泥污，让他直接下去，这一池子水可就糟蹋了。伙友不敢怠慢，点头哈腰喊了声"刘爷"，请进门来，将短枪和金瓜流星存到柜上，扣上三把锁，由柜头儿亲自看管。再伺候他脱去衣服鞋帽，扔入一个扣篓，交给洗衣房浆洗烫熨，递上毛巾、胰子、趿拉板儿，引至淋浴的莲蓬头底下冲干净了，又吩咐锅炉房添火，将池水烧得热气腾腾，这才请他下池子。

刘横顺这一宿累得够呛，汗没少出、腿没少费、急也没少着，下了热水顿觉全身血脉通畅。泡完池子，叫来一位手把儿稳、劲头儿足的扬州师傅，着着实实搓个澡。直搓至浑身通红，脊背上起了一趟趟红檩子，跟刮痧似的，再有板有眼地"噼噼啪啪"从上到下拍了一遍，方觉皮肉松快。拿条大围巾，拦腰一围，到休息间迷瞪了一会儿。

澡堂子里鱼龙混杂，刘横顺躺在小床上睡不踏实，听后来的澡客们东一嘴、西一嘴地瞎聊，也是哪壶不开提哪壶，大多在议论金鼻子一案。他脑子里跟着胡思乱想，虽然打死了金鼻子，但是窦占龙死于非命，又没带出金鼻子的尸首，还让妖道李子龙跑了，折腾一溜够，终究徒劳无功，如何交得了差？

歇足了，衣服也洗得了、熨好了，刘横顺穿戴齐整回转火神庙。进了门还没坐稳当，苦着脸的老油条就凑上前来，吭哧瘪肚地说出一番话，求刘横顺拿个主意。

原来头一阵子，老油条家的三闺女出门子，提前在警察所里发了一遍喜帖，一人敛了两块银圆的份子钱，但他这个闺女嫁到了宝坻县，没在天津城摆酒。哥儿几个随了礼金，又没喝成喜酒，于情于理老油条也该补请一次，哪怕来顿炒菜面呢？他可倒好，揣着明白装糊涂，绝口不提请客之事。张炽、李灿、杜大彪气不打一处来："老小子忒不地道了，三年嫁出去三个闺女，咱一个随两块钱的礼，三个就是六块钱，扔河里还能听六声响呢，他却连一次客都没请过，不行，说什么也得从他身上讹出一顿酒来！"

老油条油盐不进，从不在乎旁人的挖苦损贬，随便张炽、李灿怎么说，但是最怕杜大彪，这位爷一撇子能锤死一头大牲口，真惹急了给他来上一下，他就吃不了兜着走了，万般无奈松了口。可真是掏不出钱，只得找刘横顺诉苦："刘头儿，你瞧瞧他们，总说我老油条抠门儿，成天咸的淡的，挤兑得我跳大河的心都有了，您以为我愿意啊？眼睁着养了仨闺女，个个是赔钱货，不把嫁妆备足了，孩子去到婆家抬得起头吗？她们挨打受骂遭了白眼，我当爹的心里能不难受吗？"

老油条的话是不假，旧时民谚有云"嫁不起的闺女，过不完的年"，对穷家破业的贫苦百姓而言，过年如同过关。咱不提穿新衣戴新帽、如何如何置办年货，退一万步说，谁家过年还不吃顿饺子呢？单单一顿饺子，那也不是轻易吃得起的，穷人家一年到头棒子面儿碴子粥，揭得开锅已经不错了，省吃俭用大半年，打牙缝儿里攒下二斤白面，刚够春节包一顿饺子，那也包不起肉的，往素韭菜馅儿里搁点大油渣儿、碎粉条子，这就叫过年了。有钱的串门子拜大年，穿得里外三新，带着全家老小，到左邻右舍一通转悠，姑娘戴着花、小子拿着炮，个个脸上喜气洋洋。没钱的连屋也不敢出，老街旧邻一个大杂院儿住着，谁家孩子过来说声"叔叔大爷过年好"，你不得掏压岁钱吗？哪怕只给一个铜子儿，架不住街里街坊的小孩太多了，属实的给不起呀，只能跐家忍着，拿老话儿说这叫"躲年"。嫁闺女更费钱，婆家下聘礼，娘家得陪嫁妆，两边较着劲来，你家的陪送少了，可别怪过门之后大姑姐、小叔子瞧不起你，再赶上婆婆厉害点儿，你今后就成了出气筒、受气包，那还有活路吗？

老油条本打算生个儿子接续香火，怎奈他媳妇儿的肚子不争气，想来命该如此，连着三胎都是丫头。您别看老小子为人不行，却特别疼孩子，对闺女百依百顺，有什么吃的用的全紧着闺女。到了该出嫁的岁数，两口子豁出去了，砸锅卖铁也得给闺女提提气。三年嫁出去仨闺女，拉了一屁股两肋的饥荒不说，还借了不少印子钱，真够他受的。家里都快揭不开锅了，哪有钱请大伙喝酒？

刘横顺不是话多的人，老油条在他手底下当差，又开口求到他头上了，他拿得出什么主意呢？无非拿几个钱，告诉老油条："你买上十斤牛肉，咱炖一大锅，烩上豆腐、粉条、素丸子，再来几张烙饼一斤花生米，酒你自己出，算是你请客了。"

老油条千恩万谢，只差当场给刘横顺磕一个了。先回了一趟家，过了晌午，他拎来一捆五颜六色的酒瓶子，老窖、大曲、小烧、女儿红、玫瑰露，各式各样什么酒都有，却没一瓶整的，大多只剩一个底儿了。进了屋转着圈嚷嚷："哥儿几个哥儿几个，谁都不许走啊，今天我老油条请客！"

张炽、李灿气得直翻白眼："嘿！您把席上的酒底子全敛来了？有您这么请客的吗？"老油条一本正经地说："酒底子怎么了？你们俩看看，这全是好酒，我自己还舍不得喝呢！"张炽、李灿不依不饶："请客你还抠门儿？这几瓶酒底子够谁喝的？"

刘横顺不耐烦听他们争执，又拿了点钱，让张炽、李灿跑一趟大酒缸，再打些烧刀子来。老油条则带着杜大彪去西关街，那边的"牛肉铺子、羊肉床子"一家挨一家，只卖当天现宰的牛羊。卖肉的穿着皮围裙，右手攥着刀，左手握着磨刀的杠子，腰窝炖着吃、上脑爆着吃、里脊炒着吃、后腿涮着吃，案板上搁着、钩子上挂着，买哪块给您切哪块。

老油条按刘横顺说的，去西北角买那十斤牛腱子。卖肉的马把儿刀快手也准,拉下肉往秤盘子里一扔,十斤高高的,问明白主顾怎么吃,额外送了一大包炖肉的佐料。杜大彪不干了,炖牛肉不出数,见生不见熟,十斤还不够他一个人吃的,嚷嚷着再来三十斤!老油条赶紧拦着:"别别别,咱没带那么多钱啊!"杜大彪不管那套:"甭废话,我就吃肉,反正是你请客,吃不饱我揍你!"老油条急得瞪眼嘬腮满脸跑眉毛,请客还得挨打,这不要了命了?

多亏卖肉的马把儿打圆场:"筋头巴脑也不错,又便宜又解馋,您给的钱买四十斤有富余。"老油条忙说:"对对对,牛腱子吃着塞牙,筋头巴脑的肉头儿有肥有瘦还有筋,炖得烂烂糊糊又软又糯,下酒也好、夹饼也好,带着汤拌上米饭,再下点面条,那就更香了!"杜大彪信以为真,让他们说得肚子里的馋虫直咕蠕,扛着四十多斤牛肉头儿回了火神庙。

酒肉买齐了,四个人却是大眼瞪小眼,为什么呢?没有会炖肉的!张炽、李灿、杜大彪三个光棍甭说了,自己吃饱连狗都喂了,成天跟街上混饭吃,常年不开火,家里的锅碗瓢盆都凑不齐。老油条虽会做饭,可除了熬白菜就是烩豆腐,最拿手的也无非炒芥菜疙瘩汤,活了大半辈子,从不舍得在家炖肉,实不知如何下手。

刘横顺也没辙,掏钱打了酒买了肉,炖肉还得他来,到底是谁请客?他常年一个人过,很少开火做饭,可除了绣花生孩子,火神爷来不了的还真不多,尤其当年学艺,没少伺候师父饮食,熬鱼炖肉不在话下。当场撸胳膊挽袖子,去到灶上一通忙活。

常言道"紧火鱼、慢火肉",炖肉急不得,尤其是牛肉,欠了火候嚼不动,非得在锅里慢慢地煨着。可给嘴急的杜大彪馋坏了,拎来个小板凳,守在锅台边上添柴续火,听着肉锅里"咕嘟咕嘟"的响动直吞口水。

等到下半晌，飘香四溢的炖肉头儿终于出了锅，分盛在几个大盘中端到桌上。张炽、李灿、杜大彪吸溜鼻子闻着味儿，连声地称赞。老油条也跟着奉承："嘿，这也太香了！想不到咱们刘头儿还有这个手艺！不如咱在火神庙开个买卖，杜大彪上货，刘头儿炖肉，我管账，张炽、李灿你们俩往外吆喝，咱是东边升官，西边发财，两不耽误……"刘横顺为了堵他的嘴，招呼大伙赶紧动筷子："几位，炖牛肉可得趁热，来来来，你们尝尝咸淡！"

老油条比谁都没出息，吃着碗里的看着锅里的，还得斜眼盯着那几位的筷子，谁吃了多少肉，他都给记着数儿，又心疼自己那点酒，抓过酒瓶子对着嘴儿猛灌。

本来他也没多大量，又是掺着喝的，三五个酒底子下肚，醉意直撞天灵盖，眼前一阵阵发白，耳朵里嗡嗡作响。同是喝多了，有的人睡、有的人闹、有的人话多、有的人傻笑……老油条不一样，他喝多了哭。

捯么着前八百年后五百载的伤心事，眼泪汪汪地一个劲儿絮叨："贪个大说，在座的……都是我兄弟，老哥哥我何尝不想……痛痛快快……请大伙吃顿好的呢？但盼老天爷开眼，有朝一日让我老油条发了迹，我非得在你们面前……直直腰、露露脸不可！"

当天是刘横顺值班，他不能喝酒，看大伙吃得差不多了，担心老油条醉后失态，万一说漏了馅儿，让那哥儿几个知道谁掏钱买的肉，免不了又是一番啰唆。有心雇辆胶皮，给老油条送家去，怎知伸手往兜里一摸，才发现没钱了，只能让其余三人凑了几个。

老油条喝得晕头转向，可他不认识亲爹也认识钱，哪舍得坐车啊。道着谢抢过钱来往兜里一揣，打着饱嗝、喷着酒气，摇摇晃晃地出了门。

常言道"酒是高粱水儿，醉人先醉腿儿"。火神庙警察所在三岔河口北边，老油条住在南小道子，必须穿城而过。此时天已下黑，大路上

133

有灯,小胡同没亮儿。他脚底下拌着蒜,跌跌撞撞跟个扳不倒儿似的,摔得也急爬得也快,鼻青脸肿,浑身是土,结果一个不留神,掉进了路旁二尺来深的一条臭水沟,灌下几口臭屎汤子,一股腌臜之气直撞顶梁门。

老油条狼狈不堪地抠着沟边爬上来,脱下衣服拧了几下,湿了吧唧地穿上,小风一吹身上凉飕飕的,不由自主地打了个寒战,垂头丧气接着走。快到家门口了,想想肚子里的酒肉没吐出去,又觉得掉沟里也值了。有心给自己提提气,摇头晃脑地哼唱几句:"人人说道老夫奸,我看世人心更偏;为人若无良谋智,焉能富贵……两双全……"唱完了意犹未尽,仿着戏台上的角儿,迈方步亮靴底,一抬腿不要紧,发觉脚上的鞋子少了一只,心疼得他酒醒了一大半,着急忙慌地抹头往回走,沿着来路找鞋。

其实巡警不缺鞋穿,踩道巡街全凭步撑儿,不缺鞋却也费鞋,所以官厅一年给他们发四双鞋,但是老油条抠搜惯了,领了新鞋舍不得穿,到鬼市上转手卖掉,赚几个钱,或是还债,或者贴补家用,仅留下一双前边豁嘴、后边漏洞的破鞋,踢里踏拉地对付着穿,丢了一只可怎么出门?

正着急的当口,黑灯瞎火的胡同中转出一个人影儿,看打扮是个老道,穿着八卦仙衣,身背宝剑,脸似蟹盖,伸手递上一只鞋。老油条让对方吓了一跳,借着路灯细一打量,认出是西门外白骨塔的老道李子龙,成天推着收尸埋骨的小木头车,车上插着一面小旗,写有"普济苍生"四字,五月二十五分龙会下大雨那天,来火神庙警察所帮过忙。但他所知有限,官厅从未下令缉拿李老道,又没听刘横顺提过,所以并不觉得蹊跷,还当李老道出家之人积德行善,看见他的鞋掉了,追着送过来。

老油条不知利害,抱拳称谢,把鞋接在手中一看,却不是自己丢的那只，包牛皮的蚂蚁上山疙瘩底，深脸儿带尾巴，鞋帮子上圈绣青云，穿一辈子不带坏的，内衬中有名号"青云斋"的印记，沾上这仨字，哪怕一双最普通的圆口便鞋，都顶得上他三年薪俸，略旧了些，但也没什么破损。老油条心下诧异，问李老道："给……给我的？"

2

李老道没吭声，冲他点了点头。老油条喜出望外，蹬在自己的脚上一试，稍大了二分，不怎么跟脚儿，心说："没关系，穿大鞋放响屁，皆为人间美事！无奈何仅有一只，凑不上对儿怎么穿？"有心问问李老道"另外一只鞋呢"，转念一想又没敢问，他怕李老道纳过闷儿来"噢，不是你的鞋啊，那你给我吧，我还得找失主去"，吃到嘴的鸭子岂不飞了？正没理会处，李老道说话了："贫道并非送鞋而来，你看着是只鞋，实乃一桩富贵，不信你跟我瞧瞧去！"

老油条最贪小便宜，出门走路都不同于常人，总是低着头，人不得外财不富，万一捡着钱呢？捡不着钱，捡点烂菜叶子也行，谁白给啊？听说可以发财，想也没想，跟着李老道就走。

怎知李老道引着他出了城，径直来到西门外白骨塔下，往收尸埋骨的小木头车上一指："富贵在此！"老油条上前一看，登时醒了酒，车上有具死尸，身上遮着破草帘子，两只脚露在外边，一只脚光着，另一只脚上赫然穿着"蚂蚁上山疙瘩底"。

老油条胆小如鼠，看见死人脸都吓白了，赶紧退了几步，暗骂一声晦气："合着李老道给我一只死人穿的旧鞋！"又一想，"别不知足了，阎王爷还不嫌小鬼儿瘦呢，我一个臭脚巡，能穿上这么一双鞋，这辈子就算没白活。"他们一家人从头到脚全是估衣铺的旧货，其中不乏来路

135

不明的"小道货",有偷来的有抢来的,也有从乱葬岗子的死人身上扒下来的,买主眼不见为净罢了。穷鬼是比死鬼厉害,老油条为了凑齐一双"蚂蚁上山疙瘩底",全然忘了这个"怕"字,撅着屁股去扒死人脚上的鞋。

李老道却说:"别忙啊,发了这么大的财,你还没谢我呢。"老油条苦笑道:"您甭挤对我了,无非是死人脚上的一双鞋,发多大的财啊?不过我还是得谢谢您,我自己的鞋走丢了一只,家中又没个替换的,正愁明天怎么出门当差呢,您真是解了我的燃眉之急,我给您揖了!"

李老道摇了摇头:"死人脚上的烂鞋如何穿得?想发大财你看看这个!"说着话一把揭开了草帘子,但见小推车上的尸首面如白纸、嘴唇乌青,眼珠子鼓鼓着,还穿着一身戏袍。可把老油条吓坏了,街上打架的他都不敢看,见了血就哆嗦,当时两条腿发软,几乎瘫在了地上。却见死人脸上金光一闪,揉眼看去,竟是一个被砸瘪的金鼻子!李老道问老油条:"认得这位吗?"

老油条"哎哟"一声:"这这这……该不是全城通缉的金鼻子察五?"李老道颔首一笑:"没错,官厅发布悬赏,拿住此人,活的三千,死的两千,这一桩富贵还小吗?"老油条连连点头:"对对对,这哪是金鼻子?分明是钱串子!"

李老道告诉他:"贫道是修行人,用不上俗世钱财,然则你气运正高,合该着时来运转,至于怎么发这个财,你自己掂量着办。只不过你别忘了那句话,天机不可泄露!"

老油条又惊又喜:"您尽管放心,我全明白,打死我我也不说啊,说破了鸡飞蛋打,哪还分得着赏钱?"李老道不再多言,扔下金鼻子的尸首,推着小木头车走了。老油条目送李子龙去远了,心说:"真让我这瞎猫碰上死耗子了,谁说老天爷不公道来着?看来三十年河东三十年河西,我老油条翻身的机会到了!"

可又为难,他不敢碰死人,没有李老道的小推车,总不能背着尸首去巡警总局。他可没有力气背死人,何况大半夜的,万一诈了尸,那还不把他活活吓死?领了赏钱也没命花了。灵机一动,吹着铜哨大叫大嚷,引来了附近的夜巡队,众人抬上死尸,直奔五河八乡巡警总局!

巡警总局大厅里灯火通明,金鼻子的尸首撂在地上。值班守夜的全出来看,一个个捂着鼻子、皱着眉头,围在边上指指点点。天津城缉拿队的大队长费通,当天夜里得着信儿了,觉也不睡了,梦也不做了,马不停蹄地赶过来。看见死透了的金鼻子,压在胸口的一块大石头总算移开了,肝花五脏由里到外透着一个美。先跟老油条称兄道弟,又是一番褒奖,"啪啪啪"地拍着肩膀,夸他胆大心细,神勇无敌,立下大功一件,堪称警界楷模!

老油条接触过最大的官长,无外乎是刘横顺了,虽跟费通打过几次照面,可从没说过话,看眼前的费大队长脸上带着笑,却仍是官威十足,那种拒人于千里之外的派头,简直是只可意会不可言传,打他一进来,值班的巡警再没一个敢出声了。老油条人屁货软,见着费通如同耗子见猫,心里头打怵,腿肚子转筋,以往的油滑劲儿全没了,哆里哆嗦张不开嘴。费通夸了老油条几句,仔细询问经过。老油条不敢胡言乱语,只说贪杯醉酒,走到半路掉进了臭沟,本想爬上来往家走,怎知摔迷糊了,稀里糊涂地走到白骨塔,意外撞见了金鼻子的尸首。

费通会心一笑,大包大揽地办了结案手续:对内行文报卷,专拣往自己脸上贴金的话写;对外张贴布告,宣称杀人截会的金鼻子已然伏法;最后去见官厅大老爷请赏,本该两千的赏金,愣要了三千银圆!

他是这么说的:"老油条捡到的只是一具死尸,尽管可以结案,但是传讲出去好说不好听。百姓们准得议论,说咱巡警总局全是酒囊饭袋,只会捡现成的。人言可畏，必然越传越不像话，小报记者也得跟着乱写。咱又堵不住大伙的嘴，那怎么办呢？倒不如说老油条顺藤摸瓜，查出了金鼻子的下落，只身前去擒贼，金鼻子拒不伏法。二人一场恶斗，插招换式大战三百回合，老油条的鼻子破了，脸也肿了，还掉进臭水沟，丢了一只鞋。可终归邪不压正，他职责在身，奋力击毙顽凶，破了一桩大案。对外这么一说，不仅您脸上有光，老百姓也得给巡警总局挑大拇指，咱们从上到下一并露脸，岂不比一同丢脸强多了？"

官厅大老爷听他言之有理，多花这一千太值了，赏钱又不用当官的自掏腰包，何乐而不为呢？当场拍了板，准许按活的领赏。费大队长确实仗义，肯为手下兄弟们出头撑腰，把赏金从两千抬到三千，那能白仗义吗？当天拨下赏金，"窝囊废"带着人敲锣打鼓送到火神庙，当着众多看热闹的百姓，给老油条披红挂彩，又拿出十六摞红纸裹扎的现大洋，五十块一封，真不含糊，足足给了老油条八百银圆！

那么说三千变八百，老油条乐意吗？没个不乐意，做梦也没见过那么多钱，恨不能认费通当干爹了。因为赏金发下来，层层扒皮级级克扣是惯例，落到他手上还有八百，那就该烧高香了，凡事怕算账，他一个月的薪俸才有几个？当几辈子臭脚巡挣得出八百银圆？您承想，上一次活捉采花淫贼钻天豹，打死铜船会上作乱的混元老祖，那都是全国通缉的要犯，落在刘横顺手上的赏钱才有几个？为什么能给老油条这么多呢？因为捉拿金鼻子的悬赏，主要由倒脏土的行会筹措，官厅怕他们再闹事儿，没敢扣太狠。

费通身为天津城缉拿队的大队长，当着众人的面，架子一定得端足了，在火神庙警察所门口放完鞭炮、发完赏钱，又对围观百姓讲了几句拍唬人的官话，完事他也没急着走，挺胸叠肚倒背双手进了屋。老油条急三火四忙前忙后，沏茶倒水上烟卷儿，点着头哈着腰小心翼翼地伺候着。

火神庙警察所中的其余四位，也是一早得到了消息，此时此刻仍在发蒙，老油条当差有一比：慈禧的爷们儿——"闲疯"了，三个哈欠两个盹儿，只会耗钟点、混鲗目，真到出力的时候，必然是跑肚拉稀外带窜痢疾，谁也找不着他，翻遍五河八乡巡警总局，再找不出一个比他拉胯的了，这么大的案子怎么让他给破了？

费通并不久坐，喝了两口茶，撂下几句场面话，给老油条放假三天，让其余众人各忙各的，谁也别送了，临走一拽刘横顺的胳膊，低声说了句"兄弟，跟我出去坐坐，有话问你"。

二人过三岔河口，来至"上林"茶馆，到二楼临窗而坐，瞅着河景、吹着河风，心怀顿觉一畅。刘横顺问费通："有什么要紧的话，还得出来说？"费通跟刘横顺交情不错，私底下兄弟相称，皆因为他全指望刘横顺追凶擒贼，不得不高看一眼，笑么滋地从皮包中取出四摞红纸裹扎的银圆："哥哥给你截下二百，收着吧。"

刘横顺脸色一沉："这是什么意思？"费通笑道："别人不知道，我还不知道吗？捉拿金鼻子你出力最多，于公于私于情于理，赏钱也该有你一份。"刘横顺一摇头："无功不受禄，金鼻子是老油条找着的，我怎么能分他的赏钱？让我拿这个钱，可比攥个蝎子还扎手！"说完起身要走。

费通忙拉住他："你看你这脾气，怎么这么急呢？得得得，算我错了行不行？不拿就不拿了，我先替你存着，以后给你娶媳妇儿用。咱还说杀人截会一案的凶手，老油条带去巡警总局的尸首我看了，脸上的金鼻子都给砸瘪了，我没看错的话，就是你那条流星锤打的。你得让我明白明白，既然是你打死的金鼻子，尸首怎么落在老油条手上了？"

刘横顺心里正堵得慌，可他并不想跟窝囊废多说，因为说了没用，还给自己找麻烦,只告诉费通:"我也不知道老油条怎么捡着的尸首,但是金鼻子杀人截会,还有魔古道作乱,接二连三几场乱子,皆与白骨塔的李子龙有关,缉拿队应当多派人手,追查妖道的下落。"

费通不以为然:"捉贼捉赃、捉奸捉双,无凭无据的怎么拿人?再说了,咱天津城持枪带棍的军警几千人,区区一个李老道,还能掀得起二尺浪来?你放心,如若他个牛鼻子真敢作妖,哥哥我头一个办他!"

窝囊废可不是信不过刘横顺,在他看来,没有手拿把攥的证据只是一方面,主要在于案由太小,抓一个收尸埋骨的牛鼻子老道能领几个赏钱?那还没说书算卦的崔老道油水大呢,所以说剿匪的最能养寇,抓差的也最能养贼。遇上偷鸡摸狗的小贼,不仅网开一面,甚至还暗中铺道儿、包庇贼人,使贼胆越来越大,直至做下耸人听闻的大案,使得上下震动,悬赏的金额也够高了,再将之一举拿下。抓差办案的能把这一套玩明白了,升官发财指日可待。反正他窝囊废是天津城缉拿队的大队长,抓谁也用不着他出手,有刘横顺在,他有什么可担心的?

刘横顺不再多说了,即便官厅下令拿人,又该上哪儿去抓神出鬼没的李老道呢?喝了一泡茶,别过费通,打上林茶馆出来,先去了一趟鼓楼。杀人截会一案告破,倒脏土的没了借口闹事,黄治安也该入土为安了。刘横顺要去随个份子,发送黄治安一程。

下半晌回到火神庙,正巧在门口碰见一步三摇的老油条。刘横顺问他:"不是让你领了赏钱歇三天吗?怎么又回来了?"老油条咧嘴笑道:"我刚把债窟窿填上,剩下的留给媳妇儿存着,我自己身上也揣了一百当零花。真想不到啊,一百块银圆这么沉。没别的,今儿个我得请请大伙!"

俩人边说边走,一推门就听见张炽、李灿在屋里骂闲街、甩闲话:"老小子一点力气没出,八百块银圆跟天上掉下来的一样,怎么没把他砸死呢？你瞧他乐得那个倒霉模样儿，真好比打哈欠苍蝇飞进嘴、走夜路踩着臭狗屎、癞蛤蟆爬脚面、鼻子眼儿里生蛆，越瞅越膈应人！"

老油条脸皮太厚了，这么多年挨的骂不比吃的饭少，半点没往心里去，打个哈哈，抬腿进了屋："你们俩坏小子又在背后夸我呢？行了别费唾沫了，等会儿有用嘴的地方，快把守桥的杜大彪叫回来，咱上同福楼喝酒去。放心啊，花销全算我的，谁也不许不来，要是不给我这个面子，保不齐我心里一别扭，出门就跳了大河，那你们可缺了德了！"说完掏出两封裹着红纸的银圆，大模大样地往桌上一摆，唬得张炽、李灿面面相觑。

老油条请客下馆子，当真是破天荒头一遭，比大姑娘出嫁还新鲜。刘横顺跟相邻的警察所调班，找来个小巡警替他们盯着。火神庙的五个人一道奔了同福楼。

地点在西门里，天津卫有名的大饭庄，专营津鲁大菜，比"八大成"毫不逊色，门面坐东朝西，上中下三层。磨砖对缝的清水墙面，深褐色单檐歇山屋顶，前出廊后出厦，既可避雨又可遮阴，临街四扇花梨木门，门楣高悬牌匾，刻着"同福楼"三个正楷大字，蚕头燕尾，遒劲有力，一看便是出自名家之手。从门外就听见里面跑堂的大声吆喝、灶上炒勺敲得叮当乱响，这叫"响堂亮灶"，凸显着生意火爆，饭座儿也多。

老油条豁出去了，他这一百块银圆带出来，就没打算带回去，心说："倒让哥儿几个瞧瞧，我老油条是怎么花钱的！"

3

老油条狠下心来，咬着后槽牙，把两封大洋往柜台上一押。见钱眼开的堂倌立马过来，这个行当最懂得看人下菜碟，扯着嗓门儿招呼："干鲜果品配八样，上好的香片沏一壶，三楼雅间请了您哪！"灌满了堂的一声吆喝，惹得楼下吃饭的散座全往这边瞧。谁也琢磨不透，哪儿来的几个臭脚巡？怎么这么大派头？散座都招不开了？

再看老油条，挺胸抬头高昂着脸，脸上的褶子都舒展开了，大摇大摆头一个上了台阶。一行人到三楼雅间落座，老油条没客气，抢了迎门的主座："刘头儿，今儿个偏您了，谁让是我请客呢！"

跑堂伙计拿着羊肚手巾擦抹桌案，铺平了桌布，摆上杯筷碟盏，沏得了茉莉香片，递过热毛巾。张炽、李灿、杜大彪屁股还没坐稳，就招呼伙计点菜。早先的饭馆没有菜谱，后厨里能炒什么菜，全在跑堂的脑子里记着，没等报上菜名，老油条便一摆手："点什么菜呀？伙计，给咱开一桌燕翅席！"

天津卫说的燕翅席那还了得？以燕窝鱼翅领衔，四干四鲜四蜜饯四压桌，六个冷荤十二道大菜，以四季时令区分，菜品各有不同，总之是什么贵上什么，额外的还有点心、汤羹，少一样也不行。在座的有一位算一位，没一个吃过的。纵然是赫赫有名的同福楼，十天半月未见得卖出去一整桌燕翅席。

话虽如此，厨子照样每天都把燕窝鱼翅提前发好了，卖不出去宁愿给自己人吃了，也不能让食客要了短儿，前边一点菜后厨说没预备，那多栽面儿？眼瞅今天来了贵客，跑堂的脸上乐开了花，到灶口拖着长腔高喊一声："三楼雅间燕翅席一桌！"后厨立马忙活开了，散座不顾，全紧着这桌伺候，先上凉菜冷碟，热菜也是勺响菜成，一道一道端上楼来，满满当当摆了一大桌子，茶壶茶碗撤下去，又抱来两坛子随桌的陈年烧酒，打去泥封酒香四溢，闻着都醉人。

杜大彪两个眼珠子直勾勾盯着一桌子菜，看哪个都想吃，抡圆了腮帮子胡吃海喝，反正在座的没外人，谁也不跟他计较，何况整桌的燕翅席十几个人吃都有富余，没他兜底，还真吃不了。张炽、李灿可会来事儿，斟酒布菜一通忙活，嘴里也没闲着，真是拿人家的手短、吃人家的嘴短，哥儿俩一唱一和，竟拣拜年的话说，捧得老油条晕头转向，连北都找不着了。活了大半辈子，头一次扬眉吐气，真想不到花钱是件这么痛快的事儿！

菜顺口、酒管够，几个人推杯换盏再用大碗，灌耗子洞相仿，一碗接一碗地猛喝。刘横顺没心思喝大酒，再三追问老油条，怎么捡着的金鼻子？有没有遇上收尸埋骨的李老道？老油条一口咬定，绝无旁人相助，就是撞大运了。刘横顺不想扫了大伙的兴，又看不惯老油条小人得志的嘴脸，不在火神庙盯着他也不放心，酒足饭饱交代几句，赶着回去值夜了。

留下四个没出息的放歌纵酒、划拳行令，个个吃得肚子溜圆，喝得连亲妈都不认了。直到饭庄子要关门上板了，那也不能撵客，必须由掌柜的赔笑来问："几位爷，咱灶上要歇火了，您看看够不够吃的？用不用再加点什么？"

张炽、李灿见剩下些盘底子，不乏整个的虾仁儿、整根的海参、整头的鲍鱼……净是好东西，让伙计划拉出来，打了包交给老油条："老哥哥，您带家去，给嫂子尝尝。"老油条嘴撇得跟八万似的："用不着，残羹剩饭，你们拿着喂猫去！"

众伙计前呼后拥，将四位"贵客"搀下楼。结完账出来，老油条给他们仨一人叫了一辆胶皮，说定去的地方，提前付了钱，打发他们各回各家。自己在饭庄子门口缓了一会儿，待到酒意稍退，他长舒一口气，心说："我抠抠索索穷了大半辈子，到处遭人白眼、受人挤对，还甭说走道不敢抬头了，喝棒子面儿粥都舍不得大口，今天这个钱花得，太解恨了！"

胡思乱想了一阵，觉得脑袋瓜子没那么沉了，也打算给自己叫辆洋车，等了半天没见着拉车的，却等来了收尸埋骨的李老道。老油条看见恩公到了，带着几分醉意一揖到地："李道长，承蒙您指点，让我拿金鼻子的尸首领了赏。到今儿我才知道，敢情挣钱高兴、存钱上瘾，花钱也痛快啊。您放心，燕翅席没多贵，我揣着一百块银圆出来的，结完账一半也没用了，我老油条知恩图报，明天晚上，咱还是同福楼，还是燕翅席，今天怎么请的他们，明天我怎么请您！"

李老道并不居功："贫道有言在先，合该你时来运转，老天爷让你发财，谁也拦不住，贫道无非做个顺水人情罢了……"说到此处，忽然话锋一转，"可别忘了，挣钱有数，花钱没数，你领的几个赏钱，够吃几桌燕翅席的？"

老油条心里一"咯噔"，要不说钱养人也害人呢，花钱是比挣钱痛快，怎奈花钱容易挣钱难，当了多半辈子人嫌狗不待见的臭脚巡，才撞大运捡着个金鼻子，领的赏钱终究有数。咬牙瞪眼请这一次客，面子是有了，钱也没少花。老言古语说得对，"便宜不可占尽、福气不可享尽"，看来当省则省、细水长流，可别把富余日子再过穷了。同福楼离南小道子胡同不远，与其多掏那几个车钱，还不如溜达着往家走。

李老道干笑了两声："贫道可没劝你省着过，而是来告诉你，你还有一步大运可走，既然称之为大运，那就不是有数儿的钱，只要走对了这一步，顿顿燕翅席又算得了什么？你听仔细了，卫南洼荒坟中有个金孩子，你如此这般……这般如此……逮着它易如反掌！"

有道是"酒不醉人人自醉，色不迷人人自迷，气不找人人自找，钱不爱人人爱钱"。老油条尝过一次甜头儿，对李老道的话深信不疑，当场跪下磕了几个响的，口中称谢不已："李道长啊李道长，想不到世上真有您这样的伏地圣人！"等他抬起头来，青灰脸的李老道早走了。

老油条不知妖道用心险恶，兴高采烈地回了家，整整动了一宿的心思。转天早上，他吩咐媳妇去街底儿米面庄，让伙计给家里送一口袋白面，自己则到西关街，买了十斤羊肉，专挑没有筋头儿的肋扇，外加几个大西葫芦，去这一趟，顺便把香油葱姜一应之物全买齐了。两口子将菜墩子搬到院子里，老油条亲自上阵左右开弓，抡着两把菜刀剁羊肉，"当当当当"剁了个上下翻飞。他媳妇儿拿个擦床，守着大木盆，"咔咔咔咔"地擦西葫芦。

街坊四邻啧啧称奇，同在一个大杂院住了多年，从没见过老油条如此大张旗鼓地做饭，看意思是要包饺子，还是西葫芦羊肉的，就说发了财摆阔，两口子吃得下这么多吗？

老油条是有意为之，唯恐别人不知道，惊动了左邻右舍，他才不慌不忙地直起身来，一边拿毛巾擦着手，一边满院子招呼："各位高邻，谁也别做晌午饭了，包完饺子煮熟了，我挨家挨户给你们送过去，这么多年多亏大伙照顾着，往后还得仰仗诸位呢！那什么，三嫂子、二婶子、四奶奶，还得麻烦您几位帮忙和个馅儿，咸了淡了的，我可调不准。"

南城大杂院儿里的居民，无非剃头修脚、拉洋片扛大包，卖药糖说相声、倒脏土收破烂的，不年不节的轻易吃不上饺子，刚听说老油条破了案，拿了一大笔赏钱，心里头正骂老天爷不开眼呢，怎么能让老油条捡着这么大的便宜？想不到老小子还真够意思，整块的羊肉、整个的西葫芦、整棵的葱姜、整瓶的香油，这盆子馅儿和的，整条胡同都闻得着香味儿！

老油条两口子跟邻居们借来十几个盖帘，手头闲着的大娘大婶子全来帮忙，揪剂子的揪剂子、擀面皮的擀面皮……不消片刻，白花花的饺子转着圈码得齐齐整整。又架大锅烧开水，一盖帘一盖帘的饺子噼哩噗噜下到锅里，煮得了冒着热乎气儿，一家送上两大盘。街坊四邻个个眉

145

开眼笑，比过年还高兴，就差在窗户上贴吊钱儿了。

他们那个大杂院，从前到后住着十几户人家，老油条的饺子全送到了，唯独一家不送，哪一家呢？非是旁人，正是铁嘴霸王活子牙——崔老道家！

远亲不如近邻，近邻不如对门。相熟的邻里，真跟亲戚一样，家里没人也不用锁门，万一闹了贼，对门的邻居一抬头就能看见，保准丢不了东西。可也有邻里不和，处得跟冤家对头一样，比如说老油条和崔老道，两家门对着门，低头不见抬头见的，却形同陌路，打头碰脸瞧见了也装瞧不见。

老油条在家门口包饺子，整个院子的妇道全出来帮忙，只有崔老道的媳妇儿崔大奶奶没出屋。他们两家倒不是有什么深仇大恨，只因老油条贪小，东边拿棵葱、西边揪头蒜，瞅见谁家孩子吃苹果，也得骗过来咬一口。他这一口能咬下一多半去，剩下那一半连核都没有了。这么多年下来，左邻右舍的便宜全让他占遍了，单单是粘上毛比猴还精的崔道爷，见惯了江湖上的大风大浪，从没在老油条身上吃过亏。不仅如此，赶上崔老道偶尔挣着钱了，还故意守着门口蒸皮皮虾海螃蟹，馋得老油条两口子躺在炕上，整宿整宿地流哈喇子。

然而这一阵子，崔老道没在家，他去哪儿了呢？听过前文书您还记得，费大队长为了捉拿飞天蜈蚣肖长安，三探阴阳枕无底洞，捎带脚勾出了李道通。崔道爷的恩师白鹤真人，出家前也当过说书先生，身为奇门中人，跟外道天魔斗了一辈子，生前给他留下一封书信，信中说："你师兄李道通虽已身死，可他拜着外道天魔，气数未尽，迟早会再入尘世兴妖灭道，你命中注定该应此劫，且须谨记，断不可与之见面。"

崔道爷之前一直参悟不透："师父这句话到底是什么意思？我师哥早死了，还能怎么兴妖灭道？"直至从费大队长口中得知此事，他才算害了怕了，匆忙收拾一个包袱出了门，也没说去哪儿，这一走快一年了，竟此音讯全无。直至今时今日，是死是活都不得而知。扔下他媳妇儿崔大奶奶和一家老小，过得有上顿没下顿的。实在是没辙了，只得将老的小的送回乡下，仅留下小儿子在身边，靠着缝补浆洗捡拾煤核儿，勉强过活。

最小的孩子小名"二子"，岁数小不懂事，也缺嘴，实在是糠窝窝菜饼子吃寒了心了，看见老油条给左邻右舍送饺子，早早儿把醋倒好了，蒜也剥得了，拿着筷子守在桌边。眼巴巴地等到日头往西沉了也没见着饺子，抹着哈喇子问崔大奶奶："娘啊，怎么家家户户吃饺子，只咱家没有呢？"崔大奶奶一肚子委屈，不禁眼圈一红："唉……怪你那个缺了德的倒霉爹，他……他不会为人啊！"

话音未落，老油条两口子一人端着一大盘刚出锅的饺子进了屋，热气腾腾，隔着饺子皮都能闻见香味儿。小二子看见饺子，立马瞪圆了眼珠子，舔着嘴角的哈喇子，伸手就去捏，让崔大奶奶揪住，堵着气往屁股上打了两下。

老油条笑吟吟地说："哎哟弟妹，别打孩子啊，这怎么话儿说的，是不是嗔着哥哥嫂子没把饺子送来？一根筷子吃藕——挑眼了？不是不送，而是不能早送。你瞧瞧，送给别人家是西葫芦羊肉的，给你们老崔家送的饺子，可全是单包的整个肉丸儿啊，咬一口满嘴的油啊，来来来，趁着热赶紧吃！"

崔大奶奶闻听此言，鼻子酸了几酸，眼泪就撑破了心，再也绷不住了，"哇"的一声号啕大哭。老油条的媳妇儿紧着劝，顶招人烦的小蚊子嗓儿尖声细气："二他妈妈快别哭了，原本咱两家都穷，谁也抽不出手来帮谁。如今你大哥破了一件大案，立了功领了赏，不大不小的发了一笔财，再不用吃糠咽菜了，又赶上崔道爷不在家，有什么为难走窄的你

147

言语一声,我们能不管吗?"老油条也说:"对对,方圆左右谁人不知,我跟崔道爷的脾气秉性都一样,我最懂他,他也最懂我,真跟亲哥儿俩赛的,就差磕头结拜了。咱两家不住一个门,却如同一家人,有老哥哥我一口干的,绝不能让你们喝稀的!"

崔大奶奶哽咽无言,心里头如同打翻了五味瓶,真可谓百感交集,瞧瞧人家老油条两口子,不仅不计前嫌,端着饺子送上门了,还说了这么多烫心窝子的热乎话,这不就叫雪中送炭吗?再想想崔老道之前怎么招的恨,更觉无地自容。娘儿俩饿透膛了,狼吞虎咽吃完饺子,崔大奶奶又帮着刷盘子洗碗。

她可没想明白,老油条和崔老道是南小道子胡同出了名的两大鸡贼,论着耍心眼儿,崔道爷身上有一千,老油条也不下八百,两家暗地里较劲已久,虽够不上杀父之仇夺妻之恨,可也都将对方看作了眼中钉肉中刺,无缘无故送来两盘饺子,能憋什么好屁?

4

果不其然,老油条开了口:"我说弟妹,老哥哥有一事相求。倒不是什么大事,你也知道,天津城五路地仙的牌位丢了,到处不安稳。你嫂子胆儿小,整天做噩梦,非说家里不干净。崔道爷神通广大,最会降妖捉怪,收拾个邪祟手到擒来,怎奈他不在家啊,我寻思着……能不能借他一件法宝,搁到我们家镇几天,给你嫂子去去心病!"

崔大奶奶比崔老道厚道多了,不看街里街坊的面子,单冲那两盘羊肉饺子,她也得答应。可又拿不出来,因为崔老道出的是远门,路途之中晓行夜宿,全凭江湖伎俩挣饭吃,所以打了个包袱,将傍身的"法宝"都带走了,拂尘、法尺、八卦镜、桃木剑、龟甲、符纸、签筒子、五帝钱……什么也没留，哪还有借得出去的东西？低着头琢磨了半天，从铺底下拽出个四四方方的破木头箱子，二尺来宽、二尺来长，虫蛀鼠咬、箱底返潮，覆着老厚的一层灰，盖子也扣不紧，只能拿麻绳勒着。崔老道行走江湖多年，破东烂西的没少往家划拉，全存在这口箱子里。而在崔大奶奶眼中，没一件顶用的，真有什么法宝，还至于过成这样？她告诉老油条："他大哥，您自己翻翻，有用得上的只管拿去。"

老油条单等这句话了，迫不及待地扯掉麻绳，一掀开箱盖，满屋子腾灰。老油条捂住口鼻，眨么着眼看里面的东西，有崩瓷磕边的破碗、断爪漏底的香炉、黑锈斑斑的铁锁、掉了头的画轴、裂成两半的小镜子，还有铁钉子、铜螺帽、细铅丝、秃毛笔、旧画报……全是分文不值的破东烂西，扔地上连拾毛篮的都懒得弯腰捡。老油条扒着箱子翻来找去，捏死了三只蟑螂、五只潮虫子，沾了两手灰，吃了一嘴土，也没找着他要用的东西，一时忙乱无计，脑门子直冒汗。

小二子蹲在一旁给老油条帮忙，心想："我爹没少在外边胡吃海喝，可是从没给我带过，偶尔买上一大兜子海螃蟹皮皮虾，他也是自己蒸着吃，最后剩俩小爪儿让我嗦啰味儿，真是茅坑上练跳远——过了大粪了，他还有理'挣钱的吃饱了你们才能动筷子，这是咱家的门风'，相比送饺子的老油条，简直差飞了，如果老油条一天给我们家送一盘整个肉丸的饺子，我去给他当儿子都行。"看老油条找不着"法宝"，他也跟着起急，爬到铺底下，掏出一个破破烂烂的点心匣子，这是他挖胶泥瓣儿的宝贝，想让老油条看看，能否用得上。

老油条暗暗嘀咕"真是有什么爹就有什么儿子，合着这爷儿俩全是捡破烂的"，打开匣子一看，里面有一柄小铲子，一把铁片子小刀，几个刻着孙猴儿、宝塔图案的泥模子，还有一对挖坟盗墓的"铁指甲"。不由得眼前一亮，悬着的心也踏实了，脸上却不挂相，拣出来攥在手中：

"行了，就它了！"

那么说什么是"铁指甲"呢？不比弹琵琶的玳瑁指甲，更不是西太后老佛爷的护指金驱，专用于穴地挖坟，以及拆分古墓中的铜器。早年间的官府以铜为重，皆因铜能铸钱。自李唐以来，各朝各代都下过"禁铜令"，除了乐器、砝码、戥子，及五斤以下之圆镜，其余的器物不论大小，皆不得以黄铜铸造。市面上铜器少了，古墓里可有的是。旧时的盗墓贼，借助铁指甲拆分铜器，带出来铸造私钱。但是一般的小贼用不上铁指甲，加之改朝换代，早没人钻坟窟窿挖铜铸钱了，整个天津卫仅剩这么一副，就在崔老道他们家。

想当初，崔老道有个结拜的兄弟人称"二臭虫"，吃的正是挖坟盗墓这碗饭，有一副祖师爷传下的铁指甲。直至"群贼夜盗董妃坟"，贪心不足的二臭虫死于非命，扔下一处无主的破瓦寒窑。后来崔老道再次路过，念着当年的交情，进去凭吊结拜兄弟，唏嘘感慨了一番，顺手将铁指甲收为己有了。其实他拿去也没用，收破铜烂铁的都不稀罕收，可按他自己的话说"破家值万贯，指不定什么时候用得上"，让他说对了，一把钥匙一把锁，想挖金孩子，没铁指甲还真不行，只不过崔道爷自己没用上，便宜老油条了！

老油条拿两盘羊肉饺子，换了一副锈迹斑斑的铁指甲，又可以用铁指甲挖出一个金孩子，再没这么上算的买卖了，心满意足之余，不免暗自庆幸："多亏崔老道出门了，他若在家，还不得掰我两条金大腿走？要不说时运到了，城墙都挡不住呢！"当即揣上铁指甲，谢过崔大奶奶，带着他媳妇儿回了家。

两口子刚一进门，老油条的媳妇儿就闹别扭，絮絮叨叨地抱怨："你个臭缺德的，昨天拿着钱去同福楼摆酒，我没说什么，今天请街坊邻居吃羊肉饺子，我也没说什么。想不到你得寸进尺蹬鼻子上脸，又让我陪你到老崔家唱这么一出，换来个什么铁指甲，扔地上都没人捡的破玩意儿，能值两盘羊肉饺子？我看你居心不良，八成是瞅上二他妈妈了，趁人当家的不在，动了歪心思、打了歪主意，哼，刚有俩糟钱儿，就不知道自己姓什么了，你可真是不忌口儿啊！"

他媳妇儿碎嘴子外加小细嗓，说出话来句句带刺儿，还全在一个调儿上，真跟蚊子似的直嗡嗡。换别人让她这么一通叨叨，脑瓜子都得裂开。老油条早听惯了，充耳不闻一般，反手关了门，大马金刀地往炕头一坐，训了他媳妇儿两句："倒霉娘们儿，心怎么那么脏呢？实话告诉你，我得了高人的点拨，才破了金鼻子一案。高人可说了，之前那几百块赏钱，顶多算个零头儿，哪儿还没到哪儿呢。拿了崔老道压箱底的铁指甲，我还能再发上一笔大财，两盘羊肉饺子算什么？往后咱一天买一只整羊，不切不剁，就扔那儿让你啃，吃不完我大耳刮子抽你！"他媳妇儿一听还能发财，立马换了嘴脸："高人还说什么了？你还能挣多少钱啊？"老油条一撇嘴："行了甭打听了，说出来能吓死你。快去，把大姑爷送的茶叶给我沏上，多搁点儿，别抠抠搜搜的，再把二姑爷送的烟叶给我搓碎了卷上，三姑爷送的南糖也给我拿几块来，我收拾收拾，就得赶着发财去了！"

老油条的媳妇儿高兴了，看来真要发财了，因为搁在以往，打死老油条也舍不得动这几样，喜滋滋地伺候他喝茶、抽烟，满脸和颜悦色，净拣老油条爱听的说。他们两口子之前让钱逼得，一年到头，不是抬杠就是拌嘴，大吵三六九，小吵天天有。街坊邻居一开始还跟着劝两句，但是鸡零狗碎的家务事劝不开，也劝不完，后来就没人理会了。左邻右舍不听这公母俩呲上几句，每天晚上的觉都睡不着。直到今儿个，这才算云开雾散。

老油条喝完茶抽完烟，"嘎嘣嘎嘣"地嚼了两块南糖，又想给自己找一件防身壮胆的家伙，低着头在屋里踅摸了一圈，相中一个硬杂木的捣蒜锤子，一尺多长，青石的锤头儿，肯定比不了隋唐年间西府赵王李元霸的"擂鼓瓮金锤"，但在老油条手里，倒也相得益彰，称得上瘸驴配破磨了。往腰带里一掖，又提了一盏马灯，收拾齐整不忘交代他媳妇儿："你去趟大酒缸，打一壶烧酒来，这不还剩点羊肉馅儿吗？别糟践了，剁上点姜葱，后半夜给我氽一锅丸子，多搁香油、多放香菜，再剥两头蒜、烫一壶酒，等我回来，咱两口子一吃一喝，合计合计下半辈子怎么花钱！"说完按着李老道的指点出了门，紧赶慢赶地直奔南郊。

民国初年的天津卫是北富南穷，纵然有南市之类的热闹去处，那也是三不管儿的杂霸地。过了八里台子越走越荒凉，有一大片星罗棋布的水洼，大大小小不下百十个，统称为"卫南洼"，也有叫"南洼"的，多为死水，又地处远郊，周边没什么住户，夜间一片漆黑，尽是陷腿的泥坑，胆小的真不敢往这边走。

老油条多半辈子吃糠咽菜，气虚体弱，走得狗乏兔子喘，满头的汗珠子，脑袋里却似安了轴儿——紧着转悠，把发财之后该买什么想了一个遍：南小道子胡同的破砖烂屋早住腻了，上英国租界买幢小洋楼，那是必不可少的；我再置办一辆轿车，跟官厅大老爷似的，雇个司机，带着我满城转悠，想去哪儿去哪儿，看见臭脚巡我就啐他；百货公司里的东西看上什么买什么，皮鞋洋装文明棍儿，再来个又短又弯的洋烟斗，这叫派头儿；华洋两界的饭馆餐厅，全给它吃够了，咖啡奶油蛋糕什么的，咱都得尝尝；患难夫妻的日子还得接着过，可也不能亏待自己，怎么不得养个外宅儿？剩下的钱呢？都给仨闺女和几个白眼儿存着！对了，我都那么有钱了，凭什么不能让三个姑爷倒插门儿呢？那我不就有后了？

老油条脑子里浮想联翩全是美事，来在卫南洼法国砖窑旁的荒坟边，天已经黑透了。等不多时,李老道推着一辆收尸埋骨的小车,"吱扭吱扭"缓步而来,车上没有死尸,当中摆着一尊白骨菩萨,挂了九盏油灯,都跟鬼火似的,衬得他青灰色的脸上全是邪气。老油条被妖道灌了一肚子迷魂汤,一百二十个心眼儿全堵死了,根本没多想,迎上前作揖行礼。

李老道并不与他寒暄,伸手往荒坟深处一指:"金孩子躲在一截枯树桩子里,它吸尽了古树灵气,致使树皮坚如铜铁,刀砍斧剁不损分毫,只有盗墓贼的铁指甲能把它挖出来。事不宜迟,你可自去发财!"

天气正热,又在水边上,到夜里本该蛤蟆吵坑、虫鸣不断,眼下却是一片死寂,连个蝲蝲蛄叫也听不见。老油条发财心切,跟鬼催的一般,提着一盏马灯进了坟地,抻脖瞪眼四下踅摸,隐隐约约听到一阵小孩子的啼哭之声。他心中大喜:"李道长没蒙我,逮着金孩子,我就变成'老金条'了,下半辈子只剩下花钱一件事了,还当什么臭脚巡啊!"紧走几步,循着断断续续的哭声找过去,果然在蒿草丛中见到一截枯木,拿蒜锤子敲了两下,铛铛作响。

老油条迫不及待地套上铁指甲,使出吃奶的力气,扒开一层层坚硬的树皮,看里边躺着个二尺多长的小孩,身子不大,却是粗胳膊粗腿,顶着个大脑袋。老油条扔下铁指甲凑过去,但见金光夺目,晃得人睁不开眼。乐得他抬头纹都开了:"这算行了,我正缺个大儿子,你给我当儿子得了!"

顾不得细看,伸手就去捉。怎知金孩子手足乱蹬,两条小短腿一劈,滋了他一脸尿,骚气哄哄,臭不可闻。老油条不气不恼,自己跟自己说:"金娃娃撒的不是尿,这是发财水儿啊!"胡乱在脸上抹了一把,伸舌头舔了舔指头,咂摸咂摸嘴:"嘿,这个味儿是够邪性的,怪不得世人常说'发邪财'呢!"

老油条拿袖口抹干净脸上的"发财水",又提着马灯去照金孩子,这一次看得真切，吓得他血都凝了，金孩子没长鼻子，龇着一嘴獠牙，脑瓜顶上直蹿火苗子，眼看着手脚并用，从树桩子里爬了出来，满脸的狰狞，盯着老油条龇牙咧嘴，"吱哇"怪叫！

黑天半夜，荒郊野外，扒出这么个夜叉鬼似的玩意儿，又是活的，杜大彪来了也得吓一跳，何况是胆小如鼠、气血两亏的老油条？登时浑身哆嗦，头顶上飞了三魂，脚底下走了七魄，一屁股坐在了地上，就觉着嘴里发苦，苦胆已经吓破了，心中咒骂："李老道啊李老道，你可真不是人揍的！咱俩无冤无仇，我又没权没势，你害我一条命，图的是什么呢？拖家带口节衣缩食的我容易吗？我嗝儿屁着凉了，我媳妇儿马上就得改嫁，仨闺女再也回不了娘家了，刚领的赏钱还没花完，这才吃上几顿饱的？死在这荒坟野地之中可太憋屈了！"他是真不甘心，挣扎起身要跑，但见黑身白爪的灵猫蹲在身旁，两个猫眼珠子比金灯还亮！

老油条六神无主，看灵猫掉头往坟地外头走，他也深一脚浅一脚地跟了过去，似乎没走多远，冷不丁一抬头，瞧见一处光亮，仔细看看，竟是自己当差的火神庙警察所，心说："可不怪了，我又不是我们头儿，怎么跑得这么快？"

当天值夜的是刘横顺，正在屋中坐着，忽听得一声猫叫，紧跟着老油条来推他："坏了坏了，法国砖窑旁的荒坟中……有个金身……金身夜叉……李老道……可坑苦了我了……"刘横顺吃了一惊，分明听见老油条说话，却没见着人，本来关着的屋门，不知几时打开了。他心觉不对，等不到天亮，立刻赶过去，见到了扔在荒坟中的马灯和铁指甲，还有让人扒开的"宝窟窿"，老油条也已横尸在地，心肝五脏全被掏去了！

第七章　青龙潭怪婴

1

刘横顺额头上青筋直蹦，一恨老油条不说实话，以至于落得如此下场，二恨李子龙又害了一条人命，三恨自己失察，没有妖道暗中指点，老油条怎么可能撞大运捡到金鼻子的尸首？只因先入为主，看见老油条就烦，没再仔细盘问……正自咬牙切齿，身后忽然传来一阵"嘎吱嘎吱"的怪响，如同豺狼吞肉嚼骨。扭脸一看，坟头上坐着个光屁股小孩。仿若月窠儿里的娃娃，但是个头儿大得多，粗胳膊粗腿大脑壳子，月影下闪着金光，利爪尖牙，嘴角挂着血，盯着他一脸狞笑！

刘横顺看见坟头上的金孩子，已然知道是从宝窟窿里钻出来的金鼻子察五了。金鼻子吃下人心血食，也认得出刘横顺了，再一开口，仍是不走鼻音儿，且比刀拉锯锉还难听："姓刘的，你真是属狗皮膏药的，黏上扒拉不掉啊。虽说李道爷交代了'五爷我换完金身，尚须躲一阵子，在他老人家搬来那件大神通之前，可还不该你死'，无奈何你自找倒霉，那就怪不得五爷了！"刘横顺冷笑一声："小五子，你都脱胎换骨了，怎么还是没鼻子呢?"

金鼻子气炸连肝肺,一张怪脸拧成了包子褶儿:"什么火德真君,随你天王老子地王爷,人血总是一般红!"蹿下坟头,直扑刘横顺。

刘横顺眼中寒光一闪,有心下死手了,只不过金鼻子换了金身,从头到脚看不出破绽,听说老年间有人会十三太保的横练儿,能够易筋洗髓,待到把铁头功、铁腿功、铁膝盖、铁布衫全练成了,浑身上下铜皮铁骨,枪扎不透,刀劈不动,那也会留下罩门,大多是在裆下,而金鼻子光着屁股一丝不挂,两腿之间死固膛儿的一个金疙瘩,亚赛秤砣,打裆下或打脑袋没什么分别。随着心念一闪,他的金瓜流星也出手了,这一招叫"纵马放箭",五步之内,比枪子儿还快,上次怎么打的,这次怎么打的。金鼻子仍是躲不开避不过,因为太快了,又让这一飞锤打在脸上,暗夜中只听得"当啷"一声响亮,犹如钢锤砸生铁,震耳欲聋,火星子乱崩。再看金鼻子,摇了三摇,晃了三晃,却是立而不倒。

刘横顺不打算再留活口,抽身撤步,收回流星锤,链子绕臂,"呼呼呼"疾转三圈,紧接着拧身前冲,借惯性以肘放锤,这一招称为"乌龙甩尾",用的是"肘打",比之前的"手打"还快。金瓜流星再一次打到金鼻子脸上,纵然是得了金身的察五,连挨两下也够呛,往后摔出一溜跟头,脑袋晃得跟抽了筋似的。

刘横顺的金瓜流星,从来是有一打没二打,因为没人挨得了两下,想不到金鼻子这么结实,不由得心下焦躁,决意放手一搏。跟身上步,使出看家的绝招"霸王脱靴",抡动手中流星,一脚蹬在飞锤上。火神庙老刘家祖传的杀招中,"手打"最准、"肘打"最快,"脚打"则是又快又准又狠,连抡带蹬,二力合一,加之刘横顺脚力惊人,他这一腿下去,蹬得金瓜流星如同脱膛的炮子儿,只见影不见形,裹着一股子疾风,狠狠打在金鼻子脸上。

一连三记飞锤，一下比一下迅猛，直打得金鼻子面门凹进去一个大瘪子，拿爪子一摸，整个脸全塌了，本想破口大骂，奈何张不开嘴了，一时间心寒胆裂，暗骂"姓刘的你欺人太甚，怎么专捡一个地方下家伙啊，五爷费多大劲儿才换了金身，还没来得及出去开逛显摆，脑袋就让你砸扁了"！他让刘横顺打怕了，换了金身照样尿海，真比书上说得还快，一道金光扎入了坟地旁的青龙潭！

那个大水洼子又深又阔，碧青碧青的，几乎一眼望不到头，本地人称之为"青龙潭"。相传上古之时，此地遭受旱灾，晒得石头冒火、泥尘出烟，五谷杂粮只剩下枯茎黄秆。青河小龙为救黎民，擅自播下三指甘霖，因而触犯了天条。神兵神将斩杀青龙，龙头落地之处，涌出清凌凌的泉水，变成了一个深潭，其后再没旱过。刘横顺虽在河边生河边长，下了水也能扑腾两下，可要说一猛子扎入青龙潭去捉金鼻子，那还真够呛。

而在当时来说，南洼一带还没有警察所。那会儿有句话"南门外的警察——代管八里台子"，意指管得宽。虽是戏谑之语，说的倒是实情。尽管过了八里台子再往南走，那一大片荒洼野地仍算五河八乡巡警总局的辖区，但仅在名义上是，实际没有巡警或保安队，更不曾设立警察所。说来并不奇怪，周边的住户太少，又没有做买卖的，榨不出什么油水，当巡警的无利不起早，谁肯应这个差事？所以穿官衣儿的最多管到八里台子，再远就没人管了。现如今出了人命，死的又是巡警，按规矩"死尸不离寸地"，刘横顺不能擅专，认头不认头也得先去找费通。

此时天还没亮，月披云衣、风摇树动。刘横顺一出荒洼，便听得乱哄哄的人马杂沓，自北向南涌过来一支队伍。穿着青灰色军服，斜着腰拉着胯、拖着枪拽着炮，各自背着大包小裹，一个个垂头丧脑，恰似斗败的鹌鹑咬败的鸡，全是刚刚败退下来的军卒。眼下时局动荡，各路军阀混战,比五代十国还热闹,天津城周边也在打仗,撞见乱军并不意外。

刘横顺避开溃兵,进城去到费大队长的住处,不顾天色尚早,直接敲开门,把费通叫出来,简单说了一遍经过。费二爷光着膀子,只披了一件小褂,睡眼惺忪地琢磨了半天。实话实说,真挺为难,身为天津城缉拿队的大队长,看似威风八面、得吃得拿,然则官职不高,说白了就是个带队抓贼的,南洼死了人轮不到他管,他也不知道该归谁管,摇头叹气外加嘬牙花子:"死的是老油条?他的赏钱还没焐热乎呢,人怎么死了?人死如灯灭,油尽捻子干,老油条也……也没油了……"吭哧了半天,一句顶用的没有。

刘横顺大怒,堵着门把窝囊废一通数落:"老油条也是咱当差的兄弟,他的命不是命?那是大风刮来的,还是咸盐换来的?单说找着金鼻子尸首这次,你从他身上抠了多少赏钱?如今人死了你查也不查,问也不问,是不是把良心夹在胳肢窝里了?"

窝囊废没想到刘横顺发这么大脾气,这位爷以往惜字如金,今天却不知怎么了,嘴里头跟连珠小钢炮似的,净拣噎人的话说。费大队长的脸上挂不住了,有如鬐鸟儿外国鸡,一会儿一变色儿,心想:"我能当上缉拿队的大队长,可不全是凭着溜须拍马贿赂上司,想我费某人,枪打肖长安三探无底洞、鬼府之中借过幽冥火,净干露脸的事了,比你差得了多少?怎么着?你还真以为能压我一头?"窝囊废有心翻脸,却没那个胆子,因为多事之秋,用人之际,万一把刘横顺惹恼了,来个撂挑子走人,他不得抓瞎吗?只能赔个不是:"我真没别的意思,这不是替老油条觉得不值吗?"

恰好有两个巡街的路过,可能是刚下夜班,走在路上哈欠连天,看见窝囊废立即敬礼。再怎么说,这也是天津城缉拿队的大队长,大小是个官儿、横竖是棵棍儿。费通叫上他们俩,自己也穿上衣服,跟着刘横顺一同赶去南洼。

到地方天光已亮，费大队长也干不了别的，围着老油条的尸首转了几圈，看着满地的血污直犯恶心。他低声嘱咐刘横顺："肯定不是金鼻子干的，因为官厅发了公告，杀人截会一案到此为止，凶手死了，赏钱发了，倒脏土的也不闹事了，如若又出来一个金鼻子，那不是打自己的脸吗？那么说老油条一个二等脚巡，为什么会死在荒林野地之中？又是怎么死的呢？让我看来，一定是老油条破案领赏，得了八百银圆，亦或让江洋大盗盯上了，亦或招人嫉恨了，才被引至此处杀害，又遭狼掏狗咬，肚破肠出。比这大的案子多了去了，官厅根本查不过来。你听为兄一句劝，切勿多事，万一闹大了，苦主执意追究，说不是你杀的人，你怎么找到这个地方的？谁最嫉恨破了案领了赏的老油条？是不是你刘横顺？你说不是有用吗？跳进黄河你洗得清吗？破裤子缠腿那还有个完吗？"

术业有专攻，说到抓差办案，费大队长确实不行，要不怎么叫"废物点心"呢？他的心眼儿全用在"溜须拍马、贿赂上官、贪赃枉法、冒滥居功"上了，不枉姓名之中有个"通"字，人情世故看得通透，在南洼荒坟中的一番话，绝对是说到点子上了。

只不过刘横顺不听劝，听劝就不是他了，但他也明白，眼下口说无凭，等收拾了从宝窟窿中钻出来的"金鼻子"，再拿住妖道李子龙，自然会水落石出。于是按费通的意思，给老油条家送了信，帮忙填单子领尸首。

有道是"酒肉的朋友，柴米的夫妻"，往常马勺锅沿磕得叮当乱响，真到了生死关头，没个不心疼的。老油条的媳妇儿呼天抢地哭了一场，却舍不得掏钱大办，抽抽搭搭告诉刘横顺："我们当家的脾气秉性我最知道，如若我为了解心疼把钱都扬了，只怕他死也闭不上眼！"她央求左邻右舍，外带着火神庙警察所的几位相助，到桅厂取了一口狗碰头的薄皮棺材，也没说找个缝尸的皮匠，只拿条破床单子，胡乱将开膛破肚的

159

老油条裹了一裹,三道麻绳一勒,抬去城外草草掩埋了,纸都没烧一张。

刘横顺心里五味杂陈,眼下世道不稳,确实不宜大办,何况老油条这么一死,扔下他媳妇儿在家守寡,无非是一张吃闲饭的嘴,想改嫁都没人要,谁肯娶这么一个人老珠黄的"二过头"?剩下那点儿赏钱,外加大伙这一次凑的份子,花一个少一个,肯定是能省则省了。又想起发送黄治安那天,鼓楼一带万头攒动、人声鼎沸,大批看热闹的老百姓,将各条路口堵得严严实实。行会出面操持,雇手艺最好的二皮匠,缝合了黄治安的尸首,穿上头一等的装裹,敛入一口黄松棺材。黄治安的几百号徒子徒孙,有的抬着棺材,有的抬着纸人纸马、纸车纸轿、银幡雪柳、摇钱树聚宝盆,加之行帮各派的朋友、诵经超度的僧道尼姑,整个道队绵延数里。官厅为了安抚行会尽快复工,特意派人送来挽联,由二十几个骑警在前开道,引着队伍出城,东南西北四条马路转了一大圈,论风光论排场,堪称一时无两。再看老油条,死得不明不白,埋的无声无息。虽说一个臭脚巡,不可能跟倒脏土的大把头黄治安相比,但甭管怎么说,老油条在火神庙当差多年,尽管活着的时候抠抠索索,只会占便宜串闲话,要多烦人有多烦人,可冷不丁这一没了,头两天的茶底子还在杯子里没倒,却再也听不到他跟张炽、李灿拌嘴了,毕竟是一个锅里吃饭、一口缸里喝水的弟兄,睹物思人,唇亡齿寒,心里没个不别扭。

接下来的十几天,刘横顺再也抽不开身去找金鼻子了,城外战事不断,甚至还有传言说要换旗。对升斗小民而言,鹿死谁手无关紧要,哪怕换了旗,也无非是换一拨收钱的,该怎么过还怎么过。当巡警的更不在乎城头上插什么旗,插不插旗也得有人巡街,他们的饭碗丢不了。可是仗打到跟前了,总免不了败兵巧取豪夺、奸商哄抬物价、窃贼伺机作案,只嫌乱子不够大。码头停运、商铺关张,拉车的、驾船的、扛大个儿的、做小买卖的、说书唱戏的,乃至于倒脏土的、掏大粪的,能不出门就不出门,天黑也不敢点灯。各个警察所的兄弟加班加点维持治安,从上到下忙得团团转。刘横顺也是焦头烂额,只得托付朋友撒开眼线,多方打探金鼻子和李老道的下落。

这一打听不要紧,合着金鼻子没往别处去,仍躲在青龙潭。那一带虽然荒凉,尽是罕有人踪的漫洼野地,但在白天看,倒还有几分景致。自古说"水浅为洼、水深为潭",百十多个大大小小的水洼子,围着一处深潭,如同众星捧月。夏秋两季,草盛花黄、水波荡漾,尤其入了秋,真可谓"枫叶荻花秋瑟瑟,闲云潭影日悠悠"。不乏划着小船赏景的,或是在水边支着凉棚煮茶的,还有不听家大人话的孩子,大老远偷跑过来,光着屁股下去游野泳,哪一年也得淹死几个。可是最近这阵子,接二连三地翻覆船只,淹死的人漂上来,没一个囫囵的,要么半副身子、要么缺胳膊短腿、要么只剩一个脑袋,看着格外瘆人。有眼尖的瞧见了"水里有个吃人的金孩子,时不时浮出水面,长着个金光四射的大脑壳子"。

一时之间,"青龙潭怪婴"的传言不胫而走,小报上也登、电台里也讲、街谈巷议的全是这件事,添油加醋、现蒸现卖,说得玄而又玄。闲人们越听越怕,越怕越想听,听完了也跟着到处散去。胆小之辈别说南郊的青龙潭了,连八里台子都不敢去了;照样有胆大财迷不怕死的结伙过去,撑着船架着网去逮金孩子。刘横顺一听便知,金鼻子没往远处跑,仍躲在卫南洼!

2

既然知道金鼻子躲在什么地方,刘横顺可就坐不住了,眼瞅着仗打完了,城里城外的局势趋于稳定,娼门妓馆都照常纳客了,甭管传言是真是假,他都得再去一趟青龙潭。话虽如此,自知之明还是有的,水底下不比旱地,不找几个会水的帮忙,如何抓得住金鼻子?

刘横顺思忖再三,五河八乡巡警总局底下虽然有一支巡河队,相当于水上警察,但是人手一直不够,在册的拢共七八位,外加两条破船几根挠钩子,那够干什么的?九河下梢水系庞杂,赶上最忙的时候,河漂子都捞不过来,也管不到南洼,捉拿金鼻子指望不上他们。

不过天津卫会水的可不止巡河队那几位,找当地人相助也不是不行。远的不说,青龙潭一带从不乏划船游野泳的,甚至有打鱼捞虾的。老时年间的天津卫,甭管河流水洼大坑小坑,是水就有鱼,最次也能捞一碗蛤蟆秧子、摸几个螺蛳,因此才称之为一方宝地。南洼虽则荒凉,时不常也有人撒网,打些鲫瓜子小麦穗之类的杂鱼,拾掇起来再简单不过,用不着刀剪,拿指甲盖刮掉鱼鳞、抠出鱼鳃、挤去肠子,跟小杂货铺买两个铜子儿的佐料,再架一口柴锅,底下熬小鱼上边贴饽饽,这一天的吃食就算有了。可是金鼻子已经变成了吃人的邪物,随便找个游野泳的或撒网打鱼的帮忙,下了水也对付不了,反倒又得搭上几条人命。思来想去,找谁也不合适,只能先带杜大彪去一探虚实!

扛鼎的杜大彪也是水边生水边长,仗着膀大腰圆,肚子里存的气儿多,冲波破浪跟一头大水牛相仿,哪怕逮不着金鼻子,总不至于吃亏。刘横顺打定主意,安排张炽、李灿留守火神庙,倒班儿盯着差事,自己带上杜大彪赶赴青龙潭。

由于出事都在白天,所以哥儿俩也是一早出门。刘横顺对杜大彪的脾气秉性一清二楚,让干什么干什么,从没说过半个"不"字,唯有一节,你得让他吃饱。正巧遇上个炸馃子的,刚支起一口油锅,摆了一块面板,上边放着面盆、铁片刀、二尺长的竹筷子,不止棒槌馃子、馃篦儿、馃头儿、糖皮儿、鸡蛋馃子、大馃子饼……没有不能炸的。刘横顺一指杜大彪,吩咐炸馃子的只管做,有什么是什么,等我这兄弟吃饱了,该多少钱给你多少钱。炸馃子的吭哧瘪肚、哼哼唧唧的半天不肯动手。

刘横顺看得出来,炸馃子的是怕巡警吃白食,先掏钱付了账,对方这才眉开眼笑,应了一声,撸胳膊挽袖子忙活开了。他看杜大彪这块头儿,就估摸着饭量小不了,吃炸馃子得论"掐",哪承想破水缸——没底儿啊,那真是炸多少吃多少,一不怕烫,二不用嚼,吞宝剑似的往嘴里填。等他吃得差不多了,小贩也该收摊了,因为没面了,拢共带了四盆面,本来卖一上午绰绰有余,可刚够这位爷自己吃的。

简短截说,二人吃罢早点,大步流星来到卫南洼。天刚蒙蒙亮,举目四望不见人影,疏林蒿草,荒坟砖窑,围着偌大的水面,静得跟幅画似的。青龙潭周遭是一圈水甸子,积满了陷人的淤泥,仅有"鱼皮岛"可以下水,听这地名也大不了,实则是一座半岛,巴掌大的地方草木茂盛,还有几顶闲人支的凉棚,水边拴着两三条破旧的小船。哥儿俩拨开掩人的荒草,踏着泥水深一脚浅一脚地上了鱼皮岛。

刘横顺告诉杜大彪:"前一阵子谣言四起,都说青龙潭下躲着一个吃人的金孩子,用不着你逮它,只需下水瞧瞧,见着金光就上来。如果金孩子真在水下,咱再想个法子将它赶出来。"

杜大彪挠了挠头,青龙潭的水深,沉不到底就浮上来了,那怎么办呢?看草丛里有一块磨盘大小的青石,不下几百斤,便脱光了膀子,憋足一口气,抱上大青石,一步一步往水里走。

响晴白日,潭水清澈。杜大彪睁开眼到处撒么,但见水草摇曳,鱼虾穿梭,还斜倒着几尊石人石兽,越往深处走光亮越暗,变成了墨绿色,潭底有一座破败不堪的小庙,斜挂着一块匾额,不知哪朝哪代沉下来的,覆着挺厚的绿藻,双门紧闭,铜环上满是锈蚀,其中似有金光晃动。

杜大彪估摸自己这口气用了一多半了，又被一股铁壁般的暗流挡着，使多大劲也过不去了。他记着师哥的话，当即掉头折返，可是身子发沉，怎么也迈不开腿，这才想到还抱着几百斤的大青石，不由得"嘿嘿"傻笑，吐出两个水泡，抛下石头想往上浮，却觉有人在身后拽着，还不是一个人两个人，坠着大铁砣子相仿，非但浮不上去，反倒在泥沙中越陷越深。杜大彪一不怕二不慌，只觉得挺来气："谁活腻了？敢跟我较劲？"要不是人在水里说不了话，非骂上几句不可，他蛮劲发作，施展天生神力，撒着欢儿往前走。

再说鱼皮岛上的刘横顺，等了半天没见杜大彪上来，担心他有个闪失，正打算撑船下水，忽听得"哗啦"一声水响，溅出一大片水花，从青龙潭里探出个大脑袋，骂道："他奶奶个祖宗的，可憋死我了！"刘横顺这才把悬着的心放下，上前问明情况，再看杜大彪仍觉得身上沉重，脸色也不对，连晌午饭都不想吃了。

刘横顺抓差办案久混街面儿，认的字也许不多，见识可绝不能少，看得出杜大彪并非让水激了。但他绝不可能去托个神棍、求个半仙，那都是江湖上骗钱的生意，在水里出的岔头儿，当然得找管水的铲事儿！

九河下梢百业齐聚，常言道"江湖饭，大锅乱"，官面上根本管不过来，倘若没有规矩约束，那光剩下打架了。因此大到一街一市，小至一针一线，均有帮派行会把持。势力最大的漕帮，民间称之为"青龙帮"或"安庆帮"，凡是沾水的行当，行船摆渡、运河码头、挑水送水、卖鱼卖虾的……全归他们管。别的不说，负责救火的四十八家"水会"也在青龙帮门下，掌舵的不发话，大老爷家着火了都没人管。而在掌舵的帮主之上，更有十个德高望重的元老，江湖海底的名号中各有一个龙字，合称"十条龙"，当时在世的还剩九位，另有一位早年间下落不明，是死是活也没人知道，但仍以十条龙报号，各个手眼通天、黑白通吃，都是跺一跺脚四城乱颤的人物。其中一位姓刘的"四老爷"，江湖路上报号"滚水金龙"，跟刘横顺同宗同族沾亲带故，早年间接过"英雄帖"，入了青龙帮，如今坐镇于总堂"卫安水会"。

刘横顺跟四老爷最熟，一不用送拜帖、二不必拎点心匣子，直接带杜大彪上门。可有道是"英雄怕见老街坊"，这是同宗同族的长辈，打小看着他长大的，在四老爷面前，刘横顺的名号再响也得守规矩，进得门来，先给老爷子行礼下拜。没等开口，四老爷就说了："嚯！顺子，你兄弟身上没少带啊！"刘横顺闻言一怔，杜大彪的脑子却不会拐弯，还以为四老爷说的是点心匣子，闷声闷气地答道："哪带了？没带啊，空着手来的！"四老爷哈哈一笑："行，阳气挺足，看来没大碍。"明白人碰见明白人，用不着费吐沫。四老爷告诉刘横顺："咱一家人不必说两家话，随我来！"

引着二人来到后院，掏钥匙拧锁，打开画着神荼郁垒的大门，迈步进了祖师堂。迎门悬挂横匾，上书"急公好义"四个大字，靠墙横着一张条案，摆了各色供品，祖师龙牌前的架子上，端端正正放着一条赶水鞭子，鞭梢儿挂着红缨，柳木的握柄不足一尺，色如重枣，底部雕刻的龙头惟妙惟肖，龙嘴里含着一颗晶莹剔透的珠子。

四老爷拜过祖师爷，取下赶水鞭子，转头问杜大彪："大个儿，街面儿上把你传得挺神乎，说你小子力大无穷、刀枪不入，敢不敢跟我打个赌？"杜大彪眼珠子一瞪："老头儿，赌什么你说！"四老爷对杜大彪的脾气一清二楚，对付隔路人，自有隔路的法子："赌你禁得住禁不住我一鞭子！"杜大彪瓮声瓮气地答道："行啊，输赢怎么讲？"四老爷说："鸟儿市上的三鲜包子，你输了管我一顿，我输了管你一顿，不拘个数，吃饱为止。"杜大彪脖子一梗："来吧，招呼着！"

四老爷年逾古稀，手上的利索劲儿可不减当年，抖腕甩开鞭子："大个儿,你站稳当了!"紧接着手起鞭落,"啪"地一下抽在杜大彪背上。听着跟打了个炸雷似的,不说皮开肉绽,那也得留下一道大血檩子。但是杜大彪皮糙肉厚,对他来说,挨这一鞭子还没蚊子叮一口厉害,正要夸口,忽觉胸中一阵翻涌,晃晃荡荡立足不稳。四老爷将他往外一推:"不行,别吐屋里。"杜大彪跟跄几步冲到当院,扶着墙张口大呕,吐出一股股腥臭难闻的黑水,吐完抬抬胳膊动动腿,身子不沉了,脑袋瓜子也不发蒙了,咧着大嘴哈哈傻笑:"老头儿可以啊,走走走,我带你吃包子去!"四老爷哪能真吃他的包子,把鞭子放归原位,关门上锁,命下人打扫院子,又吩咐一声:"前厅待茶!"

三人再次落座,自有碎催端茶倒水、递烟卷拿点心。念叨几句家长里短,四老爷才对刘横顺说:"没事别往南洼的野坑里去,那地方淹死的最多,你兄弟下去这一趟,带出百十来个,我一鞭子全给打掉了,得亏是他,换个人哪还出得了水?"

刘横顺再三称谢,又把前因后果一五一十地说了一遍:"早知道青龙帮中有一条赶水的鞭子,凡是水里的东西,没有打不了的,抽上三下,河底的蛟龙也得翻身,带着杜大彪来见您,那是找对人了。咱一事不烦二主,我还想再借您的鞭子一用,将青龙潭里的金孩子赶出来!"

四老爷捋了捋颔下的苍髯:"借鞭子小事一桩,只不过今天不行,为什么呢?赶水鞭子是镇帮之宝,按照帮规,没有十大元老以及上下两河的帮主在场,鞭子不能出屋,更不能交由外人之手。你容我三天,等我把那老几位全请来,跟他们打过招呼,再择一门人弟子,拿着鞭子随你去一趟青龙潭。"

正说着话,门口窜进来一个半大小孩,十来岁的年纪,长得挺机灵,五官也端正,却没有上眼皮,晃荡着两个黑眼仁多白眼仁少的眼珠子,穿青挂皂、敞胸露怀,肋下生鳞,正是天津卫七绝八怪之一的三太子厉小卜，到屋中往下一跪，恭恭敬敬地给四老爷磕头行礼："您甭挑人了，小子我愿与刘巡官同往！"

青龙帮分上下两河，厉小卜入的是上河帮，铜船会上横空出世一战成名，比挑大河的邋遢李水性还厉害，让四老爷看中了，把这孩子要过来带在身边。刚才厉小卜一边在门口烹茶煮水伺候着，一边支棱着耳朵听屋里人说话。一听怎么着："四老爷要开香堂，请出镇帮之宝赶水鞭子，助火神庙警察所的巡官刘横顺去青龙潭收拾金孩子？我也是帮中的门人弟子，论着水下的本领，九河下梢还有比我厉害的吗？看来我厉小卜二次扬名露脸的机会来了！"这才毛遂自荐主动请缨。

四老爷正有意提拔厉小卜，心想"由这小子拿上赶水鞭子，助刘横顺一臂之力，也算为民除害，给青龙帮添彩"。刘横顺在铜船会上见过厉小卜逞能比斗，众目睽睽之下敢于一命换一命，论胆子论水性，堪称一等一。于是说定了，三天之后开罢香堂，让厉小卜带着镇帮之宝，跟随刘横顺走一趟。

帮会的规矩比天大，凑不齐"十条龙"，没人拿得走赶水鞭子。刘横顺着急也没用，一边掰着手指头数日子，一边在火神庙当差。转天早上，他照常去巡街，刚走到河边，就有卖螃蟹的招呼他："刘头儿，拿几个螃蟹吃去！"

刘横顺不看也知道，卖螃蟹的是熟人，就住在火神庙，一个家门口的，擅长"相螃蟹"，也算"一招鲜"的绝活儿，一大堆螃蟹满地乱爬，他能隔皮断瓤，一眼瞧出好坏，用不着看肚皮颜色甚至揭开脐子，便知肥与不肥，所以他卖的螃蟹个顶个盖青眼动、嘴角吐泡、膏满肉肥，团脐的露着脐黄、长脐的爪子尖儿上都是肉。每年一入秋，就摆着竹篓卖河螃蟹，从不缺斤短两，在方圆左右的口碑不错，论着跟刘横顺还是同宗。

卖螃蟹的叫住刘横顺，抽出芦苇草，飞也似的捆了两串河螃蟹。眼下没过中秋，卖的仍是"六月黄"，本地也叫"小爪蟹"，肉质又白又嫩，蟹膏呈青绿色，入口微微带点苦头儿，却是苦中透甘，别有一番滋味。他给刘横顺挑的两串，个个溜光水滑、青中透亮，小眼睛"滴溜溜"乱转。拿到家抓把花椒上蒸锅，或是做成炝蟹，下酒没治了。刘横顺却不打算买，吃着麻烦倒在其次，一瞅见青蟹盖，他就想起李老道的死人脸了！

3

不承想卖螃蟹的捆得利索，没等他说不要，两串螃蟹已经递到眼前了。刘横顺没心思跟他推托，正待付钱，卖螃蟹的却说："别掏了，用不着给钱，我助您一个彩头，怎么说呢？螃蟹可是在水底下横着走的，您今儿个吃了它，再下青龙潭捉拿金孩子，定当横行无阻！"

刘横顺莫名其妙："我从未对外人提及此事，怎么连河边卖螃蟹的都知道了？"卖螃蟹的见他一脸茫然，笑嘻嘻地一指河对岸："您自己不说不要紧，可有替您扬名的！"

刘横顺往三岔河口那边一望，人头攒动挤挤擦擦，乱哄哄的不知有什么热闹。他顾不上拿螃蟹，三步并作两步赶过去，但见几十个小混星子簇拥着厉小卜，正敲敲打打招摇过市，引得许多路人驻足围观。

这群倒霉孩子，大的不过十四五，小的顶多八九岁，小脸儿上脏得都跟三花猫似的，手中各持响器，有铜锣、有小鼓、有铙钹……最可气的是其中一个，大概没找着响器，左手拎个土簸箕、右手攥着擀面棍子，也"砰砰砰砰"一通乱敲，嘴里紧着吆喝："各位叔叔大爷、婶子大娘，都来瞧都来看啊，来晚了您可看不见了，两天之后，我们青龙帮的三太子厉小卜,要跟火神爷刘横顺联手,下青龙潭捉拿金孩子,老少爷们儿都去捧场助威啊……"再看为首的厉小卜,青缎裤子白带煞腰,上身脱得赤条条的,亮出肋下鳞片,晃着两个膀子昂首阔步,嘴撇得跟条大鲶鱼似的。

气得刘横顺两个太阳穴直蹿火苗子,剑眉一纵,拦住了一众小混星子的去路。青龙帮这伙小嘎杂子,胆子一个比一个大,招猫逗狗、惹是生非,上房揭瓦片儿、蹲坑憋老头儿,没有不敢干的,可分跟谁,见着刘横顺,真如同耗子见了猫。没等刘横顺开口呵斥,刚一瞪眼,胆小的就吓尿了,立时来了个一哄而散,围着起哄看热闹的也都跑光了,扔下臊眉耷拉眼的厉小卜,愣在原地不知所措。刘横顺一指厉小卜:"后天早上你一个人跟我走,到地方只管抡鞭子,不准下水!"

厉小卜不敢犟嘴,没精打采地回了卫安水会,照例去给四老爷问安。四老爷叮嘱他:"青龙潭只是个大水洼子,说深也没多深,一鞭子打下去,金孩子就躲不住了。倘若不上来,那就是水里的东西护着它。早年间听人说过,青龙潭底下有一座铁娘娘庙,供着个铁娘娘,手托聚宝盆,镇着一处海眼。虽说铁娘娘庙比天津城还早,可九河下梢凡是有水的地方,全归咱青龙帮管,没有赶水鞭子降不住的。反正你跟着刘巡官办差,务必尽心竭力,凡事听他的,他让你怎么干,你就怎么干,别给青龙帮丢脸。"

厉小卜身上的能耐不俗,人也机灵,但岁数太小,尚不懂为人处世的道理,只惦着露脸出风头。他没想明白,刘横顺不让他下水,是怕金孩子伤了他。四老爷让他全听刘横顺的,则是担心万一失了手,丢的不是青龙帮的脸,更与他厉小卜无关,因为天津卫是个大码头,扬出名去老少爷们儿捧着你,一旦砸了锅,那一张张的嘴也饶不了你,再想翻身可难了。掏心掏肺的一番话,这小子一句也没听进去,只觉得憋气窝火外加别扭，回了屋翻来覆去睡不着，打算下河扎几个猛子，好好痛快痛快。趿拉着鞋出了门，正往河边走，打树后转出一个青灰脸的老道，正是收尸埋骨的妖道李子龙！

李老道拂尘一摆："小兄弟哪里去？"厉小卜刚在铜船会上扬名立万，街面上认得他的大有人在，他却没见过李老道，当时也没多想，冲对方一拱手："半夜睡不着，去河里躺会儿！"李老道哈哈一笑："不愧是三太子，论着凫水的本领，别说九河下梢了，天底下也没二一个人比得了你。怎奈四老爷偏心，只让你给刘横顺打下手，他一个火神庙的巡官，下了水只会狗刨，却是肩不动膀不摇，等闲将你的功劳抢去了，简直岂有此理！"

犹似针刺的几句话，直戳在厉小卜的心窝子上。他正为此事懊糟，听罢无言以对，望着河水直发呆。李老道看穿了厉小卜的心思，紧着在一旁挑拨："毕竟一笔写不出两个刘字，青龙帮的四老爷跟刘横顺同宗同族，肯定向着自己家里人，你充其量算个跑龙套的，哪能让你当角儿？贫道看着不公，故此点拨于你，正所谓事在人为，你不妨溜入祖师堂，拿上赶水鞭子，连夜去一趟青龙潭，凭你的本事，逮着金孩子不费吹灰之力，天亮之前把鞭子放归原位，给他们来个神不知鬼不觉，再拎着金孩子在三岔河口转上一圈，让大伙瞧瞧。有人问起来，你就说收拾一个吃人的邪物，用不着动用镇帮之宝，那是何等的扬眉吐气？"

厉小卜不住点头："刘横顺的能耐再大、本领再高，至多是蹿房越脊、追凶擒贼，到水里他玩得转吗？我又不是火神庙的巡警，凭什么听他的差遣？"但是又一摇头："话是没错，却不能那么干，我孤苦伶仃无依无靠，若非青龙帮给我口饭吃，只怕早当了路倒尸，如果为了逞能出风头，擅取赶水鞭子去抓金孩子，无异于不守帮规，够不上光棍，再说了……哪来这么个老道，唠唠叨叨没完没了的，比蝈蝈蛄还让人心烦？"

动念至此,他一瞪李老道:"你个老牛鼻子,少跟我这儿'鸡蛋做汤——充熟',我可听说了,火神庙的刘巡官,正到处捉拿收尸埋骨的李老道,那个妖道长着一张蟹壳似的青灰脸,就是你不成?"

李老道碰了一鼻子灰,忙摆手说:"不是不是,贫道姓崔,常年在南门口摆摊算卦,天津卫谁不认得我?只因头几天吃了不干净的东西,跑肚窜稀,故此脸色发灰……"厉小卜见李老道没推收尸埋骨的小车,就没再追问,被来人一搅和,他也没心思下河游泳了,抹头进了卫安水会。

转天夜里,厉小卜正在扫院子,忽然有人跑来报信,说北门外失火了。那地方人烟稠密、店铺毗连,着了火一烧一大片。四老爷急召手下武善,穿上号衣,扛起大旗,拖着水瓮、水激子,携带挠钩、斧头、太平桶,鸣锣开道,奔赴火场。出门前留下厉小卜,让他守着祖师堂别乱跑。

厉小卜坐在后院,正闲得五脊六兽,冷不丁听见一旁的井中"咕噜噜"作响。众所周知,天津卫是退海之地,地下水又咸又涩,根本不能喝,所以很少打井,有大批水夫,担着水筲、推着独轮水车出城,取河水卖给民众,家家户户都备着大水缸。而在卫安水会总堂的后院之中,却有一口深井,说不清是何年何月打的,井口很大,青石的井沿磨得溜光水滑。传说通着河连着海,三岔河口的水位多高,井底的水位也是多高,夜间趴在井口,甚至能听到波涛拍岸的轰鸣。厉小卜听井中的响动不比以往,怎么跟开了锅似的?跑过去一看,可把他吓了一跳,但见井水翻翻腾腾往上涌,从中托出一个胖大的妇人,黑头黑脸,铜袍铁冠,捧着个铜盆,身后还有两个小宫女,也是面赛生铁、粗手大脚!

黑胖妇人上下打量厉小卜:"阁下一双鱼眼,肋下生鳞,想必是青龙帮的三太子?"厉小卜可不傻,看见对方的形貌,就想到了四老爷说的铁娘娘庙,他也是人来疯的脾气,宁让人打死,不让人吓死,撒舌咧嘴一挑大拇指："没错，正是你家小爷！"妇人开门见山："我在青龙潭镇水多年，不说有功，至少无过，身为妇道，别无所求，只缺一个儿子。上苍见怜，终于让我得了个金孩子。可恨火神庙的刘横顺，处处跟我孩儿为难，躲到水里还不肯放过，听一位老道爷言讲，他竟要拿赶水鞭子来打青龙潭，妄想赶尽杀绝，殊不知鞭柄上那颗珠子，本就是我潭中的龙珠。三太子能否仗义相助，毁掉赶水鞭子，放过我们娘儿俩？"

厉小卜一抬手："打住，别说了！我去逮金孩子，那是奉了青龙帮的号令、官厅的差派，相当于半拉官人儿，怎会听你上嘴皮子一碰下嘴皮子，就毁了镇帮之宝？要说你一个老娘们儿，想养活孩子也不为过，寻一夫找一主儿谁也没拦着你，却不能善恶不分，包庇吃人不吐骨头的邪物。听我良言相劝，趁早少放响臭屁，从哪儿来回哪儿去，敢在青龙帮的祖师堂前放肆，可别怪小爷让你吃不了兜着走！"

铁娘娘再怎么说也是"土地爷放屁——有点神气儿"，哪听过这么不堪的话？登时恼羞成怒："不识抬举的玩意儿，老娘先把你打残了，看你如何拦挡！"言罢举着铜盆往下砸。厉小卜成天打野架，那是真耍得开，正憋着一泡童子尿，脱下裤子就滋。铁娘娘最忌污秽，只得拿铜盆遮挡。

厉小卜一时占了上风，可他尿再多，总有滋完的时候，情急之下转出一个念头："凡是水里的东西，没有不怕赶水鞭子的，我为什么放着河水不洗船呢？"

铁娘娘高大笨拙，举着铜盆砸不着厉小卜，倒让这小子三蹿两蹦，一头撞开祖师堂的门户，拿到了赶水鞭子。铁娘娘招架不住，转身便走。厉小卜紧追上前，抖肩甩腕抡圆了赶水鞭子，跟赶大牲口似的，鞭梢儿不偏不倚，正抽在铁娘娘天灵盖上。"啪"的一声脆响，打得铁娘娘跌坐在井边，铜盆也撒了手。

两个宫女大惊失色，一个去捡铜盆，一个去搀铁娘娘。厉小卜甩开鞭子又是三下，打倒了两个宫女。铁娘娘头上也挨了一下，咬紧牙关硬扛着："差不多得了……挨你两鞭子换个儿子我认了，能不能给我们娘儿俩留条活路？"

厉小卜怒目圆睁："不行！你不嚷嚷着把小爷打残了吗？不是要毁我青龙帮的鞭子吗？怎么不横了？"常言道"天狂必有雨，人狂必有祸"，他也是打顺了手，劈头盖脸一通乱抽，几十鞭子打下去，铁娘娘"哐当"一下躺倒在地，变成一个泛着寒光的大铁人。厉小卜攥着鞭子上前查看，怎料从铁人口中吐出一道亮闪闪的水箭，正打在鞭柄龙嘴中的那颗珠子上，登时碎为齑粉，赶水鞭子随之断成了几截。铁娘娘也是光泽全失，变成了一个锈迹斑驳的大铁砣子。两个小宫女号啕大哭，搬着大铁砣子跳了井。这一下轮到厉小卜傻眼了，知道自己的祸惹大了，损毁了镇帮之宝，挖坑活埋也嫌不够！

次日天明，刘横顺来到卫安水会，得知厉小卜折断了赶水鞭子，急得一抖落手。再看青龙帮开了香堂，当中摆设祖师爷的神龛，闹海翻江的九条龙全到了，有的弓腰驼背，有的须发皆白，也有拄着拐棍的……个个吹胡子瞪眼，在场的门人弟子大气都不敢喘，五花大绑的厉小卜正跪在地上等候发落。刘横顺见此阵势也眼晕，但是盐打哪儿咸、醋打哪儿酸，祸端究竟从何而起呢？

四老爷看刘横顺进了门，就让厉小卜当着众人，将自己怎么碰上青灰脸的老道，又怎么拿赶水鞭子打的铁娘娘，原原本本讲了一遍。刘横顺听完心头一紧，按厉小卜所述，他头天夜里遇上的老道，哪是什么在南门口说书算卦的崔老道，分明就是收尸埋骨的妖道李子龙，只因厉小卜没上当，才又怂恿铁娘娘庙的正主儿来捣乱，看来李老道并非未卜先知，也有算漏的时候，而北门外失火这一招调虎离山，多半也是妖道所为。

刘横顺沉思片刻，冲在座的元老和掌舵的帮主一抱拳："诸位龙头老

173

大,不是刘某来借鞭子,厉小卜也不至于犯错,此事因我而起,该怎么罚,老几位您冲我来,我替他受过!"

在座的几位元老没吭声,青龙帮的帮规可处置不了外人。四老爷更不能让自家人顶这个雷,也有心给厉小卜留条活路,索性来个就坡下驴:"老哥儿几个,我说两句,赶水鞭子终归是个死物件,行帮各派靠的可是人情义气,没了这条鞭子,咱青龙帮不还是青龙帮吗?别看厉小卜这孩子岁数不大,他可够硬气,惹了祸没跑,称得上一人做事一人当,没给青龙帮丢脸抹黑。何况他鞭打铁娘娘,是为了保着祖师堂,单冲这一节,就该从轻发落。"

其余八个老爷子余怒未消,"毁了镇帮之宝,总得有人背锅",交头接耳商量了几句,又问四老爷:"不把这小子大卸八块也行,但是死罪可免,活罪难饶,否则无以服众。依四哥你的意思,咱该怎么罚他?三刀六洞、剜眼珠子、挑断手筋?"四老爷沉吟良久,点手一指厉小卜:"青龙帮是容不下你了,打明儿个起,你上巡河队捞浮尸去!"

那么说去巡河队当差,够得上受罚吗?您有所不知,天津卫的巡河捞尸队,入了民国改称"水上警察队",隶属于五河八乡巡警总局,听着确实比从前正规,算是有编制了。可打根儿上说,巡河队还是归青龙帮管辖,官厅儿也不给他们发饷。青龙帮的门人弟子有了过错,不容于帮中兄弟,如果掌舵的法外开恩,就会打发到捞尸队,一辈子跟河漂子打交道,吃苦受穷再无出头之日!

4

捞河漂子又苦又累,还没什么油水,但凡有口饭吃,都没人肯去巡河队。四老爷如此发落厉小卜,其余几条龙都无话可说了。三太子的小命得以保全，妖道李子龙的诡计可也得逞了，又拖了刘横顺一天，没有赶水鞭子，怎么对付躲在青龙潭中的金孩子？

四老爷给刘横顺出了个主意："赶水鞭子虽然毁了，铁娘娘可也完了，再不能兴风作浪。咱火神庙老刘家的鞭炮作坊曾有一种大麻雷子，名为'龙王炮'，是扔到水里炸鱼用的，你带几个过去，铁定能把金孩子炸出来。"

刘横顺听说过龙王炮，由于威力太猛，几十年前就不让卖了，但是老刘家这门儿手艺没丢。他和杜大彪跑去静海东滩头刘家庄，托手艺精湛的老师傅，用了一天一宿，赶制出二十枚龙王炮，个头儿跟玉米棒子相仿，装在一个大兜子里，由杜大彪背着，再次去到青龙潭鱼皮岛，正想找条小船下水，就听得乱草深处有人念咒！

二人登时一愣，支棱着耳朵再听，又不似念咒，倒像拱地的野猪在那儿哼哼。循声找过去，但见蒿草丛中是片小水洼子，水并不深，底下满是烂泥，有个人陷在泥水中挣扎不出，"哼哼唧唧"直叫唤。杜大彪力大无穷，探臂膀往上一拽，就将那个人拎了上来，又怕碰自己一身臭泥，顺手扔在道旁，可给那位摔坏了："哎呀妈呀，弥陀我的佛呀……"敢情从泥坑里拔出来的不是凡人，竟是一个肥头大耳的胖和尚！

刘横顺仔细打量，大和尚了不得，身高膀阔，没三百斤也差不了多少，溜光的大脑壳子上沟沟坎坎，形同一颗大肉疙瘩，身穿纳衣、外罩袈裟、打着绑腿，足蹬罗汉鞋，挂着一串人骨念珠。抹去满头满脸的臭水烂泥，显出卧蚕眉、三白眼，一脸的凶相。刘横顺成天跟贼人打交道，说是火眼金睛也不为过，观其外知其内，如见肺腑肝然，断定此人绝非善类，立即喝令杜大彪将人拿住不得放手。

那个大和尚被杜大彪搿着挣脱不开，看对方又高又壮，跟头狗熊似的，还穿着一身"黑狗皮"，一旁的刘横顺也是神威凛凛，绝非一般的巡警，与其让他们拎到巡警总局受一番羞辱，还不如挑开天窗说亮话。按道上的规矩，咬牙碰嘴对了对黑话，得知自己落在了刘横顺手上，当时怪眼一翻，口诵一声佛号："阿弥陀佛，真是冤家路窄，你等不必动粗，本禅师自有交代！"

江湖之上"僧不问名姓、道不问年岁"，佛门弟子四大皆空，你问人家姓甚名谁，那不等于说人家俗吗？道家修长生，问他年岁无异于骂人，因此要问"道号"或"法号"。若问大和尚法号——上"慧"下"禀"，乃是魔古道开山创教的耆宿之一，他这法号还有讲儿，佛门中"俗谛曰智、真谛曰慧"，禀乃天赋异禀之禀，绝不是借炒面烩饼中的"烩饼"二字扬蔓儿。

原来魔古道分支众多，可不单"混元老祖、五斗圣姑、狐狸童子、钻天豹、石寡妇、花狗熊、十三刀、净街王、大白脸"这一拨人，比他们厉害的也不是没有。眼前这个反出佛门的妖僧，论能耐论辈分，可比混元老祖高多了，占据着边北辽东铜佛山铁瓦寺，坐观天下、立见八方，胸藏日月、怀揣乾坤，称得上广有神通。

慧禀大禅师得知混元老祖死在刘横顺手上，不由得气炸连肝肺、挫碎口中牙，一恨混元老祖经师不到、学艺不高，丢了魔古道的脸；二恨官厅做事太绝，人死了还要暴尸三天，堪称天理难容！慧禀大禅师越想越恨，纳着胸中这口恶气，一跺脚下了天津卫。不单为了找飞毛腿刘横顺寻仇，连带天津卫五河八乡巡警总局，上至达官显贵，下至城里城外这些个起哄架秧子的老百姓，谁也得不了好！

天津城的军警不下五六千人，个个荷枪实弹，分区布防、昼夜巡逻，他全然不看在眼内，一则术法在身，千军万马视如草芥；二则有备而来，手托一个五龙探海的宝瓶，半尺多高、鸭蛋粗细，瓶口塞着软木塞，里头装了五湖三江的法水，到三岔河口拔下瓶塞，口中念动真言，即可水漫天津城。到时候什么飞毛腿、缉拿队,全得在水里喂了王八!

慧禀大禅师有恃无恐,托着宝瓶踏入天津地界。他在山上闭关多年,久未踏足尘世,并不急于做法,先到各处踩踩盘子。一路往城里走,但觉腹内饥饿,瞅见道旁摆着个馋老锅子早酒摊儿,大柴锅里"咕嘟咕嘟"地炖煮着各式下水,锅边儿浮着一圈黑绿相间的血沫子,又腥气又骚气,引得大小苍蝇围着嗡嗡乱转,东西不济,价钱也便宜。慧禀大禅师不忌荤素不分脏净,吩咐小贩盛上一份,放足了蒜泥辣油香菜末,又要了一盘撒着花椒盐的油渣,打了满满一壶小烧,外带一大碗猪血烩豆腐,发面饼掰成小块泡进去,连干带稀有酒有肉。狼吞虎咽全装进肚子,这才大摇大摆地进了天津城,倒背着双手东游西逛,看不尽五光十色的花花世界。

下半晌溜达到南市三不管儿,大禅师迈不开腿了,因为遍地的明暗娼馆,环肥燕瘦的窑姐儿倚门卖笑,个个眼神儿勾魂,打扮得花枝招展,还有露着胳膊大腿、穿着玻璃丝袜子的,看得慧禀大禅师心猿意马,眼前直飘桃花,不禁动了凡心,暗暗合计"圣人有云——来都来了,且让火神庙那个姓刘的多活一天,倒也不是不行……",当即进了一家名为"华英"的娼馆。

天津卫的玩乐场子鱼龙混杂,三教九流什么样的主顾没有?出家人逛窑子一点不新鲜,只要给得起钱,谁管你是哪来的野僧。慧禀大禅师也挺懂,吃喝不分粗细,解馋管饱就行,妓院可不一样,不比黑灯瞎火的暗门子,但凡看得过去的窑姐儿,没有便宜的。喝过三壶花酒,挑了个称心的姑娘,前凸后撅、又俊又俏,那真是"秋波一转迷人药,春山两道引魂幡;金莲三寸如利剑,春葱十指似刀尖",从头至脚没一处不要人命的,给慧禀大禅师整得五迷三道的,积攒多年的元气全用光了。完事儿在床榻上盘腿端坐,点了一根烟卷儿,叫进来一场"递折子"的玩意儿以供消遣。

旧时串妓院卖艺表演的，称为"递折子"。江湖艺人们白天撂地，天黑之后散了买卖，有想多挣几个钱的，便来妓院"赶场"。会说哪段会唱哪段，一一写在折子上，自己在门口候着，只把折子递进去，嫖客们点哪段，艺人就进去表演哪段。写在折子上的节目是一个价码，想听折子以外的新鲜玩意儿，那又是另一个价码了，挣下钱来还得跟妓院三七分账。

慧禀大禅师为了讨窑姐儿欢心，特意点了一段"折子外"的新活。卖艺的敲着大鼓连说带唱，表了一段街上传得沸沸扬扬的《青龙潭怪婴》！

卖艺的嘴巧，将这桩奇事表得有鼻子有眼儿、有地名儿、有钟点儿。窑姐儿为了让慧禀多掏几个钱，嗑着瓜子喝着茶水，浮皮潦草听个乐儿，至于唱的什么，压根儿也没往心里去，只想着听完这一段，再来个"春风二度"，多挣一份钱。

慧禀大禅师却是色心刚退、贪心又起，为什么呢？一来元气不足，实在折腾不动了，二来这么多年没下山，想不到俗世中的物价这么高了，除了破烂儿，没有不涨价的东西，带下山那几个盘缠太不禁花了。打听明白方位，推开窑姐儿出了娼馆，趁着月黑风高，甩开大步赶往青龙潭，意欲逮住金孩子，狠狠发上一笔邪财！

慧禀大禅师在深山古刹中闭关多年，修为着实不低，看得出水中金光闪动，心头一阵狂喜，托着宝瓶走过去。冷不丁瞧见水潭边上立着一个人，身形又高又瘦，颈中绕着一条狐狸皮围脖，穿着猩红戏袍，腰系黑白相间的水火丝绦，足登杏黄缎子底朝靴，身后背着个支支棱棱的大布筒子，绘满了恶虎纹。慧禀大禅师见这位打扮古怪、举止奇异，想必也是冲着金孩子来的，心说话"同是旁门左道，可别说我不讲究，既是你先来的，且看你有何能为，待你知难而退，方显本禅师的手段"。

但见狐狸皮围脖口中念念有词，潭水"咕咕"冒泡，从中分开，爬上来一个大脑壳的金孩子，锯齿獠牙，面目狰狞，脸上没鼻子，凹了一个大瘪子。狐狸皮围脖低声跟金孩子说了几句，抓着它的小手，往身后的布筒子里一扔，拔腿就要走。

慧禀大禅师为所欲为惯了，看见金孩子眼都蓝了，哪还管什么先来后到的规矩，火杂杂地冲上前去争夺。狐狸皮围脖猛地一扭头，脸上涂抹重彩、嘴歪眼斜，直似鬼怪一般，随着"哇呀呀呀"一声暴叫，身后的布筒子里射出"赤青黄白黑"五色神光，搅得乾坤晃动！

慧禀大禅师目瞪口呆，他仗着一身邪法，到处为非作歹，可从没见过这么邪乎的玩意儿，吓得秃脑袋上的头发好悬没长出来，一时稳不住身形，栽入了旁边的水洼，吃了满嘴的烂泥，宝瓶也碎了，挣扎了半宿爬不上来，仗着水不深，没把他淹死。直到早上，才被杜大彪拽上来。慧禀大禅师告诉刘横顺："本禅师一时背运，落入宵小之手，你俩也别得意，那个狐狸皮围脖迟早会用五色神光作乱，有你们傻眼的时候！"

杜大彪听了个不明所以，刘横顺则是满腹狐疑，金鼻子一案如同辣手辣眼的葱头，一层裹着一层，怎么剥也剥不完，收尸埋骨的李老道还没拿住，怎么又出来一个狐狸皮围脖？此人把金鼻子带去哪儿了？五色神光又是什么？李老道曾许给金鼻子一件大神通，指的就是五色神光不成？

魔古道慧禀说这一番话，无非以拖待变，伺机脱身。他趁二人分神，猛地一拧身子，推开刘横顺和杜大彪，蹿将起来要跑。杜大彪怒吼一声："贼秃，我让你跑！"一撇子挥出去，正锤在慧禀禅师光秃秃的后脑勺上，打得眼珠子脱眶而出，口鼻中鲜血狂喷，三百多斤的硕大身躯扑倒在地。刘横顺一把没拦住，再看大和尚早断气儿了。都说天津人爱吃烩饼,这算犯了名讳了!

打有王法那天,就定下一个规矩"殴差拒捕,死了白死"。刘横顺让杜大彪背着尸首去巡警总局完案。杜大彪不干,倒不是不听师哥的话,只因头天晚上刚把一身官衣儿洗干净,早晨起来一摸还是潮乎乎的,挑在杆子上顺风扯旗抢了半天,总算是弄干了,背一趟死人不又得洗一次?自己在嘴里嘟嘟囔囔:"这一身臭泥烂肉,我可不背!"

刘横顺只得作罢,当逢乱世,刀兵四起、兴灭无常,老天爷都闭眼的世道,死了个把外来的假和尚,又是个魔古道,官厅上根本没人在乎,只需到巡警总局知会一声,看看是否有悬赏,至于怎么报卷、怎么销案,以及派不派抬埋队收尸,那就不是他们俩的事儿了。

不过刘横顺也不能轻信魔古道,仍让杜大彪下水探查。确认青龙潭下的小庙已经塌毁,那道金光也没了,哥儿俩这才回到城中。但见大街上贴满了安民的布告,围着看的人水泄不通。眼下时局不稳,上边三天两头出布告,一张压着一张,一层糊着一层,贴得比千层饼还厚。内容大同小异,无非是安抚民心,或是颁布些个新规,多是左手改右手的事儿。

今天的布告上却写了一件大事,围观的人们也都在议论:奉督署大令,要在鼓楼底下造庙设坛,搭建一座封神台,并于三天之后办上一场"焚香法会",民间俗称"烧香会",另立五路护城地仙"胡黄常蟒鬼",替代之前的"胡黄白柳灰"。想来跟玉皇会一样,胡乱设立一个名目,伸手找行帮各派、买卖商号收钱,借此征捐派税,连带着再从老百姓兜儿里划拉几个,人们早见怪不怪了。可是流年不利,九河下梢逢会必乱,从铜船会到玉皇会,哪一次不出人命?哪一次的乱子小了?又闹这么一出,是嫌不够乱吗?

刘横顺抓不着金孩子,又找不着神出鬼没的李老道,正憋着一股子邪火，看见布告就烦，却听众人议论，说什么外来的五路地仙，全在一位大香头身上，这位的打扮绝对出奇，背着个布筒子，这么热的天，还裹着条狐狸皮围脖。

　　他心念一动，真可谓"踏破铁鞋无觅处，想吃饺子就来醋"，那不就是在青龙潭带走金孩子的怪客吗？不由得暗自咬牙："前有六月二十三玉皇出巡，金鼻子杀人截会，夺去'胡黄白柳灰'五大仙家的牌位，搅闹了半座天津城，而今又在鼓楼摆下一场烧香会，供奉什么外来的五路地仙。烧香会上供谁我管不着，可既然是这个狐狸皮围脖带走的金孩子，那行了，甭管来的是饼是面，我刘横顺也得'烩烩'你！"这才引出一场大热闹，有个压轴儿的回目"火炼封神台，三妖化天魔"！

第八章 韦陀斗僵尸

1

看完街上的告示，刘横顺让杜大彪先回火神庙，自己去到五河八乡巡警总局，一问费大队长才知道，天津城已经乱了套。打完仗换了一位镇守使，率大军驻扎于北郊，不仅手握重兵，执掌生杀之权，还从关外带来一位大香头，号称"独骨法王"。此人商贾出身，曾是资助军阀的金主，供着"胡黄常蟒鬼"五路地仙。身后背个布筒子，谁也猜不透里面装了什么法宝，端坐在宝辇之中，护法的神兵卫队前呼后拥，个个戎装戎马，背刀挎枪。奉督署大令，要在天津城中办一场"烧香会"，封神作法、稳定民心。明知是添乱，官厅也只能照办。反正动锯就有末、啃烧饼就掉渣，借着搭台办会，又能狠捞一票了！

定下烧香会的时日、地点，告知全城军民：三天之内，各家不许倒脏土；门口不许摆扫帚；贴门神的全撕了；不许放鞭炮；凡是庵观寺庙，一律不许开门，大小神像全用幛子遮上。老百姓们不干了，扫帚放屋里不打紧，门神撕下来也能忍，可是不让放鞭炮，红白二事怎么办？上梁动土怎么办？买卖铺户开张怎么办？尽管那个年头老实人居多，可总有不服摆布的。为了防止有人闹事，各个地段都增派了巡警，歇驴不歇磨一般，昼夜轮番地盯着，眼珠子瞪得赛过电灯泡。捎带着严查治安，街上鸡吵鹅斗的、抬杠拌嘴的，不问青红皂白，也不管占不占理，一律当成不顺南不顺北、专找斜茬儿打糊涂架的"是非模子"，统统抓进号里关了，等烧香会之后再放。

为了搭造封神台，还要在鼓楼前拆出一大片空场，因此扒了几排民房商铺。人家房主有房契，租户有租约，都是奉公守法的老百姓，谁也没招谁也没惹，住了多少辈儿的房子说拆就拆，虽能补几个钱，可根本不够安家的，买卖也做不成了，上哪儿说理去？真有赖着不走的，文的武的荤的素的一通招呼，以至于冲突不断，闹得鸡飞狗跳。

巡警们紧着忙活，大小锅伙的混混儿也没闲着。烧香会那一天，法台两边必须摆满了香炉，最好的位置专门留给各大行会，听着挺有面子，却没有白给的，得拿钱换。供香是一份钱、香炉是一份钱、摆香炉的地方是一份钱，搬过来抬过去又是一份钱。力气活儿不许雇民夫，全由锅伙的混混儿承接。因为指着水陆码头吃饭的锅伙最排外，在他们看来，凡是外来的，都是抢饭碗的。你得让锅伙觉得有利可图，混混儿们才不会闹事。再有一节，九河下梢诸行百业，守的是王法、尊的是行规，外来的"胡黄常蟒鬼"名不正言不顺，肯定有不认头掏钱的。有财有势的无所谓，受不受仙家护佑不说，只当破财免灾打发官厅了。可一旦给本地锅伙分一杯羹，不打算掏钱的行会砸锅卖铁，想方设法也得把香炉钱凑上，否则别说官面儿上找麻烦，混混儿这关就过不去。

一江水分两岸景，有骂的就有捧的，有人发愁就有人高兴。很多心眼儿活泛的小商小贩，看出烧香会是个发财的机会，连赊带借凑足本钱，把天津卫的香都买空了，又到周边各县去趸，整捆整捆地往回扛、整筐整筐地往回抬、整车整车地往回推。他们这一宝算押对了，自打金鼻子杀人截会，可愁坏了一众善男信女，没了五大仙家，给谁烧香磕头去？听说另立五路护城地仙，成千上万的善信分成了两派：有人觉得"胡黄白柳灰"受过皇封，有天津城那天就在，岂可轻易替换？也有人觉得，江山还轮流坐呢，护城的仙家凭什么不能换？只要感应灵验，换哪位大仙不行？等到办会那天，必须多烧香烛，以显心诚。

上街一看傻眼了，大庙小庙的门全关着，香铺中的货架子也都空了，到处买不着，横不能把手指头撅下来点了？正为难的时候，一众卖香的进城了，推着车挑着担，兜售大小不一有粗有细的各式供香，价格比以往高出几倍，还不讲价。吆喝得正起劲儿，天上雷声如炸，降下一场暴雨，把买香的全浇跑了。商贩们心里叫着苦，赶紧找苫布往香上盖。本打算转天再卖，哪知道连着下雨，一直不放晴，而且越下越邪乎，低洼之处大水漫灌。老百姓全在家躲雨，再没人上街买香了。大伙暗中议论：下这么大的雨，什么香也点不着了，还办哪门子烧香会？估摸着是老天爷看不过去，不打算让外来的"胡黄常蟒鬼"在此立足！

怎知到了烧香会当天，一大早起来，天上仍旧乌云翻滚，但是厚重的云层裂开一个口子，透下一道瑞彩祥光，正罩在鼓楼前的一亩三分地上！本来不信的，这一下也信了，纷纷冲出家门，赶去鼓楼焚香叩首。卖香的小商小贩转忧为喜，价格随风涨，一把香快赶上一口袋白面了，照样有人抢着买。卖完香扔下担子，也随着涌动的人潮赶去鼓楼看会。

鼓楼位于天津城的正当中，比天津城建得还早，所以又叫"古楼"。最初是当作屯兵瞭望之所，晨昏二时击鼓撞钟，传达方圆数十里，素有"看七十二沽帆影，听一百单八杵钟声"的美誉。自打 1900 年八国联军拆了城墙，鼓楼随之破败，始终无人修缮，不说断壁残垣，那也是颓圮已久。镇东、安西、定南、拱北四个穿心门洞上，刷满了五颜六色的广告牌子，什么烟卷、仁丹、洋胰子、火柴、牙粉、礼服呢子……连街边剃头的，都拿纸写了个"水热刀子快"贴在上边，乱七八糟、乌烟瘴气。

赶等烧香会这天，真看得出官厅下了血本儿，净水泼街、黄土垫道，墙上的小广告全刮掉了，从内到外粉刷一新，殿顶的琉璃瓦擦得锃亮。定南门前的空场上，按坐北朝南的方位，背倚鼓楼搭起一座"封神台"。坚厚的台板底下，打满了一抱粗的木桩子，牛皮绳扎的双交手，铺着整块的红毡，上设条案，摆着香炉、蜡仟、三牲六畜各式供品，列着五个七八尺高的牌位，全用大红绸子遮了。法台两边的香炉堆成了山，铜的、铁的、锡利的、三条腿的、四条腿的、带耳朵的、不带耳朵的……大大小小形形色色，里边插满了供香，烟雾升腾，有如祥云缭绕。封神台前由东往西，拿两条法绳拦出一条道路，专供官面儿上的人马通行。远处整整齐齐列着兵队，那无非是充门面的，什么也不管，真说维持秩序，还得指望巡警总局。

跟前一阵子的铜船会、玉皇会不同，布告上写了"烧香封神之前，还要处决罪大恶极的人犯祭庙"。闲杂人等可不管杀谁，反正杀人比唱戏好看，又不用大老远跑去西门外的法场，不烧香的也赶来凑热闹。为了抢在前边看得过瘾，呼朋唤友蜂拥而至，挤得水泄不通，屋顶上、墙头上、树杈子上全是人。

五河八乡巡警总局下辖的各个警察所，仅留必要的人员值守，其余的扒拉扒拉脑袋，有一个算一个，全来鼓楼当班。为了保住自己的鸟食罐子，大伙都不敢掉以轻心，互相提着气："千万盯住了，绝不能再出乱子了，顺顺当当烧完香，大老爷吃肉咱跟着喝汤，如有半点差错，准得吃不了兜着走！"

说着容易，真管起来可太难了。赶来看会的人山人海、三教九流、五花八门，有等着烧香磕头的信众、有挑担子做买卖的小贩、有瞪眼讹人的混混儿、有心怀不轨的贼偷、有打板讨饭的乞丐……众巡警拿着警棍、吹着铜哨，一边拦着左推右挤的民众，一边顾着摆在地上的火盆香炉，还得盯着趁乱掏包的小绺，长出三头六臂都不够用的。所以说"为人不当差，当差不自在"，受累挨骂在前，论功行赏靠后。

天津城缉拿队的大队长费通到场最早，并非恪尽职守，他比谁都清楚，烧香会是个发财的机会，高兴得一宿没睡踏实。费二奶奶也特意起早，给窝囊废熬了一小锅棒子面粥，爁热了馒头，盛上一小碟天昌酱菜园的五香萝卜干，额外多切了半个咸鸭子儿，热热闹闹摆了一桌子。

费二爷急着划拉钱去，牙也没刷脸也没洗，着急忙慌穿了衣裳，顾不上细嚼慢咽，好歹对付两口，匆匆忙忙出了门。跑到鼓楼底下天还没亮，倒背着双手溜达了一圈，看见路边有几个卖早点的，想再垫补一口。今天是奔着捞钱来的，吃东西也得求个彩头，这边看看卖豆浆的，不行，豆浆谐音"都僵"，都僵住了怎么挣钱？那边看看冲鸡蛋汤的，更不行了，鸡飞蛋打，一个大子儿都挣不着。又往前走，有个卖羊杂汤的瞅着不错，不过也不行，羊杂里边有羊肚和羊心，那不成自找"堵心"了？再看下一家，这是个卖炸货的，刚出锅的"炸河虾、炸素丸子、炸铁雀儿、炸卷圈儿"金黄油亮，拿刚烙的大饼卷上，吃一口怎么形容呢？小媳妇儿配个壮汉子——活活美死！

费大队长可不敢马虎，他的心思全用在这上边了，琢磨了半天：炸货中炸素丸子不能吃，一吃就"完"了；炸河虾不能吃，吃下去难免"抓瞎"；炸铁雀儿也触霉头，捞多少钱都得飞了。看来看去，只剩下炸卷圈儿了，卷圈儿二字搭上钱，一个是卷钱，一个是圈钱，哪还有这么合适的？高高兴兴吃下两套大饼夹卷圈，又等了老半天，被他当成左膀右臂一般的虾没头和蟹掉爪才到。

天色渐明，鼓楼底下人头攒动。费大队长带着虾兵蟹将四处巡视，那小脸儿绷的，比凉凉了的酱肘子都紧，真跟谁欠了他八个亲爹似的。窝囊废可不抓贼，因为贼赃有他一份，专跟做小买卖的过不去，声称人多拥挤，为了防止意外，不许随便摆摊儿。怎么叫"随便"呢？未经批准都叫随便，但只要费大队长在地上画个圈，那就可以摆。他的圈当然不能白画，大有大的价码、小有小的行市，按买卖大小收钱，绝对公平合理。摆摊设点的小贩敢怒不敢言，就说今天人多，那也多赚不了几个，钱还没到手呢，先让窝囊废切去一半，这一天又白折腾了！

一贯急脾气的刘横顺反倒来迟了，都快午时三刻了才到，他当然没闲着，忙中抽身，多方打探独骨法王的来路。烧香会这一天，他安排张炽、李灿守着火神庙，自己带着杜大彪来到鼓楼。

在场看热闹的人中，有几位跟刘横顺斗过虫儿的，还有赶来凑热闹的祁大善人，都挤上前来打招呼："刘头儿，吃了吗您？还得说是您，人高马大，比我们得看得瞧！"有人问刘横顺："今儿的阵势可不小，您说这外来的五路地仙真有那么灵吗？"还有人问："刘爷，告示上写着要杀人祭庙，您给我们透露透露，究竟枪毙几个？枪毙的又是什么人呢？"

不怪老几位好奇，自打入了民国，几乎没在城里处决过犯人。如果说之前出了几场大乱子，闹得人心惶惶，逮着几个趁火打劫的贼匪，破例在城中枪毙，借此稳定人心，倒也说得过去，却不可能杀人祭庙，都什么年头了？那不是胡来吗？

刘横顺心知肚明，烧香会上的乱子小不了。此事埋祸极深，而且也在李老道的谋划之中，不过独骨法王收去金孩子一事，仍须眼见为实，所以他打定了主意："甭管烧香会上怎么乱，见不着金孩子或李老道，我就该按兵不动！"

眼瞅着看会的人越聚越多，压压插插挤成虾酱了。刘横顺想去找费通交代几句,可说什么也挤不过去了,只得劝相识的几位尽早回家,别凑这个热闹。

正说着话,响起一声号炮,打鼓楼南门洞子中开出一队护法神兵,个个背刀挎枪。旗罗伞盖簇拥之下,缓步走来一人,脸上涂抹重彩、身穿猩红戏袍、项戴狐皮围脖、腰系黑白相间的水火丝绦、足蹬杏黄缎子厚底朝靴,正是供奉"胡黄常蟒鬼"的独骨法王。来至香烟缭绕的封神台上盘腿一坐,俨然是庙堂中的神佛下界。

台下的善男信女一阵喧哗,争着焚香膜拜。那些个赶会不烧香的也看傻了,九河下梢的奇人异士层出不穷,光怪陆离什么扮相的没有?人们早已司空见惯,可从没见过这么大阵仗,真比玉皇大帝出巡的排场还足!

众巡警严阵以待,唯恐一挤一乱踩死几个。此时又是一声号炮,从法绳拦出的路上,由东往西押来一个死囚,绳捆索绑、倒剪二臂,双脚也拴了绳子,将将迈得开小碎步,脖子后头插着亡命招子。众人都觉意外,只枪毙一个不成?再看押来的人犯,个头不高,长得可太扎眼了:蒜锤子脑袋,一根线儿的脖子,皮底下没肉,直接裹着骨头,尖嘴猴腮、蓬头垢面,稀不棱登几缕黄头发,脸上说黄不黄、说绿不绿,全无半分人色。穿的衣裳千疮百孔,扔水里能当渔网,却又捞不上鱼虾,因为布都糟透了。脚底下这双鞋也够瞧的,一只破棉鞋、一只破油靴,鞋底子都快挂不住了,拿草绳前后捆了几道,走路还得加小心,生怕把草绳子磨断了,又有法绳扯着,一步一踉跄。就这个倒霉模样,来到台底下却是趾高气扬,混混儿开逛一般,扬着头挺着胸,秃眉毛往上挑、烂嘴角往下撇。那么说上法场的是谁呢?提及此人,当真是有名有号,天津卫七绝八怪之一——挖坟掘墓翻尸倒骨的孙小臭儿!

2

  剜坟窟窿可是大买卖，纵使发不了财，何至于混得如此落魄？您有所不知，臭爷身上的本领是不俗，怎奈命中无财，长得也寒碜，甭管大人小孩，是个活人就能欺负他，他能欺负的只有死人，所以穷得叮当响，裤腰带一天一天往上勒，恨不能勒住脖颈子，那就不觉得饿了。

  围观的民众无不称奇，孙小臭儿一个土贼，顶多在荒坟野地中扒两件破烂装裹，枪毙了纯属浪费枪子儿，这是犯了多大的案子？挖了哪个名门望族的祖坟？盗了哪朝皇上娘娘的陵寝？以至于惹下这一场杀身之祸？大伙更琢磨不透，臭爷哪儿来这么大的底气？死到临头了，他怎么不怕呢？知道这是挨枪子儿的，不知道的还以为是娶媳妇儿的！

  孙小臭儿听得围观的有人问他，臭不要脸的劲头儿登时就上来了，梗着刀螂脖子自吹自擂："臭爷我跟火神爷刘横顺拜过把子，他是我大哥，我是他兄弟，没有我下山东斗狐狸，取出九枚辖地的魇钱，三岔河口铜船会上，我大哥怎么收拾得了魇古道？"总之是有象不吹骆驼、有骆驼不吹牛，傻小子吃螃蟹——净捡大个儿的来。他还告诉大伙："老少爷们儿甭担心，臭爷闲着也是闲着，赶上今儿个高兴，过来陪绑充数，混一顿酒饭罢了，枪毙的黑枣儿打不到我头上！"

  可也有明白人，瞧出此事不对，谁没见过法场上陪绑凑数的？从不乏打破头抢着去的，因为上路之前有官派的"断头饭"，不同于苦累窑中的馊窝头，最起码对付点儿白面，还让你见得着荤腥，而且游街示众走这一程，有的是买卖商号送酒送肉，借此积德行善、打发晦气，绝对得吃得喝，一帮一伙有说有笑，一步一亮相，给两旁围观起哄的唱上两嗓子，又用不着真挨枪子儿，忍饥受冻的穷哥们儿谁不愿意去？这一次则不然，押来的死囚不多不少，只有孙小臭儿一个，他给谁陪绑去？

前朝讲的是"秋后问斩"，盖因"天有四时、王有四政，庆为春、赏为夏、罚为秋、刑为冬"，等着掉脑袋的死囚，通常是打入牢城，关押到霜降之后，赶在冬至之前，凑够了一拨人，再行开刀问斩。自打改朝换代入了民国，旧制悉数废除，但是开法场出红差，仍有一定之规。这一次又不同以往，封神台下早挖了一个大坑，说什么枪毙完了不许收尸，直接填到坑里。等办完了烧香会，还要盖一座五仙庙，将尸首镇在庙底下，千人踩万人踏，永世不得翻身。

孙小臭儿被人带到台下，双膝着地，跪在土坑前等候发落，左顾右盼没见着别的死囚，心里不免嘀咕。赶会的可不在乎枪毙谁，能见血就行，尤其是孙小臭儿这号"扒了茅房盖楼——底子臭"的货色，都恨不能一枪打出脑浆子来，够他们茶余饭后吹仨月的。喧闹声中你拥我挤，押脖子瞪眼看热闹儿。

趁着刽子手还没到，做小买卖的赶紧忙活，有人拿出"红绳、狗牙、桃木剑"，卖给带孩子看会的辟邪压惊；也有卖槟榔、豆蔻、青橄榄的，可以含在嘴里，抵挡血腥之气；还有卖肩膀的，说定了价码，主顾可以骑在他肩膀上，让他扛着你看杀人……真正是八仙过海各显神通，指着什么挣钱的都有。

众巡警结成人墙，拼命维持秩序。费大队长却一头扎在人堆儿里，打着"流动巡查"的旗号，吆五喝六变着法地敛财。自从当了官，费二爷是得吃得拿，没少捞钱，家里很够过的，怎么还这么贪呢？如若说是"人心不足蛇吞象"，那倒冤枉他了。身为天津城缉拿队的大队长，看似威风八面，说穿了却只是官厅的鹰犬，欺负欺负老百姓还行，有权有势的都不拿他当人看，给泡热乎屎也得张嘴接着。这是在外边，家里还有个费二奶奶呢，那可是位女中豪杰，把个窝囊废收拾的横来竖咽、俯首帖耳。他实在受够了上上下下里里外外的夹板气,要想挺直腰杆子,就得再往上挪动挪动。人死王八活的年头儿,没钱上下打点,别说往上爬了,眼下这个大队长的位置他也保不住,保不齐哪天来个大老爷三姨太的小舅子,说换就给他换了,所以才千方百计到处搜刮。

有几个咸吃萝卜淡操心的问费通:"是不是真要枪毙孙小臭儿?"费大队长忙着收罚款,随口敷衍:"反正上面指名道姓,头一天才从破庙里将人抓来,但依我看,顶多是抓了陪绑的,又没个案由,口供都没拿,怎么可能枪毙呢?"

说着话响过三声号炮,如同压轴的大角儿登场一般,行刑的执法队到了。为首的神枪手陈疤癞眼,骑在一匹枣红色高头大马之上,板板正正一身旧式军装,肩挂丝带,足蹬马靴,手套雪白,胸前十字交花,一左一右斜挎大小两个牛皮的枪套。两条尖刀眉,眉梢往上翘着,一对豹子眼,拿黑眼罩遮了一只,剑锋鼻高挑,下衬飞薄的一字口,外加两撇八字胡。十几个小徒弟,都是黄绸子包头,土黄布的裤褂,脚下新袜新鞋,捧着茶壶、拿着手巾、拎着提盒,鞍前马后地伺候着。

陈疤癞眼心如铁石,杀人不眨眼,身为开枪执法的剑子手,在天津卫久负盛名。正所谓"枪易练、神难磨",会开枪能开枪的人多了,而称得上"神枪"之名的,九河下梢可只有他一个。越有能耐越得"放份",如若提前在旁边候着,再一路小跑上来接令,那不成碎催了?这一次也是踩着点儿到的,不紧不慢一步一勒马,单看他就够得上一景儿。围观百姓扯着脖子叫好,喝彩之声山呼海啸,一浪高过一浪。

陈疤癞眼来至台前,先冲着人群抱拳还礼,甩镫离鞍下了马,缰绳和马鞭交于左右,摘手套接过大令,亮出一支长瞄二十响满带烧蓝的德国造驳壳枪。陈爷登场摆足了派头,干活可不拖泥带水,走到孙小臭儿背后,抬手就要打!

孙小臭儿跪了半天,再没看到别的犯人,正自疑惑,忽觉脖子后边一凉,亡命招子让人拔了。他扭过头来,瞧见陈疤瘌眼手中的长瞄二十响,黑洞洞的枪口正对着自己,心里可就一哆嗦,忙说:"陈爷陈爷,您可瞧清楚了,我我我……我是凑数的……"

陈疤瘌眼一皱眉:"不对啊,法场上只有你一个插了招子,不毙你毙谁?"孙小臭儿吓得嘴歪眼斜,"扑通"往地上一倒,裤裆里全湿了。

看热闹的一阵哄笑:"还没挨枪子儿呢,怎么就吓死了?"陈疤瘌眼不管那套,上前踢了孙小臭儿一脚:"哎哎哎,别装蒜,没见过死人尿尿的,是爷们儿赶紧起来,我给你来个痛快的,要不然打花了,收拾着也麻烦!"

孙小臭儿拼命叫屈:"掘几座荒坟能有多大罪过?哪至于枪毙啊?"赖在地上撒泼打滚,说什么也不肯起来,又惹得围观百姓哄然大笑。

独骨法王坐在台上居高临下,见孙小臭儿拒不伏法,抖袍起身,抬手揭去遮住头一个牌位的红绸子,一开口声震全场,如同五张嘴异口同声,又各不相混:"臭贼,冤有头债有主,今天让你死个明白!"

孙小臭儿抬眼皮往上看,牌位上写着一行字,四四方方、撇捺弯钩、横平竖直,可他从小在荒坟破庙中长大,斗大的字认不了一筐,说是睁眼瞎也不为过,不服不忿地大叫大嚷:"臭爷我大字不识,怎么着?不认字就得枪毙?还有天理吗?"

独骨法王大怒,指着牌位一字字念道:"千年粮食垛张三太爷!"孙小臭儿一听一愣,再仔细瞧瞧独骨法王的狐狸皮围脖,怪不得这么眼熟,霎时魂飞天外。前一番他下山东,在临淄城外坑死了一只老狐狸,恩将仇报不说,还扒下皮来卖了八块钱。如若出门挨雷劈遭了报应,那他也认了,可是官法之下,哪有让活人给狐狸偿命的?孙小臭儿不甘心等死,眼珠子涨得通红,扭头冲刘横顺求救,音儿都劈了:"大哥,你快跟他们说说，我……我冤枉啊！"陈疤瘌眼看看台上的牌位，又看看跪在地上的孙小臭儿："行了臭爷，甭费唾沫了，陈某人送你一程！"

陈疤瘌眼开枪，从来是瞄都不瞄，抬手就打，一声枪响倒下一个。而且枪枪有花活，什么是"封侯挂印"、怎么叫"太公钓鱼"，干脆利落，行云流水，一枪比一枪出奇，一招比一招各色，令人眼花缭乱、目不暇接。

孙小臭儿的胆子还没个小耗子大，以往去法场上看热闹，亲眼见识过陈疤瘌眼的厉害。在他看来，陈爷一拔枪，九河水都得倒流三天，没想到今天自己也要做枪下之鬼，当真是"死面卷子——叠到这儿了"！

刘横顺再怎么腻歪这个臭贼，单冲孙小臭儿给自己帮过忙，就不能袖手旁观。正待上前拦挡，陈疤瘌眼突然一扭脸，盯了他一眼，示意别过来，又对众人说道："陈某人的枪下，可没打过不该死的人。怎么是该死，怎么是不该死？那得有官法决断，从不是我说了算的，今天却不比往常，倒让各位瞧瞧，我这一枪怎么打！"刘横顺听出了言外之意："独骨法王仗着势力一手遮天，亮个牌位逮谁毙谁，陈爷这是看不过去了？"

恰在此时，台上的独骨法王一摆手："且慢！'胡黄常蟒鬼'来到九河下梢，为的是消灾弭祸、除邪祛秽，保此一方平安。孙小臭儿戕害仙灵，死有余辜，但他一条狗命，尚且不足以祭庙。天津城南门口还有一个大祸害——铁嘴霸王活子牙崔老道，只恨这个倒霉鬼没在天津城，否则头一个杀的就是他。另有一个该死之人，贪赃枉法、刮尽地皮、荼毒一方、罪不容诛！"

赶会的正骂孙小臭儿屄包软蛋一个，看见陈爷的枪就吓尿了，全无从容赴死的英雄气概，烧香会上兴师动众，却只枪毙这么个人嫌狗不待见的玩意儿，实在是不够瞧的。听说还要再杀一个贪官，这才觉得没白来，纷纷起哄叫好儿，跺着脚吹口哨。老百姓是"喝酒不怕劲儿大，看热闹不嫌事儿大"，众巡警则是面面相觑，不知独骨法王说的是谁，提前也没知会过他们，这是要砸个现挂吗？

正纳着闷儿呢，随着独骨法王一声令下，冲上来五六个护法神兵，分开乱哄哄的人丛，揪住忙于"巡查"的费大队长，推推搡搡带到台下。由于事出突然，在场的所有人都看蒙了。

费通大惊失色："军爷、军爷，是不是误会了？"护法神兵不容分说，抬手打飞了费大队长的帽子，三下五除二剥去"护身皮儿"，将其反绑二臂，连蹬带踹，枪托子砸腰眼儿，喝令他双膝跪倒。费通真见傻，跪在坑前脸色煞白，眼神儿都散了，跟刚才的孙小臭儿一样，扭着头问陈疤瘌眼："陈爷，咱都自己人啊，这是唱的哪一出？"

陈疤瘌眼耸肩摇头："费大队长，你问我有什么用呢？陈某人只奉命出一趟红差，可不管法场上绑的是谁。"

孙小臭儿瞧见费通跪在旁边，他又忘了死了，幸灾乐祸一脸坏笑："费大队长太够意思了，怕我走单儿，给我做伴儿来了？"

窝囊废已经哆嗦成一团了，哪有心思搭理孙小臭儿？真觉得自己比窦娥还冤，说到贪赃枉法，从上到下的大小官吏有几个干净的？我一个带队抓贼的怎么就成了出头鸟？

独骨法王怒斥费通，又在台上亮出另外几块牌位，其中一块上边清清楚楚写着"四方坑白三姐"，正是"胡黄常蟒鬼"中的长虫。窝囊废恍然大悟，刚当上蓄水池警察所的巡官那阵子，他与四方坑里的一条白蛇结下梁子，多凭崔老道指点，方才躲过一劫，却也损了白蛇的道行。但他身为巡官，在自己的辖区地盘上看见白蛇吃人，怎能见死不救？当差这么多年，只救过这一次人，积过这一次德，若为此事吃了枪子儿，他死也闭不上眼。

刘横顺并不知道费通怎么与"胡黄常蟒鬼"结的仇，估摸着跟孙小臭儿差不多。再看旁边的几块牌位，另立的五路地仙"胡黄常蟒鬼"，分别是"千年粮食垛张三太爷、小南河黄老太太、乾坤楼化蛟黑蟒、四方坑白三姐"外加一个"官银号蜡干鬼手"！他见到蜡干鬼手的牌位，立时想起了师父和杜小白，不禁五内如焚。可见李老道指点金鼻子杀人截会，不单为了钻宝窟窿换金身，而是以此铲除本地的"胡黄白柳灰"，再由外来的"胡黄常蟒鬼"进城，搭这么一座封神台，让军民人等焚香下拜，不知究竟有何图谋？眼下出手的时机未到，还不便鲁莽行事，只得强压怒火，直攥得金瓜流星咯咯作响。

只听围观人群纷纭喧嚣："早该枪毙这个窝囊废，吃人饭不拉人屎，说人话不办人事儿，仗着一身狗皮到处吃拿卡要，专拣老实人欺负，刚还打着巡查的幌子罚款讹钱呢，一转眼竟要吃黑枣儿了，天津卫最大的现世报非他莫属！"刚才被费通讹诈的众多小贩，无不拍手称快，如同三伏天的大太阳底下，喝了一碗冰镇雪花酪，那叫一个痛快！

3

窝囊废一肚子委屈，知道自己官声不好，挨老百姓的骂理所当然，但是自当上天津城缉拿队的大队长以来，他还算对得起手下兄弟，眼下这个节骨眼儿，枪管子都顶到后脑勺上了，不指望有闹江州劫法场的黑旋风李逵，可总该出来几个过得着的，喊一嗓子"枪下留人"吧？再看缉拿队一众手下，火神庙的刘横顺和杜大彪全在，连带蓄水池警察所的老兄弟，有一个算一个，皆如同钉子钉了脚面，戳在原地一动不动。最可气的是虾没头蟹掉爪，哥儿俩抱着肩膀，眼珠子往上翻翻着，都跟没事儿人似的，就愣装看不见。本都是混饭吃的，以往称兄道弟胡吃海喝，要多热乎有多热乎，真到了生死关头，没一个往前凑合的。

费大队长叫天天不应、叫地地不灵，凉透一颗心、滚下两行泪，想自己苦没少吃累没少受，混个一官半职，凭着心眼儿活、脸皮厚，吃拿卡要多少捞了点油水，可是为了往上爬，十之八九都贿赂上司了，下了差事回到家，在费二奶奶面前仍是大气都不敢喘上一口。有钱人的钱多得花不完，自己的钱怎么挣也不够花，早知是这个下场，刚才吃炸货就不挑了，那大饼夹炸虾米，不比卷圈儿解馋吗？

陈疤瘌眼脸色阴沉，看看跪在台下的费大队长和孙小臭儿，心里头着实犯难。他一个开枪执法的刽子手，从来是上差下派，枪毙一个领一份犒赏，管不着枪毙的是谁。可从未出过这样的红差，一不审二不问，三不行文四不请令，当场抓当场毙，还不许收尸，搁在前朝都没这个章程。纵然是不赦之罪，那也没见过当天抓当天毙的。怎么看这个独骨法王怎么别扭，藏头露尾，绝非善类，与其说消灾弭祸、除邪祛秽，倒不如说装神弄鬼、兴妖作怪，暗暗寻思："陈某人的金枪保国护民，老少爷们儿才捧着我，豁出去这碗饭不吃了，绝不能任其摆布。老子还不信了，一个神棍的狗肚子里，岂能撇得出二两半的香油？"

当下将那支德国造的长瞄二十响插入枪套，拔出一支象牙柄带轧花的勃朗宁手枪，镏金的枪身上嵌着红蓝宝石，流光耀目实在的好看。他冲费通一拱手："开封府的包龙图铁面无私，仍分龙虎狗三口铡刀，费大队长是官身，尚未革除公职，送你上路可不敢马虎！"围观众人又是一阵喧哗，知道这是金枪，陈爷视如珍宝，轻易舍不得用，一旦拿出来，必定施展绝活，这场热闹可有的瞧了！

费大队长和孙小臭儿仍待挣扎，一瞅见金枪立马蔫儿了，直似秋后拉秧的黄瓜，之前那股子想活命的劲儿全没了，垂头耷脑、万念如灰。

刘横顺没见着李老道和金鼻子的踪迹，并不想轻举妄动。他也明白，以神枪手陈疤瘌眼的名号，绝不会草率行事，估计是擦着耳朵根子打一枪，破了皮见了血，却打不死人。谁挨这一枪，都得吓个半死，看着跟死透了一样。往坑里一蹽，再拿草席子遮住，独骨法王一个外来的神棍，哪知陈疤瘌眼瞒天过海的手段？可是众目睽睽之下，又要当场填埋，能瞒得过去吗？

总归与那二人称兄道弟一场，万一陈疤瘌眼兜不住，刘横顺只能提前出手。他不动声色，暗中扣住金瓜流星，但见陈疤瘌眼手拎金枪，瞪圆了一只眼，盯着跪在地上的费大队长和孙小臭儿说道："稀里糊涂地挨枪子儿，搁谁也冤得慌，可又没辙，世道乱了，甭管是猫是狗，谁爬得高谁说了算，所以你们二位得认头！"说罢走出几步，头也不转，甩手连打三枪。

他的枪太快，别人没瞧见，刘横顺可看了个一清二楚，心中暗挑大拇指——陈爷真不愧神枪名号，说话办事如同景德镇的瓷器，掉在地上"当当"作响，亮出金枪就得要人命，只不过打的不是费大队长和孙小臭儿，而是封神台上的独骨法王！

陈疤瘌眼这一手"夺命三枪"，本是压箱底的杀招。三颗枪子儿"一"字横排，分打对方左中右三路，无论左躲右闪，或是一动不动，至少也得挨上一枪，真可以说神鬼难逃。

台下众人一片惊呼声中，独骨法王肩不动膀不摇，身后的布筒子中五色神光晃动，裹住了三颗枪子儿。在场之人只觉眼前一花，再看台上的独骨法王，居然未损分毫。陈疤瘌眼枪法如神，绝非徒有虚名，都知道他双手食指上的茧子最厚，那是经年累月扣扳机磨出来的，枪管吊着五块砖头，举枪瞄准也是纹丝不动，不知独骨法王用的什么邪法，竟能以五色神光挡下枪子儿。

陈疤瘌眼久经战阵，多少次死里逃生，自知不是对手，三十六计走为上策，二指搓唇打了个呼哨，那匹枣红马闻声冲至。陈爷一个鹞子翻身，正落在马背上，紧跟着纵马飞奔。便在此时，五色神光又是一晃，从中飞出三颗枪子儿，冒着火星子，比拿枪打的还快。刘横顺看出要坏，可他身手再快，如何快得过枪子儿？

转瞬之间倒下三个人——跪在地上的费大队长和孙小臭儿，一人脑袋上多了一个血窟窿，尸身栽入烂泥坑，脑浆子流了一地。倒霉催的孙小臭儿，头无片瓦、身无分文，终究没躲过这一枪。天津卫七绝八怪又少了一位，到死都没人知道他真名叫什么。费大队长也是死不瞑目，天不亮赶到鼓楼当差，忙活了一上午，衣兜里塞满了钱，一个大子儿都没来得及花，就稀里糊涂吃了黑枣儿。另有一颗枪子儿，"嗖"地一下射中了陈疤瘌眼的大壳帽，擦着头皮飞过去。并非他躲得快，而是"胡黄常蟒鬼"以善道自居，不肯轻易杀生害命，跟陈疤瘌眼没有死仇，所以没要他的命，仅略施惩处，惊得他翻身落马，连惊带吓摔吐了血。那十几个小徒弟方寸大乱，扔下茶壶毛巾，慌手慌脚地抬上师父，从法绳截开的路上跑了。

光天化日之下，一身邪气的独骨法王施展五色神光，打死了费通和孙小臭儿，神枪陈疤瘌眼捡了条命，可也吓了个半死。围观的军民人等看得目瞪口呆，有称奇的、有害怕的，害怕也舍不得走，一时间鸦雀无声。

十几个干活的民夫听命上前，填埋费大队长和孙小臭儿的尸首。刘横顺那炮仗捻儿的脾气，急得眉毛直立、二目喷火，攥着金瓜流星就要上。虽不知如何对付独骨法王身上的五色神光，从来也没见过这么邪门儿的东西，但无论如何压不住暴脾气了。整个九河下梢，谁不知费通跟他刘横顺是一抹子的，孙小臭儿更没少借他的名头四处招摇，称兄道弟也算有过口盟。独骨法王当着他的面枪毙了这二位，还不许收尸，如同大庭广众之下拿鞋底子抽他的脸一样，岂能忍得下这口恶气？即便是强出头、拉横车，明知有去无回，他也不得不上了！

封神台上的独骨法王眼观六路耳听八方，发觉下边的刘横顺要来拼命，眼中寒芒一闪，晃动五色神光，这就要分个你死我活。千钧一发的当口，不知从哪儿跑来一个妇道，跟跟跄跄撞入当场，一头扎在烂泥坑里，抱着费通的尸身号啕大哭，敢情是费大队长的"贤内助"——费二奶奶！

说到这位夫人，当真不是善茬儿。天津卫南运河边上曾有一座钞关，俗名"北大关"，各路进京的商船都在此缴税。北大关往东称为"关下"，往西称为"关上"，附近有不少混混儿聚集的锅伙大寨，讲打讲闹、巧取豪夺，横冲直撞、不可一世。费二奶奶出自关上世家，是一位寨主爷家中的老姑娘，尚未出阁就是远近闻名的"独头蒜"，性子又艮又辣，撒起泼来无人能敌。天津人的规矩大，凡是街面上混的，甭管士农工商、三教九流，再大的阵仗，都得遵循一条底线——好男不跟女斗，否则有理也变没理。费二奶奶不仅身为妇女，更是个中极品、业内翘楚，在外边跟人叫板，话茬子立着飞出来，比小刀子还快，一拉一个大口子，赶上混横不吃话的也不在乎，你敢亮家伙，她就敢伸脖子。如果你下不了死手，就只有低头认栽一条路可走。这可不算完，人家后头还一大家子人呢，哪一个是好惹的？你得掏钱送礼求爷爷告奶奶，劳烦说说道道的人物字号出头了事儿，否则破裤子缠腿没完没了，非让你脱层皮不可，绝对的黏牙！且不说去到外边怎么横，在娘家就没人惹得起，当闺女缠足裹小脚的时候，愣是把亲妈踹出一溜跟头去。到最后也没裹成，放着两个大脚片子嫁给了费通。先立家法后入洞房，这么多年下来恩威并济、软硬皆施，收拾得费通服服帖帖。别人家两口子恩爱，可以说是"蜜里调油"——又甜又腻。他们家的蜜里，调的却是辣椒油——

又香又辣，解得了馋过得了瘾，谁也离不开谁。尤其这阵子，费二奶奶肚子里终于有了响动，已经显怀了，给老费家续上了香火。费大队长刚请缉拿队的兄弟们喝过酒，不承想孩子的面儿都没见着，就在封神台下挨了枪子儿，费二奶奶能不炸锅吗？一边哭天抹泪，一边跟在场的人们诉屈。

今天是拜神求福的烧香会，费大队长本不想让媳妇儿来，担心人多挤着肚子。费二奶奶不干，这么个千载难逢的机会，说什么也得去拜拜，多给孩子求几分福禄。费大队长劝不动，只得烦人托窍，给她占了个得瞧得看还挤不着的位置。费二奶奶坐在马扎上，嗑着瓜子喝着茶水，一边看着台上的热闹，一边瞧着自己爷们儿在台下敛财，心中得意至极——自古说相夫教子，废物点心能变成费大队长，自己这个贤内助绝对是功不可没。

直到窝囊废让人绑了，费二奶奶也没着急。说一千道一万，还是见识有限，她以为费通挣钱没够，也去陪绑凑数领一份犒赏，开枪的又是陈疤癞眼，那还有什么不放心的，爷儿俩准是提前说定了，一唱一和演上一出，完事儿再把钱一分，来个二一添作五。万没想到，随着五色神光一晃，费大队长脑袋上多了个血窟窿，红的白的混杂着往外喷溅，这可不像演戏！

费二奶奶连害怕带心疼，差点儿没昏死过去，但凭着她母老虎坐地炮的性子，到什么时候也不能认怂，大脸蛋子憋得通红，紧咬牙关冲到台下，往坑里一跳，抱住尸首不肯撒手，说什么也不能让窝囊废填了大街，要埋就一个坑里三条命，连她带孩子一起埋。

虾没头和蟹掉爪相互递个眼色，下到土坑中，一人一手上去搀，嘴里紧着劝："嫂子嫂子，您身子沉了，千万别动了胎气，事已至此，您就想开了吧！"俩人一边说着话，一边拿剩下的那只手往费通兜儿里掏，掏什么呢？费大队长一上午罚没的赃款，还鼓鼓囊囊揣着呢。

费二奶奶怒不可遏，点指虾兵蟹将的鼻子，扯心戳肺地尖着嗓子破口大骂："虾没头，蟹掉爪！你们还是人吗？死人身上的钱也掏？不怕他半夜上门掐死你们俩？都是在一口锅里搅马勺的，搁到往常，哥哥长兄弟短的，有点什么好处，从没落下过你们，到了褙节儿上谁也不肯伸把手，就眼睁睁看着他挨枪子儿？窝囊废你个废物点心，怎么这么不开眼啊，交下这么一帮爹多娘少的狐朋狗友！"

费二奶奶哭得一声高过一声，如同火轮车拉汽笛儿，还不耽误骂人。且不说虾兵蟹将颜面无光，刘横顺脸上都挂不住了，上来劝不是，不劝也不是。围着看热闹的人们，即便不认识费二奶奶，这一喊一闹，也知道她是关上锅伙寨主爷的老闺女、缉拿队大队长窝囊废的媳妇儿了，那能是等闲之辈吗？又挺着个肚子，真哭出个好歹来，那可是一尸两命。很多人动了恻隐之心，婶子大娘眼窝浅的，都一个劲儿地抹眼泪。独骨法王进退两难，不怕起哄闹事儿的，可众目睽睽之下，怎么跟个妇道动手？

正不知如何收场，围着的人群又是一阵大乱，四五个飞扬跋扈的伙计在前开道，后边跟着一乘二人抬的软轿。来到台下小轿落地，布帘子一挑，从中走出个浓妆艳抹的小娘子。莲花瓣儿的元宝头，元宝底儿朝外，青丝上盘了一串新摘的白茉莉。鹅蛋脸搽着扑粉，樱桃小口，涂了半边娇的唇脂，耳垂儿上戴了两个金灯笼吊坠，眉心还点着一颗美人痣。身穿藕荷色缎面织金小袄，半圆衣襟上别着一朵芭兰花，青洋绉的阔腿裤子，脚踩一双喜鹊登梅的绣花鞋，手里甩着一方喷了法国香水的天青色手绢，离八丈远就能闻见香味扑鼻。人前一亮相，登时炸了营！

这位是谁啊？在场之人大多认得，天津卫七绝八怪之一，三不管儿十字街路东"十美堂"的头牌花魁——夜里欢！只见她下到土坑中，扑在孙小臭儿的尸首上,哭了个梨花带雨,把一旁的费二奶奶都看傻了!

4

　　九河下梢的娼窑妓馆,大致上分"头二三四"几档,十美堂又是头等中的头等。掌班妈妈姓李,天津卫人称"小李妈",徐娘半老、风韵犹存,真正是人精中的人精,说话办事八面玲珑,结交的全是达官显贵。经她之手,调教出的窑姐儿个个花容月貌,赛过天仙、气死嫦娥。夜里欢更是艳压群芳,要模样有模样、要才情有才情。小李妈重金打点,让她荣登《风月报》评选的"花国总理",大照片占据了整整一版。从头到脚穿的戴的,都是各大成衣铺和首饰楼赞助的。本就是花中魁首,再加上这一番捯饬,可了不得了,简直比外国画报上露胳膊露腿的大摩登还撩人,排着队等着一亲芳泽的大有人在。眼下这杀人见血的场合,她来添什么乱?

　　老百姓大多是来看热闹的,枪毙窝囊废和孙小臭儿,让大伙觉得挺过瘾。可随着陈疤瘌眼枪打封神台,独骨法王五色神光一闪,惊得陈爷坠马吐血,丢了半条命,就让人们觉得别扭了。再加上费二奶奶一通哭闹,都不免动了恻隐之心。可谁也想不透,名满花街的夜里欢,为什么来哭挖坟盗墓的孙小臭儿?

　　费二奶奶再怎么刁钻泼辣,总归是"良家女子",若论经得多见得广,住在平房胡同里的老娘们儿,可跟夜里欢比不了,那是窑子里长大的姑娘,向来是假戏真做,又会哭又会闹。她一出来立马乱了营,人群中有的是地痞无赖浮浪子弟,能不捧场吗?这边一哄那边一喝,一声高过一声。

夜里欢借机诉说情由，大伙这才听明白，她跟孙小臭儿本是一奶同胞的亲兄妹，自幼父母双亡，住在荒坟破庙，相依为命。到后来实在活不下去了，妹妹被十美堂小李妈收留，自此落入风尘，她也不得不认命了。哥哥则让一个老盗墓贼捡了去，为了戒掉大烟瘾，吃下一整包"铁刷子"，这才改了形、脱了相。一个是吃臭的土贼，一个是纳客的窑姐儿，各自觉得不光彩，几乎断了往来。

孙小臭儿多少有点骨气，知道妹妹挣的是皮肉钱，混得再惨都没伸过手。夜里欢也不敢去找哥哥，却到处打听孙小臭儿的行踪，知道世上还有一个亲人，心里多少是份牵挂。

都说"婊子无情、戏子无义"，但是勾栏之中，从不乏重情重义的奇女子，夜里欢虽不敢与"怒沉百宝箱的杜十娘、擂鼓战金山的梁红玉"相提并论，但是天津卫七绝八怪，扛鼎的杜大彪、金枪陈疤癞眼、走阴差的张瞎子、倒脏土的黄治安、砸钱的丁大少……人人都有拿手的本领、降人的绝艺、出奇的言语。夜里欢能够跻身其中，全凭两个字，一个是"浪"，一个是"义"。

别的窑姐儿一晚上接仨，累得腰酸腿疼下不了炕，她一宿能接二十个，照样活蹦乱跳，因此得了"夜里欢"的诨名。掌班的小李妈拿她当摇钱树、聚宝盆，天天捧在手心儿里，要星星不给摘月亮。按说这种顶尖儿的花魁，没钱的主儿想都甭想，可夜里欢一不挑二不拣，无论卖苦力的糙汉，还是识文断字的穷酸，对谁都一视同仁，绝不敷衍了事，手头不方便的还可以赊账。她挣下的钱早够给自己赎身了，可从不舍得用，全攒着给哥哥买房置地娶媳妇儿，只等有朝一日人老珠黄没活路了，找棵歪脖子树一吊，就此一了百了。

她可没工夫看热闹，档期排得满满当当，本由几个"茶壶"伙计陪着，到义和成饭庄"出条子喝花酒"，半路堵在鼓楼，一问才知被枪毙的两人之中，竟有一个是自己的亲哥哥孙小臭儿，紧赶慢赶仍是迟来了一步。一番话说得在场之人无不动容，老天爷真会开玩笑，谁能想得到，孙小臭儿和夜里欢竟是一对亲兄妹？

今天来鼓楼看热闹的老爷儿们当中，跟她相好过的不在少数，她这一哭一闹，底下就有心疼的了。而且大伙越往下听，越觉得夜里欢说得对，天津卫行帮各派，守的是王法、尊的是规矩，孙小臭儿挖坟盗墓，无非为了有口饭吃，就算是罪该万死，总不至于不让收尸，挫骨扬灰都不解恨，还得埋在大街上任人踩踏？如若无人收殓，大伙也没什么可说的，因为扔到乱葬岗子也是喂狗，与当场埋了没有任何分别，而今收尸的苦主都来了，凭什么不让带走尸身？你独骨法王一个外来的香头，真拿自己当玉皇大帝了，说什么是什么？

费二奶奶本还心存忌惮，毕竟光棍不斗势力，那些护法神兵可不是吃干饭的，伸手五支令，拳手就要命，纵然恨得牙根痒痒，也不敢骂台上的独骨法王。让围观的这么一起哄，顿觉声势大振，跟夜里欢姊妹俩同仇敌忾，骂一阵哭一阵、哭一阵骂一阵，愈骂火愈旺，指着独骨法王一通狂卷："有骨头你别厌，今儿个就让大伙看看，你是真猴还是假猴！"

俗话讲"打人无好手，骂人无好口"，两个女人扯着脖子，赶在"一七、发花"两个辙口上骂了一溜够，仍嫌不解恨，索性冲上台去跟独骨法王豁命，连卷带骂，又抓又挠。独骨法王也抵挡不住，本想在烧香会上杀人立威，怎知出来两个娘们儿，让她们这一通闹腾，五路地仙还封不封了？

人家两个女的都动手了，台下的老少爷们儿哪能干戳着？纣王暴虐无道，毁去成汤八百年基业；奸相秦桧残害忠良，背负千古骂名……这么多前车之鉴，无非说不能犯了众怒、失了人心。何况台底下不只看热闹的，憋着捣乱的也不在少数，甚至有很多打算截会的混混儿，为了争一份香火钱，唯恐天下不乱。一时间群情激奋，人人切齿、个个咬牙，卷的卷、骂的骂，管你独骨法王带着几路地仙，还甭说什么外来的"胡黄常蟒鬼"，做下此等绝户事儿，有玉皇大帝保着也不行！围观民众潮水一般蜂拥而上，当差的巡警吹哨鸣枪拦都拦不住，那伙护法神兵也不够瞧的了，眼瞅又是一场人仰马翻的大乱子！

再看台上可太热闹了，夜里欢和费二奶奶双战独骨法王。一个薅住独骨法王的前襟，伸出尖尖的指甲，戳眼珠、抠鼻孔、撕耳朵，疯了似的连抓带挠、又掐又拧；一个吱哇大叫，咧着嘴龇着牙，没头没脑地乱咬，咬住就不撒嘴。

独骨法王狼狈不堪，顾得了头、顾不了腚，睁不开眼、喘不过气，手忙脚乱招架不住。几个回合走下来，洋相可出大了，身上的袍子撕扯烂了，脸上的油彩也花了，不仅被挠出十几条血道子，还挂了一脸的唾沫黏痰。本来法相庄严，摆足了架势，玉皇大帝放屁——那叫一个神气，这一下全完了，又不能还手，当着这么多人，难不成跟两个女流之辈对抓对挠？

他是又急又怒，在台上一退再退，总算闪开一个空当，晃动身后的五色神光，要将这二人裹入其中。刘横顺暗道一声："不好！"虽不知五色神光如何作怪，却连陈疤瘌眼的枪子儿也能左右，费二奶奶和夜里欢如何招架得住？再不出手，更待何时？亮家伙正要上，忽然从鼓楼上飞下一个庞然巨物，闪着明晃晃的金光，泰山压顶一般砸向独骨法王！

刘横顺的眼够多快，抬头一看吃了一惊，砸下来的什么玩意儿？居然是"韦陀菩萨"的金身泥像！他见过这尊像，鼓楼前本有一座韦陀殿，供着倒扣金刚杵的韦陀天，底下还镇着一具僵尸泥塑。据说老早以前，此地有一座涌泉寺，年代比天津城还久远，前堂后殿、比屋连甍，后来沧海桑田，几经变故，只剩下一座香火断绝的偏殿，殿中供的是韦陀菩萨，里边的泥像早已倒了，住着几个老乞丐，蛇入鼠出，残破不堪。到得清朝末年，天津卫闹了一次大水，有人瞧见从老铁桥下的海眼中，冲上来一具遍体青灰的古尸，没有五官七窍，却长着九个黑窟窿，带出几丈高的洪水。危难关头，多亏一位壮士，手持金砖从老铁桥上一跃而下，堵住了海眼，挡住了洪水。

众口相传，都说那是老天爷派下的神将，保住了天津城。再后来，有个骑黑驴背褡裢的外地老客，出钱雇来能工巧匠，修缮了韦陀殿，又给韦陀天重塑金身，"鼻直口阔、大耳垂轮，头顶冲天盔，镶金珠、配异宝，光华灿烂；顶梁穴朱缨倒洒，一寸多宽的搂颔带，双掐罗汉股；金抹额二龙斗宝，龙头朝前、龙尾朝后，龙口中含一颗缠金丝绕银线的夜明珠；身上掼龙鳞密排的大叶八宝驼龙甲，二虎头吞口兽中暗藏匕首，外显烈火苗；勒甲绦七股穿成，腰扎大带，倒挂紫金钩，足登五彩团头厚底战靴，形似凶神、猛如恶煞，格外的胖大威武"。不同于别的寺庙，脚底下踩着长了九个窟窿的僵尸，看上去跟堵住海眼的壮士一般无二，善男信女们都说这是"韦陀斗僵尸"，殿中也渐渐有了香火。

前两天为了搭造封神台，韦陀殿与周围的房屋一同被夷为平地，暂且将泥胎塑像安置于鼓楼之上，也拿红幛子遮了。独骨法王正待施展五色神光，对付费二奶奶和夜里欢，韦陀菩萨居然一跃而下。民间以讹传讹事后传讲，都说独骨法王兴妖作怪倒行逆施，惹得天怒人怨，韦陀菩萨奉佛旨下界镇压！

当然了，那只是民间的说法。此时此刻的刘横顺可不这么想，泥胎神像自己动不了，准是让人扔下来的，但实心儿的泥胎，跟一座小山相仿，那是何等沉重？除了扛鼎的神力王杜大彪，谁举得起扔得出？还能不偏不倚往独骨法王脑袋上砸？只不过肯定不是杜大彪，因为扛鼎的杜大彪就在旁边。他来不及多想，眼见韦陀金身落下来，不只独骨法王，整座法台都得砸塌了。

刘横顺纵身跃上封神台，一手一个，抓着费二奶奶和夜里欢往后躲闪。独骨法王听得恶风灌顶，身后布筒子中的五色神光一晃，挡住了砸到头顶的韦陀菩萨，紧接着一转个儿，泥胎横着飞出去，直奔前排人多之处。围观百姓骇然失色，台底下挤挤擦擦，肩膀挨着肩膀，肚皮顶着屁股蛋儿，想躲都没地方躲，只能眼睁睁等着挨砸！

刘横顺心头一寒，韦陀泥像砸到人丛中，一滚就是一条血胡同，指不定波及多少无辜，急忙招呼杜大彪出手。杜大彪的嘴笨，身手可不慢，听得师哥招呼，立刻挺身而出，瞅准了韦陀金身，张开双臂往上迎，力举千斤闸也不过如此，却不料韦陀菩萨如此沉重，又是从高处扔下来的，一两惯一斤，半空被五色神光一带，势头不减反增，撞得他眼前一黑，后槽牙愣是咬断了三颗，两只脚半陷地中。接是接住了，可不敢撂下，因为没地方撂，前后左右全是人，已经挤乱了套，往哪儿一放也得压死几个。他是一不做二不休，大吼一声，奋神力托举韦陀金身，双臂一振，又往台上扔去！

独骨法王不敢怠慢，晃动五色神光一挡，韦陀金身如同大车轮子一般，翻着跟头飞上了鼓楼，呼呼带风，砸穿了阁顶，随着一声巨响，又撞在铜钟上，烈烈生火，轰鸣不绝。韦陀金身砸下来，还打翻了一排排供桌。阁楼中供着诸多神位泥塑，皆以帷幔遮挡，供桌上点着长明灯。灯火引燃了帷幔，只一眨眼，阁楼中已是四处火起！

杜大彪一接一掷用力太猛，顿觉头晕眼花、气血翻涌，坐在地上起不了身。不知什么缘故，独骨法王的五色神光也收不住了，从布筒子中蹿至半空，陀螺一般打转。如同一场骤起的龙卷风，将漫天乌云拧成了麻花疙瘩，刮得鼓楼顶子上木屑瓦片乱飞，带着火星子"噼里啪啦"往下掉。

法台上铺设的红毡、条案、五大仙家的牌位，连同周边的房舍草木全被点着了。头顶上仿佛塌下一个大窟窿，风云相击、声震如雷。军民人等四散奔逃，你拥我挤人马杂沓，撞得大大小小的香炉东倒西歪、满地乱滚，一众小贩也倒了霉，摊位上的切糕、凉果、熟梨糕、糖炒栗子、蜜麻花……全让人踩扁了。趁着台上台下一阵大乱，杜大彪也缓过劲儿了，刘横顺让他带上两具尸首，护送夜里欢和费二奶奶离开这是非之地。

　　咱再说封神台上的独骨法王，眼见着人也散了、香炉也倒了，偌大排场的封神会，被搅了个七零八落，心中恼怒至极，却顾不上别的，在台上东奔西走，妄想将五色神光收入布筒子。

　　刘横顺心知五色神光厉害，正可借此机会，一举收拾了独骨法王。纳着胸中一口恶气，再次蹿上高台。独骨法王失了五色神光，可还有"胡黄常蟒鬼"五路地仙在身，发觉背后有人，立即掉转身形，抖开袍袖，伸出一只枯瘪的蜡干鬼手，暴叫声中，来拿刘横顺身上的三昧真火！

第九章 三妖化天魔

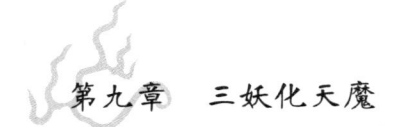

1

俗话说"有根才长蔓、有藤才结瓜"。供奉"胡黄常蟒鬼"的独骨法王来到九河下梢天津卫,总不能说没有个前因后果。烧香会当天早上,天刚蒙蒙亮,七绝八怪之一扎纸人走阴差的张瞎子,带着白鼻子白爪的灵猫,急匆匆赶来火神庙。其实不止刘横顺,身为另一路的办差官,城隍庙的张瞎子也在追查李老道,以及魔古道九条阴魂的下落,同样是千方百计不得结果,翻遍了天津城的犄角旮旯,始终找不着任何线索。

这一阵子,二道街夜市的鸡丝馄饨越卖越出名,不等支上摊子,就有排队等着的,价钱也涨了一半,但是去晚了连汤都喝不上。张瞎子慕名前去吃了一次,倒没觉得那么降人,闷闷不乐喝下一个酒,忽听得屋顶上一声猫叫。

他眼瞎心可不瞎,耳音远胜常人,听这猫叫得跟人说话似的,正是销声匿迹多年的"城隍小先生",一时间突发奇想:"问人问鬼都没用,为什么不问猫呢？毕竟是只踏雪寻梅的灵猫，心有九瓣六窍，天上的事知道一半，地下的事全知道！"

别人问不了城隍庙灵猫，张瞎子身为走阴串阳的阴差，论着可都是在一口锅里混饭吃的同行，真可谓"踏破铁鞋无觅处，得来全不费工夫"。只不过不能直接问，那肯定问不出来，因为天机不可泄露，灵猫也怕犯忌。

张瞎子万般无奈，不得不拿自己的阳寿来换。他掏钱买下两盘鸡丝，将灵猫引到西北角城隍庙，费尽若干周折，现下总算有了点头绪。虽不能说查了一个水落石出，至少不抓瞎了。

按他所说：收尸埋骨的李老道、杀人截会的金鼻子、带着五路地仙的独骨法王，皆与外道天魔有关。所谓"外道天魔"，不在九天三界之内，没人知道那是什么东西。奇门中曾有一幅古画，描绘了遍布蛇须的黑壳中裹着一个九眼青猴，身带五色神光，坐在长满怪眼的巨树上，左托"八臂仙母虫"、右擎"九头转轮虫"，据说是其本相。只因堕入尘世，外道天魔被天罗地网一分为三，古人称之为"三妖"：其一是灵识不灭，在尘世间屡换肉身，躲过一次次天坠杀劫，最后化身为收尸埋骨的妖道李子龙，但只能依附在信奉外道天魔的人身上，遇着不相信的，它也无从夺舍；其二为"赤青黄白黑"五色神光，压在地府金灯之下；其三是躯壳九眼青猴，填了海眼不见天日。所以说刘横顺的对手，从来不是一个推着小车收尸埋骨、一肚子阴谋诡计的李老道，而是人不可知的"外道天魔"。真正的李老道，也就是从沧州麒麟观负案出逃的那个妖道，早在一年之前让金鼻子拿耗子药害死了。此后的李老道死而复生，五官七窍带着血，从蜡黄脸变成了蟹壳似的青灰脸，那只不过是被外道天魔占据了肉身，与一个皮囊傀儡无异。

青灰脸的李老道躲在天津城中，收尸埋骨掩人耳目，暗地里谋划着一件大事。先后收去魔古道九条阴魂,盗走白骨菩萨,炼成九盏鬼火般的油灯,指点金鼻子杀人截会,钻宝窟窿换金身,又引来关外的独骨法王,在鼓楼底下搭台烧香,都是为了促成此事。先说供奉着"胡黄常蟒鬼"的独骨法王,此人本是个做买卖的商贩,挑着八根绳的货郎担子,东边买了西边卖,江南进了江北出,看似奔波劳碌,与世无争,实乃左道中人,擅长魇咒之术,背负一条画有恶虎纹的大布筒子,将人引入其中,血肉即化,尸骨无存。这个布筒子堪比"先天人种袋",容得下千军万马,吃的人越多,独骨法王的道行越深。他仗着邪法四处作恶,窥觑贼库中的蜡干鬼手已久,苦于没机会下手。后因胖老爷子和杜小白带着蜡干鬼手外出,独骨法王才在途中害了二人性命,又自行截去一臂,接上了蜡干鬼手。

直到一年前,独骨法王遇上李老道,经其一番点拨,以蜡干鬼手抓取五色神光。李老道告诉他,五色神光通天彻地,以"赤青黄白黑"五色对应"金木水火土"五行,又以五行对应五方,分别是"东方甲乙木、南方丙丁火、西方庚辛金、北方任癸水、中央戊己土"。本为外道天魔所有,可以调动寰宇万象,缩千山拿日月,混天移地、颠倒乾坤。无奈独骨法王道行不够,收在布筒子中施展不了。

自此之后,李老道又让独骨法王下山东,从皮货店收来一条狐狸皮围脖,去济南府乾坤楼下放出化龙黑蛟,收留了无处容身的四方坑白蛇,还有小南河坟地中的黄鼠狼子。再加上蜡干鬼手,凑齐"胡黄常蟒鬼",虽然可以驾驭五色神光了,却仅限于三五步之内,用上一次半次的,一旦折腾过头,只恐形神俱灭,想哭都找不着坟头。

关外五路地仙本为同门,拜着同一个祖师爷。多年前下山入关,为的是修道行善、广积功德,至于结果呢?前文书已经交代过了,除去不守门规,一直被封在贼库中的蜡干鬼手,其余四位一个比一个惨、一个比一个冤，不是道行丧尽，就是形骸不存。

冤有头债有主，"胡黄常蟒"恨透了铁嘴霸王活子牙崔老道、挖坟盗墓的孙小臭儿、缉拿队的大队长窝囊废，这才受李老道的鼓惑进了天津城，借着军阀势力搭台造庙。享受万民香火尚在其次，首先还是要出一口恶气、翻几笔旧账，明知沾不得外道天魔，为了报仇也全然不顾了。

另一个原因是听信了妖道李子龙的鬼话，误以为除掉南门口的大祸害——铁嘴霸王活子牙崔老道，就等于替天行道了，抵得上万般功德。再让青龙潭中的金孩子做香头，以不坏金身替代独骨法王的血肉之躯，方可任意使用五色神光。

九河下梢人口稠密，水陆码头钱多粮广，三教九流齐聚，诸行百业皆兴，大庙小庙香火旺盛，借此一方宝地，立下牌位造福四方，得成正果指日可待。

李老道两头忙活：一边唆使金鼻子杀人截会，砸了五路护城地仙的牌位，钻宝窟窿换金身躲入青龙潭；一边引着"胡黄常蟒鬼"来到天津城，最终是为了兴妖灭道。另有一节，李老道并非能掐会算、未卜先知，但他通晓星相、明辨福祸，可以观望来人气运，而且机谋缜密，擅长揣度人心，又会控猫之术，每到一地，全城的家猫野猫，就都是外道天魔的耳目了，城隍庙灵猫也不例外。所以谁说了什么做了什么，任何一点风吹草动，都瞒不过李老道，够不上料事如神，那也差不了太多。正赶在这个节骨眼儿上，让张瞎子找到灵猫，问出一连串错综复杂的隐情，不一定是李老道有意为之，但以妖道谋划之深，岂能任由灵猫四处晃荡？除非有恃无恐，不在乎让外人得知。

张瞎子早已废了一对招子，又上了年岁，手脚也迟慢了，行将就木之人，对此事有心无力，无论如何想不透李老道打的什么主意，只能再三叮嘱刘横顺当心，鼓楼底下这场乱子小不了。且不说五色神光如何厉害，单是抓魂拿魄的蜡干鬼手，天底下就没人对付得了。至于这只灵猫呢？尽管错不在它，又有悔过之心，比如老油条从宝窟窿中扒出金鼻子，当场吓破了苦胆，多亏灵猫引至火神庙报案，才不至死得不明不白。但它也难逃其咎，仍该受罚，由张瞎子带去城隍庙跑腿儿当差将功补过，再不许出来捣乱了。

刘横顺可不跟崔老道似的，但凡听着点对自己不利的风声，立马脚底板抹油，来个远走高飞，撇家舍业，躲得远远的，妻儿老小全不管了。纵然不知内情，仅凭蜡干鬼手的牌位，刘横顺也不可能当缩头王八。听张瞎子说完已经不早了，他赶着去鼓楼当差，来不及再去找窝囊废和孙小臭儿了。刚才枪毙这二人的时候，刘横顺就想出手了，不过凡事讲个先来后到，有前辈金枪陈疤瘌眼在场，轮不到他打头阵。

想不到陈疤瘌眼轻敌了，加之窝囊废和孙小臭儿在劫难逃，没人救得了他们两个。陈疤瘌眼自己也吃了大亏，从马上掉下来摔个半死。独骨法王仗着五色神光大闹天津城，压根儿没把旁人放在眼里，轻而易举地干掉了两个对头，却不料费二奶奶和夜里欢搅乱法场，又凭空砸下来个韦陀泥塑，五色神光也收不住了，打着转飞上半空，整个烧香会乱成了一锅粥。独骨法王气急败坏，千算万算谋定的一场大事，怎就让这一众愚民搅了？

此时的五色神光搅动一场风灾，以往形容风大成灾，可以说"直刮得屋瓦乱飞、门窗直颤、大树连根倒、小树影不见，往上刮到南天门，刮散了王母娘娘的蟠桃宴，往下刮到森罗殿，刮惊了牛头撞马面，院里的二小子正推磨，连人带磨刮上了天"，倒没那么夸张，但也掀掉了鼓楼的半个顶子。天显异象，炸雷一道接着一道，还引发了大火。军民人等惊骇万状，没头苍蝇一样你拥我挤。在场也有不少卫安水会的武善，鸣锣吹哨，忙于奔赴各处火场。

而天津城历次办会，除了官面儿之外，四大锅伙、各家脚行，乃至整个青龙帮，都可以从中分一杯羹，或多或少，总能有一份进项。这一次来了个不讲规矩的独骨法王，顶着五路外来的地仙，杀人立威不说，还要将全部的香火钱据为己有。行帮各派的人能服吗？众兄弟暗气暗憋，心里可都较着劲呢，若非督署大令压着，早有人带头闹事了。眼见着台上台下全乱了套，索性来个趁火打劫，哄闹中一拥而上争抢供品和香火钱。

两百多护法神兵手忙脚乱，顾得了这边顾不了那边，队列全被冲散了。巡警跟脚行、锅伙、帮会之间有着千丝万缕的联系，深谙唇亡齿寒之理，到了这个节骨眼儿上，怎么能"胳膊肘往外拐、调炮往里揍"呢？您瞧去吧，那一个个拧眉瞪眼，撸胳膊挽袖子，抡着警棍骂骂咧咧，可都不往跟前凑合。

刘横顺看出这个机会千载难逢，一旦让独骨法王收住五色神光，哪里还能与之对敌？他心念一动，飞身上了封神台，抡开金瓜流星，直取独骨法王！

独骨法王一身旁门左道的邪术，尽管失了五色神光，却仍有五路地仙护持，暴怒之下，转过身来与刘横顺相斗。随着他一道令下，"胡黄常蟒鬼"齐至，脸上"赤青黄白黑"五气变幻，一进一退快如鬼魅，只将脑袋一晃，就闪过了金瓜流星。旋即纵声呼喝，宽袍大袖下伸出一只裹着蜡的暗青色怪手，状若枯树、干瘪细长、不类人形，带动一阵阴风，出其不意抓向刘横顺。

刘横顺曾听师父说过"蜡干鬼手出自荒坟古冢，生前是个捏烛的蜡匠，在墓中修成气候，又遭雷火焚烧，只留下半截手臂，能夺一切有形无形之物，哪怕是先天绝技，抓住即可拿取"。刘横顺不敢大意，急忙抽撤飞锤，纵身往后一跃。独骨法王抢得上风，手臂骨节喀啦啦作响，陡然间反爪上撩。刘横顺不及退步，一个旱地拔葱，翻身腾在半空，堪堪避过对方这一抓。

独骨法王阴狠毒辣，如影随形一般跟身进步，蜡干鬼手爪甲暴长，再一次抓向刘横顺。这一下突兀至极，刘横顺人在半空，躲无可躲、避无可避，百忙之中腰杆子发力，猛然将身形往后一拔，又是一个跟头，翻出一丈开外，稳正了身形透空而下，正落在木台边缘。他这一躲迅捷无伦，差之毫厘，没让蜡干鬼手抓到！

2

独骨法王手段了得，可分跟谁比，若论单打独斗，再来二十个都不够刘横顺打的，但他身上带着"胡黄常蟒鬼"，不用外道天魔的五色神光，一样接得住陈疤癞眼的夺命三枪。不料刘横顺身手如此利落，蜡干鬼手连抓三次，却尽皆落空。只不过刚才这一交手，刘横顺是由攻转守，独骨法王则是由守转攻，自以为稳占上风了，又急于收住五色神光，决意施展杀招，一举除掉挡路的对头。只听他口中念念有词，抖出腰间一黑一白两条丝绦，白的是四方坑白蛇、黑的是乾坤楼化蛟黑蟒。白蛇让躲在棺材中的费大队长损去了多年道行，黑蛟也被倒霉鬼崔老道一张臭嘴叫成"烂泥鳅"，坏了化龙大事，但是原形尚存。刘横顺身上的先天绝技，得自关东山一条火蟒的蟒宝。乾坤楼黑蛟和四方坑白三姐，都对此宝垂涎三尺，碍于祖师爷定下的门规"他不动你，你也别动他"，故不敢轻易抢夺，眼下可是刘横顺先动的手，那就用不着客气了。登时显出本相，黑的黑似铁、白的白如雪，一左一右，分头袭至，恨不能一口吞了刘横顺！

与此同时，独骨法王的头上脚下，又各蹿出一道灵气，分作一赤一黄,上边是千年粮食垛的老狐狸张三太爷,下边是小南河的黄鼠狼子黄老太太,再加上暗青色的蜡干鬼手居中,"胡黄常蟒鬼"分为五方,直扑无路可退的刘横顺。

话说回来,刘横顺火烧胡家门的法宝扎彩轿子,还将黑姥姥及四个崽子打个半死,沦为了流民乞丐的腹中餐,"胡黄常蟒鬼"怎么不记恨他呢?此一番大闹天津城,又为什么只收拾崔老道、窝囊废、孙小臭儿,却不找刘横顺寻仇呢?其实并不奇怪,人家根本就没把那一窝串了种的狐獾子当成同门。

刘横顺不知其中内情,可他以往对敌,不论追凶擒贼,还是抓差办案,从来有进无退,横冲直撞,无人可挡。纵然是钻过宝窟窿的金鼻子,穷凶极恶能吃活人,在他面前也只有挨打的份儿。眼下却因忌惮蜡干鬼手,一连躲了三次。虽说寒毛也不曾碰倒一根,但对火神爷而言,这就叫栽面儿了,再多退半步,就得从台上掉下去。不禁怒火冲心,手中飞锤腾出钻金烈焰,抡开了痛下杀手,金瓜流星化作风火雷电,打向四面八方,刚猛凌厉、无坚不摧,"胡黄常蟒鬼"如何招架得住?一时间让金瓜流星打得嗷嗷惨叫,血肉横飞、灵光四散。凡是深山老林中的修灵之物,就没有不怕雷怕火的,蜡干鬼手再厉害,那也得抓住刘横顺才行,结果一抓一空,还被飞锤砸断了三个爪子,让钻金火燎煳了一多半。

霎时间攻守易势,独骨法王左支右绌,不住往后退避,又让供桌绊了一跤,摔得四仰八叉狼狈不堪,身后那个支支棱棱的大布筒子也倒了,"哗啦"一下,从中跃出一大一小两只猫,都是白如霜雪,但见其形而不见其影。刘横顺心头如受重击,只觉一阵凄楚,却又涌出一股暖意。两只白猫似也认得刘横顺,瞪大了猫眼直勾勾盯着他。

正当此时,布筒子中又爬出个金孩子,四肢又短又粗,奇形怪状的脸上没鼻子,还凹进去一个大瘪子,长得比地府中的小鬼儿还丑,正是钻过宝窟窿的金鼻子。它困在独骨法王的布筒子中浑浑噩噩，做了一场富贵春梦似的，骤然间脱身而出，只觉腹中饥饿，看到跟前的两只白猫，未曾分辨是否形影俱全，就想吃下这两个血食，张牙舞爪地扑了上去。惊得一大一小两只白猫东躲西藏，在台上到处乱窜。

那不等于掐刘横顺的心尖子吗？但见他二目喷火，额头上青筋暴起，怒骂声中飞起一脚，正踹在金鼻子的屁股上，抡着金瓜流星就砸。金鼻子真让刘横顺打怕了，扭头一看怎么又是这位爷啊，都不敢有还手的念头了，口中吱哇乱叫，抱着脑袋连滚带爬。两只白猫趁机逃下台去，眨眼不知去向。

独骨法王狡黠诡诈，故意放出布筒子中的金鼻子和两只白猫，引得刘横顺分神，瞅准了空子，悄无声息地伸出蜡干鬼手，一把抓在刘横顺的小腿上。登时一声狞笑，这一把抓上，换谁也跑不掉了，等结果了刘横顺，再收住五色神光，接着烧香设庙，仍可成就正果，搂草打兔子，什么也不耽误。

刘横顺不曾提防，发觉被对手扯住，他心头一沉，暗道不好，却又觉得不对，师父和张瞎子提及蜡干鬼手，无不是谈虎色变，但抓这一下子不疼不痒，只是手足稍有迟滞，还不如猫挠的，哪有传的那么邪乎？低头瞪了一眼独骨法王，目射神光，挥动金瓜流星要打。

独骨法王身上凉了半截，额头上的冷汗都下来了。为什么呢？蜡干鬼手能夺取人身上的绝技，还可以抓魂拿魄，甚至抢下三昧真火，一旦让它抓上，就会全身僵硬，再也不能动了。自从得了蜡干鬼手，不敢说万不失一，那也差不了多少，怎么刘横顺还能动弹呢？独骨法王本以为得计，却有一节没想到，往大了说，蜡干鬼手充其量是关外一路地仙，夺人精魄不在话下，刘横顺却是镇守三岔河口的火神爷，从头到脚六把阴阳火，岂是常人可比？

独骨法王慌做一堆，却仍心存侥幸，硬着头皮没缩手，使劲往下一抓，只将刘横顺的六把阴阳火拽出一半。仅这三把神火，蜡干鬼手非但拿不住，反倒引火烧身了，"呼啦啦"一下烈焰飞腾，木台上金蛇乱窜。阴阳火不同于常世之火，乃盘古开天辟地，大道感应而生的真火，又被关东山火蟒吞下，在腹中炼化千年，只焚有灵之物，一霎时裹住了独骨法王身上的"胡黄常蟒鬼"，有形的俱成飞灰，苦修多年的灵气，都化成了一缕缕残烟。独骨法王心知大势已去，挣扎起身要逃。

刘横顺身上的六把阴阳神火少了一半，那股子暴脾气可没改，怎能让这个神棍跑了？独骨法王虽不是罪魁祸首，但是依仗邪术盗取蜡干鬼手，暗算我师父师妹，又受李老道鼓惑，带着五路地仙搅闹天津城，在烧香会上杀人害命，为祸不小，够得上死有余辜了。刘横顺登台出手，就没打算再守当差的规矩，他老刘家祖上所传的金瓜流星，民间有个别名叫"善中煞"，因为是链子锤，一不带刺，二不开刃，看似不那么凶残，实则更狠，取人性命易如反掌。此刻出手如电，一飞锤砸在独骨法王的天灵盖上，"扑哧"一声，打了一个脑浆迸裂，毙命当场！

刘横顺下手太重，金瓜流星砸下去，独骨法王的脑袋碎了，坚厚的木台板子也穿了，飞锤嵌入其中，急切间拽不出来。您别忘了，台上可不止刘横顺和独骨法王，一旁还有个金鼻子呢。阴阳神火燎过去，它也躲不掉，但是察五爷拿着窦占龙骑驴赶水取出的金钟，钻过女娲肠宝窟窿，已然得了金身。宝窟窿能让地宝化为天灵，可金鼻子一个吃喝嫖赌的败家子儿，加上一件地宝，即使钻了宝窟窿，也只成就一半，再让阴阳神火一炼，这才算彻底脱胎换骨，举手投足带动风吼雷鸣，形同一个狰狞万状的金身夜叉。

它按李老道事先的吩咐，趁乱将"胡黄常蟒鬼"的五缕残灵收在身上，又伸出附着蜡干鬼手的金爪子，探囊取物一般拿住了五色神光。金鼻子得意忘形，有了这件大神通，还怕什么刘横顺？眼看这个死对头拽出金瓜流星，横眉怒目地冲自己来了，金鼻子一时心急，使劲晃动身上的五色神光，霎时间天旋地转、万象纷乱！

外道天魔带入九天三界的五色神光，可以调动五行五方一切空间，随着"赤青黄白黑"几道绚烂夺目的邪光一闪而过，虚空中降下一个无生无灭之躯，如同苍猿遗蜕，没有五官面目，身上长着九个窟窿，正是三妖之一的"九眼青猴"！

在此之前，李老道跟金鼻子说了"你二次脱胎换骨炼成金身，比独骨法王的血肉之躯厉害多了，再借五路地仙残灵，拿住五色神光易如反掌，只需如此使用，要什么有什么，想什么来什么"，但是话到嘴边留一半，他可没告诉金鼻子"五色神光威势非凡，诸天寰宇谁也驾驭不了，即便你可以施展，那也只能用上一次，用完这一次，你的命就没了"！

果不其然，但听察五爷一声哀号，金身寸寸碎裂，丧为片片飞灰，只怕到死也没想明白——自己让李老道坑了，拿这一条命，打开三岔河口下的海眼，替外道天魔取出了九眼青猴。连带着自取其祸的"胡黄常蟒鬼"，一并落了个灰飞烟灭的下场。

刘横顺还没打够呢，金鼻子这是死透了？忽闻一阵邪笑，扭过头一看，李老道从鼓楼下的门洞子中走了出来，仍推着那辆收尸埋骨的小木头车，上边摆着白骨菩萨，挂了九盏鬼火。

李老道不紧不慢来至台上，看也不看刘横顺，笑指金鼻子化成的飞灰："真玄有路无人走，外道无门自来投，多谢察五爷成全，既如此，贫道却之不恭了！"手中拂尘一挥，忽明忽灭的九个鬼火飞出去，逐一落在九眼青猴身上。

刘横顺至此方才醒悟，纵然被外道天魔夺了舍，李老道也仍是尘世肉身，别说脱胎换骨的金鼻子，顶着"胡黄常蟒鬼"的独骨法王他都比不了，根本驾驭不了外道天魔的五色神光。引出一连串的祸端，害死那么多人，无非是为了取出九眼青猴。上一次在卫南洼荒坟，窦占龙分宝阴阳岭之时，李老道也曾现身，要不是那九盏鬼火挡着，早将妖道的脑袋砸碎了。此刻的李老道没了九盏鬼火，正如独骨法王失了五色神光，再不铲除这个妖道，又更待何时？

刘横顺杀心骤起血脉贲张，正待置李老道于死地，突然从妖道身后闪出两员女将。说是女子，长相打扮可太怪了，皆为全身披挂，鱼尾盔双插雉鸡翎，穿着凤翅大叶甲，火红袄绣黄花，征裙之上密匝金钉，足蹬虎头盘云五彩战靴，手使三停宝刀。

按说顶盔掼甲的打扮，身后得插着靠旗，迎风招展那才够气派。这二位却没有，背后各插一个圆形木牌，类似于转彩卖糖的器具，上边刻着十三分格子，但是格子里没有糖，反倒画满了七扭八拐的符箓，正中钉着一头粗一头尖的铁针，民间称之为"凭天转"，由于分成十三格，所以又叫"凭天十三转"。

刘横顺搭眼一看，两个女将腰间垂挂锦囊，上边绣着各自的名号，一个黑五姑，一个黑六姑，分明是俩狐獾子。只是插心的横骨未消，尚不足幻化人形，两张怪脸上全是毛，奔楼头铃铛眼，招风耳朵往上竖，尖鼻梁大嘴岔，粉刺犹如疙瘩肉，长得实在太丑了，十人见了九人愁，吹糖人儿都没这号模子！

二女受了李老道鼓惑，披挂上阵给黑姥姥报仇，不由分说，举着三停宝刀杀向刘横顺。何为"三停"：刀头二尺二寸为一停，铜铁所炼、夹钢打造；乌木刀柄四尺四寸为两停，共计三停，马上步下都能使。可是"劈砍斩架、截拦挑挂、绞错捣随、扫抹托拔"诸般杀招还没来得及用呢，走不到一个回合，就让金瓜流星卷飞了一把刀，另一把也被砸成了两截。

两个蠢物并不死心，各自从锦囊中抓出一把黑沙子，望风抛在天上，不知是开了什么咒门儿，插在身后的凭天转中分别飞出一阵妖风，骤然裹住刘横顺，打着转拧成一股子，卷得他离地腾空！

3

刘横顺看出妖风厉害，往上一卷十丈有余，比鼓楼顶子还高。以他禀赋之高，又常年飞檐走壁，身上练出了一股子浮劲儿，但是贴着地皮尚可闪展腾挪，如果从那么高摔下来，除非肋生双翅，否则不死也残了！

换作以往，刘横顺身形一转即可避过，但他被蜡扦鬼手抓去一半的阴阳火，身手已无之前迅捷，自己却还浑然不觉，这才着了黑五姑黑六姑的道儿。他应变奇快，身子刚一腾空，金瓜流星就撒手了，破风打出去，惊得其中一个狐獾子一缩脑袋，尽管让风带得失了准头，并未直接打中，却也破了对方的术法，妖风顷刻消散。刘横顺翻身落地，发觉两条腿如同灌满了铅，心中暗骂一声"该死"！

黑五姑黑六姑见这一下没摔死刘横顺，再一次扬出黑沙子，凭天转越转越快，瞬间旋为两道黑气，推动李老道的小木头车，轰然撞向刘横顺，飙发电举、势不可挡。

李子龙从沧州麒麟观盗出的小木头车，本是一件名为"土麒麟"的法宝，可以穿山钻岭、入地潜行，推着它在坟里钻进钻出，收尸埋骨不费吹灰之力。

刘横顺只觉恶风扑面，又听木车轮子"哗啦啦"疾响，相距不过几步，却似冲出了数十里，心知来者不善、善者不来，一旦让此车撞上，多半会被活埋在土中。他双腿沉重，来不及再往一旁闪躲，只得深吸一口气，咬紧牙关，伸手硬接"土麒麟"。可在木车撞上的一瞬间，整个身子陡然下坠，穿过无声无光的一片黑暗，似已置身于九重幽泉之下！

黑风裹着木车轮子飞速滚动，推着他在土中穿行。刘横顺又急又怒，收尸埋骨的李子龙刚显身，没等他动手放对儿，就让黑五姑黑六姑给搅了。如果让俩狐獯子活埋了，那也太窝囊了。刚转上一个念头，撞他的木车就不见了。定住心神四下里一望，置身之处空空荡荡，脚下则是累累白骨，堆叠如山，不见边际。

刘横顺心下寻思："天津城周边荒坟野冢不少，但是收敛了这么多白骨的地方，可仅有白骨塔一处，我让木车撞到了白骨塔下不成？"他倒不在乎，阴阳路都走过，捎带着还收拾了魔古道四大护法，一座白骨塔岂能困得住他？只是心急如焚，为了赶回去对付妖道李子龙，片刻不想耽搁，但又不辨方位，如何走得出去？正自焦躁，不知打哪儿来了一个捡骨的妇人，手上挎个篮子，拾起一个骷髅头，就放进去一个，口中絮絮叨叨，诵经念咒似的，听不清说的什么。

早年间有两多，其一是傻子多，其二是路倒多。为什么傻子多呢？旧时的大家族往往在内部通婚，按过去的话说，这叫"姑表亲、亲上亲"，结果生下来的孩子一辈不如一辈，有的七八岁满地爬，还不长牙，那不是呆就是傻，乡下有句话叫"无傻不成村"，城里头也一样，哪条胡同没有一两个傻子？再一个是无主收敛暴尸在外的死人多。再赶上闹瘟疫或饥荒战乱，那才叫尸横遍野。别说慈善会组织的收尸队埋不过来，恶狗吃都吃不过来。到夜里你听去吧，东边"砰"的一声，西边"啪"的一响，一宿不带停的，全是腐气膨胀肚子炸开的尸首，想收也没法收。等皮肉烂尽了，没臭味儿了，往往有很多积德行善在僧道妇女过来，捡拾白骨加以掩埋。

刘横顺心神恍惚，看到捡骨的妇人，忍不住问了一句："这么多白骨，你捡得过来吗？"那个妇人头也不抬，只忙着翻捡残骨，淡淡地应道："我只收敛折尽阳寿的短命鬼。"刘横顺一阵茫然："都说老天爷最公道,人生一世,草木一秋,或长或短,皆为定数。如果大限到来,该当命丧身亡,那也没什么可争的,可又为什么会有折寿短命之人呢?"妇人闻言抬头,剜了刘横顺一眼:"似你一般业障太深,就该折寿短命!"

刘横顺勃然大怒:"我身为守着三岔河口的火神庙巡官,追凶擒贼,除暴安良,于公于私没办过一件亏心的事,九河下梢谁不给我挑一挑大拇指?你算老几?敢说我业障太深,该当折寿短命,那不是狗带嚼子——胡勒吗?"

捡骨的妇人不急不恼,反问刘横顺:"何为业障?你奉公当差,缉拿捕盗,皆因炮仗大院毁于贼人之手,所以你本就恨贼,又为着领功请赏、贪慕虚名,怎敢说没有私心?你身为官差,却凭一己好恶,多少次能抓活的你也下死手,说徇私枉法都不为过。虽不曾贪赃受贿,但是看见上司下属吃拿卡要,你往往睁一只眼闭一只眼从不过问,怕的是丢了差事、误了前程。且又狂妄自大,倚仗身上的六把阴阳火,担着火神爷的名号,坐着火神爷的位子,上不能替天行道,下不能保境安民,何德何能之有?扪心自问,你得知老油条捡到金鼻子的尸首,是不是心生嫉恨?明知此事蹊跷,却不想继续追究,为此搭上他一条人命,岂止失察之过?你出身于火器世家,生来桀骜不驯,不愿继承祖业,致使火神庙的鞭炮作坊一落千丈,断了本族多少人的生计?你师父师妹带着蜡干鬼手外出,你明知此行凶险,为什么不去护送?独骨法王在烧香会上杀人立威,枪毙了费通和孙小臭儿,你自己糊弄自己,以陈疤瘌眼在场为借口,迟迟不肯出手,眼睁睁看着这二人死于非命,实乃目中无人,谁你也看不上,根本没拿他们俩当兄弟……"

一桩桩一件件说下来,冷冷冰冰的让人寒意彻骨,直听得刘横顺心惊胆战、哑口无言,鼻洼鬓角冷汗直流,恍然明白自己的限数到了。随着念头一转,双脚已让层层白骨埋住了,越挣脱陷得越深。

但他一贯刚烈暴躁，怎肯闭目待死？听着对方说三道四喋喋不休，他越想越是不忿，不由得心底火起、七窍冒烟，双眉倒竖、二目圆睁，再看那个捡骨的妇人，脸上竟无一丝血肉，只是一个大骷髅。穿白衣披白袍，手捧生死簿、善恶牌，端坐于谛听兽驮负的莲花宝台之上。

刘横顺心头一凛，认得这是供在白骨塔中的菩萨，民间谓之"白骨娘娘"，之前让李老道偷去了，一直摆在小木头车上推着，以此炼化魔古道九条阴魂。既然为妖道所用，能是什么正经东西？

一刹那间心有所感，知道自己中了邪法，白骨菩萨所言业障，皆为自身心魔，心到念至，万劫不复。刘横顺急于脱困，无奈被蜡干鬼手抓取三把真火，身上的能耐不比以往，任凭他使尽力气，只能在堆积如山的白骨中越陷越深。

万念如灰之际，突然闪过两道白光，刘横顺只觉脚下一阵飘忽，竟从层层叠叠的白骨中一跃而出。低下头一看，脚上是一大一小两只灵猫，定睛再瞧又不见了。再一抬头，但见黑五姑和黑六姑拽着木车，正飞也似的往后退去，刚才发生的一切，仿佛只在瞬息之间。

刘横顺在鬼门关前转了一遭，此刻两世为人，哪来得及多想，他双足攒劲，脚下生风，三窜两纵追上那辆木车，轻捷灵动竟胜于从前，抖出金瓜流星缠住车梁，紧接着眼前一亮，已被带到了鼓楼下的法台之上。

黑五姑黑六姑目眦欲裂，想不到刘横顺如此命大，撞入白骨塔下居然还能出来。相互使个眼色，各自在锦囊中抓出一把黑沙子，再次冲上前来拼命。刘横顺能惯着它们俩吗？当时一咬牙，金瓜流星出手，一下一个砸死了两个狐獾子，捎带着砸倒了小推车上的白骨菩萨。

恰在此时此刻，李老道挥出的九盏鬼火，已尽数落入外道天魔的躯壳，有如长出九只鬼眼，"滴溜溜"一转，邪光闪动，竟可以照出纠缠着外道天魔的重重业力，形如一张巨大的罗网，从虚空中一同坠下。

刘横顺胆气虽硬，见得如此情状，仍不免毛骨悚然。本拟一飞锤下去，直接砸烂李老道的脑袋。但是金瓜流星抡到一半，他才顿然醒悟，一下打死李老道容易，可打不死外道天魔的灵识。此时的九眼青猴已然得了五色神光，妖道再一死，三妖可就化为天魔了！

刘横顺心念电闪，随着九只鬼眼忽明忽灭，九眼青猴也蠢蠢欲动，与其收拾李老道，不如先灭掉那九盏鬼火，即便九眼青猴活转了，那也是个睁眼瞎。但上一次与李老道交手，九盏鬼火明灭晃动，忽远忽近、忽大忽小，飞锤根本打不着。而今落入九眼青猴的躯壳，是否能以金瓜流星灭掉，刘横顺对此殊无把握，但已经杀红了眼，行与不行也先打了再说。抡开金瓜流星，砸向其中一只鬼眼。不承想外道天魔无生无灭，长出九个眼珠子之后，虽仍被天罗地网缠着，却已不在九天三界之内，看上去近在咫尺，但它碰得着你，你碰不着它，肉眼凡胎所见，仅仅是外道天魔在乾坤世界的一个虚影！

李老道狂笑一声，抽出宝剑迈步上前，直奔刘横顺而来。他这柄宝剑一直背在身后，从未出过鞘，外人都以为是行走江湖的摆设，实则不然，实打实的真家伙，上过阵杀过人，久经岁月，依旧是寒光闪闪、紫气赫赫，剑身三尺长二寸宽，上造七星连一线，白蛇口里吐清泉，两侧的剑刃锋利无比，削铁如泥斩石如水，追魂取命迎风断草。妖道持此利刃在手，剑尖一指刘横顺："你气数已尽，待贫道送你一程！"

说着话一剑刺来，刘横顺闪身躲过，看着李老道青灰色的一张脸，心中厌恶至极，可又不能下死手，而自己动不动手，都挡不住三妖化天魔，如若将李老道生擒活拿，那说不定还有周旋的余地。正没个定夺，但听一声虎吼，扛鼎的杜大彪到了。他按刘横顺的吩咐，一手一个拎着两具尸首，将夜里欢和费二奶奶送到安稳之处，心里头可是不情不愿，他也看独骨法王别扭，以为师哥为了打得过瘾，想单挑独骨法王，这才把自己支开。可他打架的瘾头儿一点不比吃饭小,所以去得快,回得也快,生怕迟来一步,错过了暴揍独骨法王的机会。大步流星冲到台上一看,白骨塔的牛鼻子老道手拎一口宝剑,正要杀刘横顺。

杜大彪立马不干了,骂骂咧咧地冲上前来,夺过那口宝剑一撅两半,抡开醋钵大的拳头就打,刘横顺想拦都拦不住。杜大彪是何等膂力,只一撅子下去,早将李老道的脑袋捶进了腔子,还嫌不解恨,又一脚下去,踹碎了收尸埋骨的小木头车。刘横顺一闭眼,心说完了,但见李老道的尸身扑倒在地,腔子中冲出一道灵气,卷着半空之中的五色神光,钻入九眼青猴枯槁的形窍,旋即生出一层冷森森的光华,亮似亿万繁星!

刘横顺倒抽一口寒气,眼看这一场劫数不可避免,但在千钧一发的紧要关头,只听一人口诵道号:"无量天尊,邪魔外道休得放肆。待贫道显出胸中玄妙,与尔一决高下!"

刘横顺和杜大彪循声望去,只见鼓楼上下来一个壮汉,身高体阔,膀大腰圆,俩大眼珠子比牛眼还大,逛里逛荡地嵌在眼眶子里,不怒自威,俨然是庙中的护法金刚,不在扛鼎的杜大彪以下。款式够瞧的,捯饬的可不行,身上衣衫褴褛,打赤脚穿草鞋,肩头扛着一个皮包骨的瘦老道。同是道门打扮,可比收尸埋骨的李子龙寒碜多了,灰头土脸,发髻蓬乱,一身弊旧道袍,补丁摞着补丁,背着个破破烂烂的小包袱,后脖梗子上还插着一柄秃了毛的马尾巴拂尘。刘横顺一看这可热闹了,来者并非旁人,正是在南门口摆摊算卦的铁嘴霸王活子牙崔老道!

4

封神台上三妖化天魔,刘横顺和杜大彪束手无策。赶在这个节骨眼儿上,崔道爷显身出来,看意思是要力挽狂澜。他有多大能耐,自己心里没数吗？吃了熊心豹子胆了，敢来凑这个热闹？够给外道天魔塞牙缝儿的吗？

早在一年之前，说书算卦的崔老道突然来了个不告而别，南门口的卦摊也不摆了，《岳飞传》也不说了，留下云山雾罩的书扣子，扔下妻儿老小出了一趟远门。相识的都不在意，因为崔道爷这个缺了德的倒霉鬼，嘴又损手又欠，没有一件办不砸的事儿，天津卫讲话儿这叫"砸锅匠"。招灾惹祸更是家常便饭，三天两头出去躲灾避祸。"人挪活、树挪死"这句话，用在崔道爷身上再合适不过了。铁嘴霸王活子牙一贯有"殃神"之称，那可不是浪得虚名。他的命也硬，自己倒霉走背字儿不说，还逮谁克谁，上克爷娘、下克妻小、左克朋友、右克街坊，除非八字相融，不跟他犯冲，或者德行上没有亏失的，那说不定还有条活路，否则是粘上死、挨着亡，不死不亡也遭殃。

对于崔道爷的霉运，大伙早已经见怪不怪了，他那条腿不就是这么瘸的吗？这一次也错不了，十有八九是嘴给身子惹祸，指不定又得罪了哪位有钱有势的大爷，亦或招惹了哪个拉破头的混混儿，让人家讹上了，不得不跑去外地避一避风头。

想他拖着一条瘸腿，走也走不了多快，蹦也蹦不了多高，无非躲去周边府县投亲靠友，凭着"两行伶俐齿、三寸不烂舌"，外加连蒙带唬的一身江湖骗术，在乡下地方混口吃喝，说穿了还不如拉杆儿要饭的体面呢。等到风头过了，用不着别人去找，他自己就蔫不出溜地回来了。毕竟还有一大家子人指望他养活，更何况故土难离，崔道爷不止嘴馋，他的口儿也刁，割舍不下天津卫的吃食，离开九河下梢，真就踅摸不着这个味儿了。

话是那么说，崔道爷的老婆孩子可从不敢指望他养家糊口，如果说没了他吃不上饭，那早饿死八百回了。自己家里人尚且如此，街面儿上更没人惦记他了，反正崔老道算卦那叫十卦九不准，哪个迷了心瞎了眼的本地人，吃饱了撑的找他算卦看相？虽然他那套胡编乱造的《岳飞传》十分勾人腮帮子，坑坑坎坎、抓哏逗趣，噱头儿真不老少的，可是听不着下文书也不耽误过日子，还落个耳根子清净，好比大年三十捡只兔子——有它过年，没它也过年。

只是没人想得到，崔老道这一次走了这么久，几乎一整年没回来，而且音讯全无。慢说街面儿上的熟人，连他媳妇儿崔大奶奶都死心了，真以为这辈子见不着了。倘若遇着合适的老爷们儿，早带着孩子改嫁了。倒不是不往好了想，出门在外不比守家待地，又赶上兵荒马乱的年头，路途上风波险恶、舟车劳顿、风寒痢疾、土匪山贼、豺狼虎豹，哪一个不要人命？

刘横顺也觉诧异，他当然认得崔老道，火神庙虽在三岔河口北边，但是以往巡街缉贼，也没少去南门口溜达，甚至挤在人丛中听过崔老道说的《岳飞传》，打钱的时候他也掏过兜。崔道爷满嘴跑舌头，说的够不上入情入理，最起码挺抓人，看得出来是真卖力气。只不过刘横顺的脾气太急，又不比无所事事的闲人，不耐烦一天听一箍节儿，听个一次两次也就不去了。因此他跟崔老道称不上多熟，顶多是点头之交，从没共过事儿。

民间还有传言，说多亏崔老道在庙中描画风火轮，火神爷刘横顺才得以出世。但谁都听得出来，那是铁嘴霸王活子牙往自己脸上贴金的话，从来没人当真。崔道爷还说自己朝游三山暮踏五岳、赴过西王母的蟠桃会、昆仑山玉虚宫里听过法呢，哪个缺心眼儿的才信？何况崔老道一走一整年，早不抛头晚不露面，非赶这个节骨眼儿上蹦跶出来，他是凑热闹的还是添乱的？或者说是来找死的？

书说至此，咱得交代明白了，崔道爷是真出远门了，千里迢迢回到九河下梢，就是为了赶这场烧香会。他比费大队长来得还早，天不亮就躲在鼓楼上。烧香会这一连串的乱子，崔道爷全看见了。

眼见着陈疤瘌眼枪打封神台，窝囊废和孙小臭儿当场毙命，急得他直跺脚。无奈不敢出头，因为"胡黄常蟒鬼"对他恨之入骨，满腔怨气地来至天津城，头一个要收拾的就是他。只要崔老道一露面，非得让外来的五路地仙生吞活剥、敲骨吸髓了不可。

直到费二奶奶冲上台去，跟独骨法王撕扯上了，崔老道再也不能稳坐钓鱼台了，皆因他与窝囊废交情不浅，费大队长真没少带他胡吃海喝，再不济也称得上"酒肉朋友"。看见费二奶奶挺着个肚子为亡夫拼命，崔道爷实在是于心不忍，说什么也得给费大队长留下这一脉香火。

他可不是一个人来的，身边带着个壮汉，站着顶破天，坐下压塌地，长着一对铜铃般的大眼珠子，此人本姓郝，也是力大无穷，因此得了个诨名叫"郝大眼珠子"，相当于崔道爷的护法，让去哪儿去哪儿，让干什么干什么。毕竟崔老道许给人家："你随贫道去往九河下梢，什么是海螃蟹大对虾、鳎目带鱼黄花鱼，怎么叫三鲜卤的捞面、一个肉丸的包子，你就敞开了吃，贫道管你的够。"

郝大眼珠子人如其名，不仅两个眼珠子发直，心眼儿也是直的，绕不过一肚子花花肠子的江湖人，对这番话信以为真，寻思着"人要奔福地、虎要上高山"，便兴冲冲跟他走了一趟。其实崔老道也是破衣烂衫的花子根儿，屁股蛋子上挂铃铛——穷得叮当响，自己都混得有上顿没下顿的，哪有钱供别人大吃大喝？

简短截说吧，崔老道躲在鼓楼上不敢露面，只得让郝大眼珠子出手，赶在独骨法王施展邪法之前，砸下去个砖头瓦块什么的，一旦让费二奶奶看出五色神光厉害，多半就知难而退了。

郝大眼珠子跟杜大彪一样，脑子里边一根筋，看四周围拾掇得挺利索，墙底下有几条木头板凳，拎到手中一掂分量，屁轻屁轻的，根本使不上劲儿，一时又暂摸不着称手的东西，急得直打转。说也凑巧，鼓楼的神阁中供着十几尊神像，烧香会前都拿帷幔遮了，不知从哪刮来一阵风，单单掀开了遮住韦陀天的帷幔。郝大眼珠子一看这个行啊，大小正合适，两膀一较力，搬着韦陀菩萨，直接从鼓楼上扔了下去。崔道爷惊出一身冷汗，这一下砸下去，整座法台都得塌了，再想拦也来不及了。多亏底下有个扛鼎的杜大彪，接住了五色神光挡开的韦陀菩萨，才没酿成惨祸。

　　崔道爷抹了抹额头上的冷汗，暗叫一声"侥幸"，真要说砸死几十口子，报应肯定全记在自己头上，非遭天打雷劈不可。再看鼓楼下边全乱了，刘横顺与独骨法王一场恶斗，蜡干鬼手引火烧身，五色神光翻覆乾坤，取出九眼青猴，金鼻子和五路地仙灰飞烟灭，杜大彪一撇子打死李老道，三妖合一化为外道天魔。到得此时此刻，崔道爷不得不硬着头皮出来了。

　　为什么呢？按他师父白鹤真人所说，地不长无根之草，天不生无禄之人，崔老道是应劫而生，所以才误放三足金蟾，错过一世富贵，虽在龙虎山五雷殿看了两行半的天书，却没有成仙了道之命，吃苦受穷反倒应承应受，喝凉水塞牙，放屁砸脚后跟，咳嗽扭腰，打喷嚏岔气儿，挣着钱也无福消受，整整倒霉了一辈子，就是为了应对这一场劫数！

　　外道天魔不受九天三界中的因果制约，意欲夺尽乾坤世界的气数，以此兴妖灭道。虽说看不见摸不着，但大运盛衰、福祸吉凶、五行顺逆，无不与气数相关，有如大道中的滚滚洪流，推动万物运行。此前的外道天魔，占据了李老道的肉身，从没见过崔老道，即便打头碰脸撞上了，看崔老道也只是一个吃五谷杂粮的凡夫俗子，收拾这个老小子等同于捏死一只臭虫。

如果说青灰脸的李子龙要将崔道爷置于死地，那都用不着自己出手，有的是替他下手的。李老道布下环环相扣的一连串机谋，不论其中出了什么岔子，终究会达成目的，皆因气数使然。所以崔道爷不敢提前出来，即便开过玄窍，有一双道眼，又怎看得透九天三界之外的东西？

正所谓人算不如天算，棋差一着也会功亏一篑，凭崔老道一己之力，根本阻挡不了三妖化天魔。然而三妖合一之后再看崔老道，可又截然相反了。九眼青猴身上长着九个窟窿，却没有眼珠子，看不到纠缠于过去未来之间的无穷因果，李老道才会炼出九盏鬼火，用以替代外道天魔的九个眼珠子。此刻拿这九只鬼眼一看，崔老道整个一大窟窿，不仅他沾上谁谁倒霉，谁沾上他也一样倒霉。

外道天魔以乾坤世界中的气运为食，对它而言，看什么刘横顺、独骨法王、金鼻子、杜大彪、胡黄常蟒鬼……芸芸众生、浊世庸流，都不过蝼蚁一般，可还真拿崔老道没辙，动他一下至少败掉一半气数，没必要自己往坑里掉。如同啃吃一个果子，看见虫窟窿了，大不了不吃这一块了。当即扯开天罗地网，化一道长虹遁去！

崔老道用一招空城计扭转乾坤，一句话惊走了外道天魔，他自己可也吓尿了裤。倒让刘横顺和杜大彪看了个目瞪口呆，古人云"士别三日，当刮目相待"，以往的崔道爷穷困潦倒，枉称什么铁嘴霸王活子牙，不过个说书算卦的，哪有什么遣将招神降妖捉怪的本事，在南门口站上一天，未必挣得出二斤棒子面儿钱，咬着腮帮子当肉吃，养家糊口都费劲，怎么出去一年多，就变得这么厉害了？哪路神佛给他那张破嘴开的光？

说话这时候，天上风止雷住，鼓楼塌了一半，周遭的房屋树木也是倒的倒、折的折，七零八落、满目狼藉。卫安水会的弟兄们出死力扑救，周遭的火势才得以控制，闹事的也都跑光了，因为这一次的乱子太大了，之前雷暴怪风、沙尘暗天，谁也没看见台上发生了什么。等到风灾过去，独骨法王已毙命在法台之上，脑袋瓜子都给砸烂了。此人的后台可是军阀势力，一旦惹恼了统兵的镇守使，调动驻扎在北郊的大军入城，家家户户难逃此劫。

刘横顺知道是非之地不可久留，却有心问个究竟，上前对崔老道一拱手："崔道爷，多承您仗义出手！"崔老道这才叫"十年运道龙困井，一朝得势入青云"，难掩心中得意之情，却故作深沉，抖落着尿湿的裤子还了一礼："此处不是讲话之所，咱先找个地方，踏踏实实坐住了，来点吃的喝的，咱也仿仿古，来个煮酒论兵，听贫道仔细跟你说说这件事儿！"

崔道爷嘴上说得冠冕堂皇，实际上披星戴月赶到天津城，一路上风尘仆仆，甭提遭了多少罪了，又在鼓楼上忍了这么久，水米没粘牙，早饿得前心贴后心了。郝大眼珠子也在他旁边唠叨了一路，问他要吃的。奈何囊空如洗，他的五行道法只能呼风唤雨，可变不出三鲜打卤面来。这一下逮着掏钱请客的了，有刘横顺兜着，那不得狠狠吃上一顿解馋的？

刘横顺早听人说过，铁嘴霸王活子牙是出了名的吃货，而且扛得住饿，三天不吃饭照样欢蹦乱跳，成桌的酒席端上来，他也能一口气吃个盆干碗净。再看崔道爷带来那位体壮如牛，车轴脖子大嘴岔子，饭量肯定小不了，再加上一个扛鼎的杜大彪，他们仨凑一块，再大的财主都能给你吃穷了。胆大如刘横顺，也不敢带他们去有门脸儿的馆子！

5

经过这一番恶斗，刘横顺和杜大彪一身血迹，崔老道和郝大眼珠子也是烟熏火燎灰头土脸，脏得都没法看了。崔道爷还得回家瞧瞧，总要看看老的小的怎么样了，他这一走一年，一个铜子儿没往家捎过，就算没饿死几口，多半也过不下去了。

各人分头行事，收拾完了又在南门口碰头。此时天色将晚，四个人来至二道街，商号铺户均已关门上板，做夜市的小贩忙着点煤炉、摆放桌椅板凳，招呼食客的吆喝声此起彼伏。半空中炊烟袅袅，街面上香味四溢，麻蛤馅饺子、驴肉火烧、油脂饼、芽乌豆、卤鸡架子、炸虾米头、炸素丸子……又便宜又实惠的夜宵摊子一家挨着一家，只是逛街吃东西的比以往少多了。

咱们说鼓楼闹出了那么大的乱子，又是杀人又是放火的，还有人来二道街吃夜宵吗？您有所不知，九河下梢华洋杂处、百业汇集，当天去鼓楼烧香看热闹的加在一起，往多了说不过几万人，其余的照样忙活营生，也有听书看戏喝花酒的，该怎么消遣还怎么消遣。

刘横顺问崔老道："咱一人来几套煎饼馃子行不行？"崔道爷板着脸摇摇头："不行不行，你堂堂火神庙警察所的巡官，天津卫响当当的人物字号，怎么比我还抠门儿呢？"说着话走到卖鸡丝馄饨的摊位前了，崔道爷提鼻子闻了一闻，这就迈不开腿儿了，招呼那三位："咱就这儿了！"

崔老道是一年前离开的天津卫，那时候卖挑灯馄饨的已经来了。他住的南小道子胡同也离此不远，路过就闻着香，再看锅里的馄饨、案板上鸡丝和小车上的酒坛子，搭配十分相宜，碍于囊中羞涩，始终没机会一饱口福。想不到一出去一年，又见着挑灯馄饨的摊子了，讲不了、说不得，天塌下来也得来上一碗了。

自顾自地找了张空桌，一屁股坐下去，摇头晃脑地对刘横顺说："天机不可泄露，那是没到火候儿。我今天说的这件事，吃上几套煎饼馃子，顶多给你说三成；如若吃鸡丝馄饨，酒和鸡丝也管够，贫道可就剜心掏肺，十成十地告诉你了！"

刘横顺无可奈何，仗着刚从巡警总局拿了一笔击毙魔古道慧禀大禅师的悬赏，估摸着够他们在二道街夜市上吃喝的，于是吩咐摊主："今天的馄饨、鸡丝，还有坛子里的散酒，我包圆了。"

　　杜大彪又拽过来一张小桌，两张桌子拼在一起，他跟郝大眼珠子脸对脸坐下，真如同评书里说的似的，两位顶天立地的傻英雄，你看看我，我瞅瞅你，都忍不住哈哈傻笑，怎么跟照镜子一样呢？崔老道趁此机会，将郝大眼珠子引荐给二人，又简单说了一遍过往的情由。

　　摊主打了四个酒，端上一盘冒了尖儿的鸡丝，转身去煮馄饨。等他煮熟了端过来再看，那一盘鸡丝已经见底儿了，酒也喝光了。干脆把余下的鸡丝全切了，放入一个大盆，连同酒坛子一并搬上桌来。

　　冒着热气的馄饨一碗接一碗地上，人家的馄饨本就以味道鲜美著称，再趁着刚出锅的热乎劲儿，那更是鲜上加鲜了。崔老道再饿再馋，也得一个一个地往嘴里送。杜大彪和郝大眼珠子可不管那套，他们二位吃东西不分粗细，更不怕烫嘴，端着碗一仰脖，十几个馄饨就叽里咕噜地飞进了肚子。俩人吃着吃着还较上劲了，你吃一碗我吃两碗，都不肯让对方抢了先手、占了便宜。没多大会儿，桌上摞起了两摞粗瓷大碗。崔老道也觉得馄饨好吃，有心敞开了多吃几碗，却快不过那二位，嘴里烫出一大片燎泡，急得眼泪儿都掉下来了。

　　挑灯馄饨一晚上卖的馄饨有数，再多了忙不过来，路边小吃也备不了那么多货，而且这汤汤水水太寡淡，光解馋不解饱，旁边紧挨着一个小摊，热饼铛上嗞嗞冒油，烙出来的脂油饼两面儿焦黄，油亮油亮的，小风一刮，扑鼻的香味儿直接往这边蹿。郝大眼珠子是外来的，没吃过这玩意儿，闻着这股子香味儿，馋得哈喇子往下淌。

　　刘横顺只能再掏一次腰包了，卖脂油饼的将一张饼切成八角，装在小笸箩里端过来。甭看是夜市，卖的小吃可不含糊，舍得放葱花脂油，额外盛上一碗撒着盐粒的脂渣儿，金黄酥脆，咬在嘴里"嘎吱嘎吱"作响。很多卖力气的肚子里缺油水，越腻越不嫌腻，最乐意拿这玩意儿下酒。

杜大彪和郝大眼珠子得着了，又是一通猛吃。来来往往的路人见这二位吃相吓人，好事之徒停下来围成一圈，交头接耳议论纷纷。他们俩都是人来疯的脾气，好赖不分、四六不懂，人越多吃得越欢。围观众人起哄喝彩，比看什样杂耍还带劲。

直到把小摊上的脂油饼吃净了，又包下一个烧饼夹肉绿豆汤的摊位，哥俩儿一人吃了百来个肉烧饼，喝下两大锅绿豆汤，方才算心满意足。棋逢对手将遇良才，免不了惺惺相惜，彼此越看越顺眼，再加上酒也喝到位了，当场就要磕头拜把子。崔老道这才有机会见缝插针，抢下几角饼、几个烧饼，囫囵着塞进嘴里。以往在饭桌上都是他抢别人的，头一次让他着这么大急、上这么大火，可也没法跟两个傻子较真儿。

四个人吃饱喝足了，围观之人也渐渐散去，崔老道告诉刘横顺："这一次可不算完，外道天魔迟早还会再入尘世，那才是与之一决高下的时候。想必你也见过骑驴憋宝死于非命的窦占龙了，咱们只有找到一个死不了的窦占龙，方可应对此劫！"

为什么这么说呢？在不明真相的外人看来，憋宝的窦占龙被财气迷心，变得贪得无厌，凡事只见其利而不见其害，如同自己找死一般。崔道爷却不这么看，憋宝的挥金如土，贪的是天灵地宝，而不是俗世钱财，只因窦占龙心存非分之想，不思守己修身，自寻取祸之道，拿了龙虎山上的天灵地宝三足金蟾，所以这一辈子要躲九死十三灾，凭着一个个分身，走南闯北到处憋宝，死一次金蟾换一个分身。崔老道之前就是这么想的，他虽以玄门正宗自居，却也中了窦占龙的瞒天过海之计，直到出这一次远门，方才明白上了憋宝的恶当。若想对付外道天魔，必须从九死十三灾中找出一个死不了的窦占龙，只有这个才是憋宝客的真身。此人脉窝子中的鳖宝得自外道天魔，拿的天灵地宝越多，乾坤世界的气数越低。所以不止奇门中人，外道天魔也在找窦占龙，只看鹿死谁手了。

怎奈窦占龙骑着一头黑驴，日行一千夜走八百，还不一定在九河下梢，为了勾取天灵地宝，大江南北关内关外，没有去不到的地方。你用不着他的时候，他往往自己找上门来，真用得着了，却不知何年何月再遇上一个。崔道爷瘸着一条腿，又不能施展移山倒海腾云驾雾的五行道法，找得着也追不上，只能托刘横顺相助。

刘横顺想到在阴阳岭上，窦占龙让李老道吓得魂不附体，可见崔老道所言不错。事到如今，他也不打算继续留在火神庙了，独骨法王背后有军阀势力撑腰，奉督署大令在此搭台办会，结果让刘横顺一飞锤砸了个脑浆迸裂，迟早会查到他头上，那能放过他吗？想不到追凶擒贼多年，轮到他刘横顺上通缉令了。刘横顺既不打算束手就擒，又不想跟缉拿队的同僚动手，索性舍掉这份差事，从此离开了九河下梢，走遍大江南北，到处寻访窦占龙的行踪。四老爷那句话说得挺对，行帮各派讲的是人情义气，没了镇帮之宝赶水鞭子，青龙帮还是青龙帮。刘横顺何尝不是如此？民间之所以称他火神爷，凭的是疾恶如仇、雷厉风行的脾气，阴阳神火没了一半，刘横顺也还是刘横顺。

虽然事后又有变故，收拾完残局，官面儿上出来撇清，声称独骨法王手上的督署大令系伪造，其手下的护法神兵，大多是土匪草寇，又胡乱抓上几个外来的无业游民，诬为独骨法王的同伙，枪毙了以儆效尤。那个年头世道太乱，冒充官派大员敛财的也不是没有，反正死无对证，当官的戡乱护民，有功无过。老百姓则是众说纷纭，传得最广的一种说法，是独骨法王兴妖作怪，惹得天怒人怨，降下一场风灾，多亏韦陀菩萨显圣，砸死了这个神棍。

尽管如此，刘横顺仍不肯留下，早看腻了贪赃枉法、欺上瞒下的行径，扒去这身黑狗皮，可就再也不想穿了。又受崔老道所托，给郝大眼珠子找了一份差事，跟着杜大彪在火神庙守桥站岗。哥儿俩一个桥头一个桥尾，腆胸叠肚往那一站，虎面如同浓墨绘，恰似煞神降凡间，吓得地痞无赖、蟊贼小绺不敢靠前，做小买卖的也不敢缺斤短两、以次充好了。但这哥俩儿吃饭却是个难题，守桥站岗挣的仨瓜俩枣儿肯定不够。以前有刘横顺给杜大彪顶着，一来他抓的贼多，一个贼领三五块钱赏金，一个月算下来也不是小数了，二来火神庙村的鞭炮作坊有刘横顺一份，年底下能拿一点分红，额外的进项不少，那才不至于让杜大彪挨饿。他这一走，杜大彪自己都吃不饱，这又多了一个郝大眼珠子，总不能让这俩人成天守着桥口灌西北风吧？刘横顺托付四老爷，帮忙照看着两个兄弟。对于青龙帮而言，无非多了两张吃饭的嘴，哪怕你吃得再多，一个顶二十个，青龙帮也管得起。杜大彪和郝大眼珠子两个傻大个儿，再加上张炽、李灿一对儿坏小子，正凑齐一班人马。上边给火神庙派下来一个巡官，他们就挤兑走一个，总盼着有一天刘横顺能回来。

日尽月来，月尽年来。若干年后，天津卫租界地与旧城区连成了一片，高楼耸立，市肆繁华，万商辐辏。火神庙警察所早拆没了，分龙会、铜船会、玉皇会、烧香会上的几场乱子再也没人提了。崔老道却是一点长进没有，仍旧在南门口说书算卦，纵然打着"铁嘴霸王活子牙"的幌子，号称是"真人不露相、露相不真人"，无奈迷信的人越来越少，他的生意一天不如一天，为了给一家老小挣口吃喝，不得不将《四神斗三妖》拿出来当野书讲，自称是亲身所历，信不信反正在您了。

《火神：外道天魔》只是其中一部分，上承《火神：九河龙蛇》，下接《窦占龙憋宝：七杆八金刚》。据崔道爷言讲："刘横顺身上的阴阳火少了一半，再没有之前那么大的能耐了。不过咱各位用不着担心，贫道我这一双道眼看得真而又真、切而又切，刘横顺离开天津城那天，他是带着一大一小两只白猫走的，有那两只灵猫相助，飞毛腿从此变成了飞猫腿，哪还有他办不成的事？但火神爷能否找到骑驴憋宝的窦占龙，找到了能否追得上，追得上能否抓得住？这当中又有多少奇遇呢？那都是后话了，暂且按下不提。因为咱们一张嘴，表不了两家事。至于说三妖化天魔之前，贫道出了一趟远门，究竟去了什么地方、做了什么事？如何与郝大眼珠子相识、如何看破窦占龙的诡计？又为什么着急忙慌地赶回来呢？不瞒您各位，贫道师从白鹤真人，刚出徒那会儿，曾在龙虎山五雷殿上，偷看了两行半的天书，呼风唤雨不在话下，只因命浅福薄，不敢擅用五行道法。直到那一次，贫道出门在外避祸，路途中憋宝苇子城，又二上龙虎山，这才将一切前因后果了然于胸。原来四神斗三妖，斗的不是道法，而是气数！"

第十章 二上龙虎山

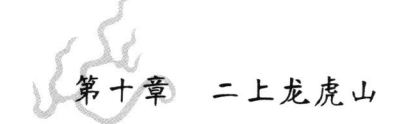

1

那么说崔老道为什么出远门呢？原来在一年前，天津城缉拿队的大队长费通三探无底洞，放走了外道天魔。崔道爷闻知此事，惊得魂飞天外，只得按师父白鹤真人留下的锦囊书，二上龙虎山，寻求应劫之法。他自己收拾个包袱，卷上行走江湖混饭吃的诸般法宝，又塞了一打梆硬的棒子面儿贴饼子，外加俩咸疙瘩头，连声招呼也没打，就匆匆忙忙出了家门。

天津卫离着江西龙虎山不下几千里，他又不会缩地之法，拖了一条瘸腿，三年也未必走得到。民国初年已经贯通了铁路，如果能搭乘火车到南方，再去龙虎山就方便了。怎奈火车没有白坐的，车票还不便宜。可怜崔道爷穷家破业，拆散了卖干骨儿也打不起票，却寻思着车到山前必有路，活人不能让尿憋死，凭我铁嘴霸王活子牙，对付一张火车票还不容易？

老龙头火车站又叫天津东站，站前耸立一座"老龙头"纪念碑。搁在当时来说，绝对是四通八达头一等的大站，货运、客运的火车往来不断。车站东边的地道涵洞附近，有很大一片空地，俗称"地道外"，是处著名的杂耍场子，聚集了众多打把势卖艺、耍猴撂跤、说评书唱小曲的江湖艺人，也有倒腾洋货、卖估衣、卖春药、卖盆卖碗卖熟梨糕的小商小贩。在老龙头转站候车的旅客，如果说到得早了、等得久了，可以随时溜达过来看看玩意儿，顺带着吃口东西。

崔老道一瘸一拐来到站前，四下里一望他也有点儿见傻，因为人太多了。上车下车的各方旅客，扛着包的、挑着担的、提着篮的、背着篓的，东奔西走、步履匆忙，其中掺杂着许多做小买卖的，吃的喝的使的用的，卖什么的都有，叫卖的吆喝声南腔北调、此起彼伏。出站口旁边是一拉溜的胶皮车，洋车漆得锃光瓦亮，车铃车把錾花电镀，起线包铜，轮圈钢轴擦得一尘不染，车厢上挂着遮阳防尘的素罩，车也干净人也精神，车夫们一水儿的黑灯笼裤白绑腿，穿着大红号坎儿，专等着伺候刚下火车的阔主儿。另有租骡子租马租毛驴子的，推小车的抱扁担的，载人的拉货的一应俱全。仅仅一个老龙头火车站的出口，就养活着几百号人。

卖票的小窗户前挤得水泄不通，一眼望过去黑压压的全是脑袋，孩子哭大人叫，乱成了一锅粥。往候车房里走不必出示火车票，可以掏一个铜子儿打上一张站台票，以接站送站为名，冠冕堂皇地进去，至于能不能混上火车，那还得看运气。

崔道爷使出吃奶的力气，挤到小窗户跟前，摸出一个铜子儿，打了一张站台票，随着涌动的人潮进了站。候车的地方也是拥挤不堪，嘈杂喧嚣、畅叫扬疾，几乎掀翻了房盖儿，还有一股刺鼻的酸臭味儿直撞脑门子。早来的占住了长板凳，一个个枕着行李横躺竖卧，后来的只能席地而坐，屁股底下不是脏土、废纸，就是痰渍、污垢。三四个一组的巡警持枪带棒，分开人群在各处盘查，手里拿着铁皮大喇叭，提示赶火车的注意随身财物，提防贴身靠怀的扒手伺机行窃。

崔道爷心说"罢了，在家千般好，出门一时难，冲眼前这个阵势，等不到上车就挤成肉饼了，更何况还没有车票，这可怎么办呢"？正自一筹莫展，忽听人丛中一阵聒噪。

铁嘴霸王活子牙定睛观瞧，见是一高一矮两个人起了争执。高个儿的穿一身青布裤褂，敞着怀，腰里煞着半尺宽的板儿带，瘦骨嶙峋的一脸凶相；矮个儿的粗壮精悍，面带忠厚，全身粗布衣裤，又脏又破，估计是常年卖力气干活的。

高个儿的指着矮个儿的鼻子嚷嚷："车站是脚行的地盘，谁让你在这干活的？交没交过搭肩儿的钱？"说着话抢过对方手中的行李，气哼哼地扔在地上。矮个儿的也急了："你咋还动手呢？摔坏了东西谁赔？"高个儿的一瞪眼："嘿，你小子还敢顶嘴！"抬手给了对方一个大脖溜儿，俩人当场撕扯上了。候车的人们乱哄哄围着看热闹，巡警也吹着哨子过去弹压。

崔老道的眼尖，周围这么一乱，就瞥见旁边过来一位，手中拎着个大号皮箱子，装作放下皮箱看热闹，趁机套在另一位旅客的皮箱上，又随手拎起来，若无其事地往出口走。这一手儿可瞒不住久走江湖的崔老道，俄国租界地有一家商号，名曰"佩图霍夫皮箱店"，售卖各式西洋皮箱，分大中小三个尺码，有牛皮的、羊皮的、猪皮的。另有一种价格便宜的纸皮箱子，外边刷着深棕色的油漆，如同绣花枕头，经看不经用。有一路贼专门购买最大号的纸皮箱子，拆掉箱子底儿，在里面绷上夹簧，套到小一号的箱子上，可以将里面的箱子卡住，趁人不备顺手拎走，江湖上称之为"发财皮箱"。

崔道爷眼珠子一转："天助贫道成功，让我撞见个做贼的，此辈心虚胆怯,不妨切他一锅、摆他一道,捎带脚挣个车票钱!"当下拖着瘸腿紧跟在后,直追到车站外头,抬手一拍小贼的肩膀。

那个贼吓了一跳,等他转过头来,崔老道也愣了,敢情是熟人——邻居家的一个混子,小名叫"二球子",长得又干又瘦,浑身上下黑得冒油儿,常年在火车站倒腾车票,说白了就是"黄牛党"。按着街坊辈儿论,他得管崔老道叫一声"大爷"。

老龙头火车站前面太乱了,二球子凑到崔老道耳边,提着嗓门问:"崔大爷,您要坐火车出门啊?"

崔老道点一点头,牵着二球子去到人少的地方,皱着眉头故作深沉:"想不到买火车票的人这么多,你大爷我拼了老命也没挤进去。"

二球子赔着笑脸大包大揽:"那好办,我是干这个的,您告诉我想买哪趟车哪一站的,再把钱给我,我替您买票去,咱街里街坊的住着,我不加您的钱了。"

崔老道不置可否,俩眼盯着二球子手里的皮箱问他:"你小子不是代买车票的吗?怎么拎这么大一皮箱子,你也要出门?"

二球子做贼心虚,怎能听不出崔老道话里有话?赶紧说:"崔大爷,我明白了,您想上火车,兜里又不方便,对不对?咱街里街坊的住着,您怎么还跟我见外了?不如这么办,用不着您掏钱买票了,按我的法子,直接给您送上车去行吗?"

崔老道囊中羞涩,巴不得有人帮忙,忙问二球子不买票怎么上火车?二球子一脸坏笑:"上车容易,只不过您得提前告诉我,您的胆子是大是小?"

崔老道没听明白,怎么个意思?坐个火车还得看胆子大小吗?胆子大怎么说?胆子小又怎么讲?他心里头打着鼓,却苦于问不出口,因为以往吹惯了,五行道法八九玄功,呼风唤雨撒豆成兵,专能遣将招神、降妖捉怪，当着街坊小辈儿，哪有脸说自己胆子不够大？当即一摆拂尘："小子，你大爷我胆小也闹不到这儿来了！"

这又是什么黑话呢？原本是负案贼人滚热堂的一句词儿，以此表明自己不怕官，后来被老百姓当作垫牙的片儿汤话了，反正那意思就是"我胆大豁得出去"！

二球子嬉皮笑脸地点点头："得嘞，胆儿大就好办，您把心搁肚子里，在此稍等片刻，我去找几个帮手。"

崔老道并不怕他跑了，心下却又不解，买一张火车票用得着多少人手？

不消片刻，二球子去而复返，手上的皮箱已经不见了，带回来两个人，正是刚才在车站里打架那二位。他给崔老道引荐，这哥儿俩一个叫大枣儿，一个叫小枣儿，一母所生的亲哥儿俩，但却一高一矮，一个敦实一个瘦弱，都是在火车上铲煤的，属于铁道上不在编的苦大力，赶上不忙的时候，也帮着二球子倒腾车票。

崔老道心里明镜似的，什么铲煤的、倒腾车票的，全是糊弄鬼的，这仨人是专吃车站的"翻戏党"，其中两个佯装打架引起混乱，另一个趁人不备顺手牵羊。车站的巡警也跟他们沆瀣一气，做成一档生意，就收取一份"茶水钱"。

大枣儿、小枣儿挺客气，随着二球子叫崔大爷。他们仨引着崔老道绕至站后，问明白是去南方，算定了车次，拿出块一丈见方的苫布，是平时苫煤渣子用的，又黑又粗但足够结实，又顺着铁道往前走了半天，坐下来等了一会儿。估摸着时辰差不多了，大枣儿、小枣儿打开苫布，一人拽着两个角兜住了，让崔老道坐在上边。

崔老道不知何意，问二球子："不是坐火车吗？怎么改坐苫布兜子了？"

二球子推着崔老道坐上去："您了放心，错不了，咱都住一个家门口的，我能坑您吗？等会儿火车过来，他们哥儿俩一较劲，直接给您撇上去！"

崔道爷大吃一惊："不行不行，别拿你大爷开涮啊，这是闹着玩儿的吗？"

二球子说："那有什么不行的？不掏钱买票您还想从车门上去？您不是胆儿大吗？那就听我的，尽管把心搁肚子里，他们俩天天往炉眼儿里铲煤，手底下有的是力气，干这个活也不是一次两次了，保准出不了娄子！"

崔老道急忙改口："别别别，你们哥儿仨只当我胆儿小了，咱咱咱……咱按胆儿小的来行不行？"

二球子一脸坏笑："那也行，胆儿小您把眼闭上，眼不见为净，一样能给您扔上去！"

崔老道叫苦不迭："糟了大糕了，我怎么让这小子给绕住了？这不是自己找罪受吗？"

正当此时，一声汽笛长鸣，黑漆漆的火车宛若一条黑龙，车头上冒着白烟，轰轰隆隆地在铁道上疾驶而来。

二球子不容崔老道多说，冲大枣儿、小枣儿递个眼色。哥儿俩瞅准时机，口中叫号双膀发力，一使劲将崔老道撇了出去。

崔老道紧闭双眼，身在半空，只觉天旋地转，心说："完了完了，可别身子跟着火车走了，脑袋还留在天津卫！"

火车头与车厢之间挂着一截车斗，用来堆放燃煤。大枣儿、小枣儿手底下真有准头儿，随着"哎哟"一声惨叫，崔道爷正落在装煤的车斗中，摔了个脑袋不是脑袋、屁股不是屁股，尽管煤堆上有苫布遮着，仍不免蹭了一身一脸的黑煤渣儿。

过去的火车车厢分"头等、二等、三等"，单拿这趟车来讲，头等车厢里全是对座的大沙发，中间摆着茶几，又宽绰又舒服，吃的喝的、茶水点心一应俱全，当然票价也是最贵的；二等车厢是过道两边并排的座椅，垫着棉垫、绷着软布，坐着也不乏累；三等的最差，刷着桐油的木条长椅，比方说一节车厢能坐五十人，那至少得卖出一百五十张票去，车票还不对号，先挤上去的有座位，后上来的认倒霉，抢不上座儿的或蹲或站，车厢里头压压插插，连个下脚的地方也没有。

大枣儿、小枣儿在铁道上混饭吃，对其中的门道一清二楚，不能在火车刚出站的时候往上扔人，铁道两边有专人拿着钩杆子巡查，就防着有人扒火车。况且头等车厢里边坐的非富即贵，二等车厢也不是穷老百姓坐的，冷不丁扔上一个人来，肯定会被乘警或茶房逮住，怎么扔上来的，还得怎么扔下去，三等车厢里人满为患，甭说往里扔了，塞也塞不进去。哥儿俩仗着身上有绝活儿，加之扔的是崔老道，跟他们一不沾亲二不带故，只管往装煤的车斗上一扔，骂了句"去你大爷的吧"，是死是活全看牛鼻子老道自己的造化了。

崔道爷摔了个七荤八素，颤颤巍巍睁开眼，见两边的树木、房屋、庄稼地都跟长了腿似的，唰唰地往后跑，担心被甩下去，赶紧拽着车斗上的铁扶手爬入三等车厢。

三等座票价最便宜，车厢条件极差，前面只有半截挡板，抬腿就能迈过去，否则二球子那伙人也想不出这馊主意。车厢里人挨人人挤人，座位少乘客多，偏有那不自觉的，仗着身强力壮脸皮厚，自己抢了个座位，又把行李放在旁边，多占半个座位，出门在外，也没人管得了他。

崔老道正正道冠，掸掸袍袖，往车厢中间挤了挤。有那常坐火车的一看就明白了，低声告诉崔老道："您逃票上车没事儿，找个旮旯忍着就得了，不会有人问您，只需经停车站之时留点儿神，那时候有查票的。"

崔老道千恩万谢，一路上遮遮掩掩、东躲西藏，渴了车上有热水，

245

饿了有包袱里的贴饼子和咸菜疙瘩，困了靠边迷瞪一觉，对付着走到半路。只怪他那身道袍太惹眼，刚出徐州站被人逮着了，没钱补票就得下车，说什么也不顶用。乘警可不管火车开着还是停着，揪住崔老道，打开车门一脚踹了下去！

2

要说崔道爷二上龙虎山，简直的太不容易了，让乘警打火车上踹下来，如同王八下坡，翻了十几个滚儿才停住，直摔得七荤八素。爬起来缓了半天，想想也知足了，眼下已经过了徐州，至少省去一多半的路程，都快赶上孙悟空的筋斗云了。

话是这么说，从徐州到龙虎山也远了去了，仅凭着两条腿，指不定得走到猴年马月呢。随身带的干粮也在火车上吃得差不多了，对付着走了两天，风梳头雨洗脸，真有一比了，好比是黄鼠狼掉进炕洞子——落了个毛干爪净。

恰巧路过一处大集，来来往往的人挺多。崔道爷想凭江湖手段挣几个盘缠，靠边找了块空地，他是一无铜锣，二无竹板，只靠肉嗓子，但听他拔高了调门一通嚷嚷："列位列位，人过留名雁过留声，人不留名，不知你是张三李四，雁不留声，不知过了几度春秋。贫道姓崔名道成，自幼拜师学艺，龙虎山五雷殿上看过两行半的天书，江湖上得了个小小的绰号——铁嘴霸王活子牙，颇会说一部《精忠岳飞传》。今日途经贵宝地，老师傅站在四面，少师傅来自八方，承蒙您几位给我捧场，贫道不知您家门居于何处，在此抱上一拳，鞠上一躬，权当登门叩恩，如有伺候不到、言语不周，还望各位老少师傅多多包涵！"

崔老道久闯江湖，生意口说得滚瓜烂熟，刚使完一套"包口儿"，已经围上二三十个看热闹的了,可还没等开书,便有一个当乡本土的愣头青上前搅闹。此人二十郎当岁,黄眉吊眼大嗓门儿,对着崔老道连推带搡:"滚滚滚,这不是你待的地方!"崔老道纳着闷儿问:"你什么意思?贫道在此撂地说书,怎么碍着你了?"那个愣小子胸脯一挺:"没什么意思,就不让你挣钱,你能怎么着?"

这号人崔道爷可见得多了,小地方不比大码头,跑江湖卖艺的不多,没有行业中的会头管着,免不了有一个半个的地痞来讹钱。他是一不急二不恼,不紧不慢地说道:"我瞧出来了,你不是门里人,想敛几个钱对不对?实不相瞒,我还没找着饭辙呢,掏不出钱打发你。不过你放心,容我说一段书,你在旁边看着,等我挣下钱了,是多是少全归你,行不行?"又指了指身边众人,冲大伙一抱拳:"老少爷们儿都在这了,您站住了脚,听我伺候您一段《岳飞传》,觉得书好您有心赏几个,不必给我,直接给他!"紧接着拂尘一摆开了书:"天高难够,有病难受。不想吃窝头,光想吃烧饼夹肉。那位问了,你说的什么玩意儿?咱们说书不说书,上场老规矩,先引经据典来这么一段古诗,四句为题八句为纲,只为拢一拢在场的耳音,说完了才入正活,单给您各位讲一段'天遣赤须龙下界,佛谪金翅鸟降凡'!"

当地人没见过这么说《岳飞传》的,又是神魔又是斗法,还不分脏净不忌荤素,连说带比画,胡吹海侃唾沫星子横飞,说得热闹极了,都听得有滋有味。口若悬河说到一半,崔道爷伸手打钱,几十个围着他听书的呼啦一下全散了,为什么呢?其实全在崔老道的算计之中,他寻思:"说书算卦挣不了几个钱,我还不知道讹谁去呢,你个愣头青不是给我捣乱吗,那可别怪我讹你了!"所以他一没使"拴扣儿",二没使"杵门子",拴扣子尚在其次,撂地画锅的杵门子才是关键。比如有人听了半天,到打钱的节骨眼儿上扭头一走,他嘴里的话得跟上:"我说那位爷,

247

您着急忙慌的是要走吗?这是赶着给家里人抓药去?还是赶着吃枪子儿去?让贫道我说,枪子儿可没有鸡子儿好吃,不用这么急,当心半道让车撞了!嘿,怎么还越说走得越快呢?您各位瞧瞧,人走了,脸掉地上了,这叫什么事儿啊?其实您只管站稳当了,白听白看不要紧,我还能往您口袋里掏钱去吗?您舍得脸我还抹不开面子呢!"几句"拴马桩"使出来,谁走不等于说谁吗?有拾金子拾银子的,可没有拾骂的,围着的人就不容易散了。

那些人一看卖艺的伸手要钱,立马走得一个不剩了。崔老道也不拦着,当然是一个大子儿没挣着,他冲愣头青一龇牙:"嘿嘿,你瞧瞧,撂地说书是要饭的买卖,忙活半天没开张,这不赖我吧?"那个愣小子不知如何理会,张了半天嘴说不出话。崔老道趁机说:"我看你也是红脸的汉子,没有君子不养艺人,够朋友带我上你家里歇会儿,给我口热水喝行吗?"

愣头青一时没明白他的用意,稀里糊涂地带着崔老道回了家。正赶上愣头青他爹在家,问明原委,把儿子数落了一顿,留崔老道在家里吃饭。小门小户的老百姓,饭桌上无非是大锅贴饼子、大葱蘸酱、大碴子粥。崔老道敞开肚皮,吃了个风卷残云,那爷儿俩心疼得脸都绿了。

吃完饭天也黑了,他又让愣小子带自己去住店。投到附近一家客栈,开了间上房屋,特意当着店主和伙计的面,跟那个愣小子攀交情:"兄弟,承你厚待,咱哥儿俩没白交,过三不过五的你上天津卫找我去,看老哥哥是怎么招待你的!"

店主成天跟愣小子打头碰脸,街里街坊的住着,见这二人又是哥哥又是兄弟的,就没让崔老道往柜上押钱。转天一早,崔老道以吃早点为由出了门,连店钱也没结,来了个脚底下抹油——溜之大吉。他这一宿的店饭账,免不了着落在了那个愣小子头上。

咱不提店主怎么去找愣头青讨账，只说崔道爷拖着一条瘸腿，直奔龙虎山的方向走，途中路过集市乡镇，便手摇铜铃沿途卖卦，或是撂地说书，东骗一头、西骗一头地混口饭吃。合该他倒霉，途经一处，地僻人稀，又赶上阴雨绵绵，不仅没有找他算卦的，斋僧布道的善男信女也都回家避雨去了。崔老道一天一宿没吃上东西，饿得眼珠子发蓝，看着马粪都像黑米面儿饽饽，非得猫下腰捡起来看看才肯死心，不由得暗暗叫苦："当年孔老夫子绝粮陈蔡，想来也不及贫道之窘困！"直如丧荡游魂一般，脚底下还不敢耽搁，一旦错过了宿头，黑天半夜落在荒郊野外，不等饿死就得喂了野狗。

走这么一路，饶是没怎么吃东西，却在半道上跑肚拉稀、水泄不止，跌跌撞撞直不起腰。崔道爷没钱看病，途中路过一个茶摊儿，跟旁边的住户讨了两勺老陈醋，加在热茶里喝下去，勉强止住腹泻。

他肚里无食两腿发飘，晃晃荡荡走进一处村落，看村头有个大户人家，院墙上镶着镂空鱼鳞花瓦，能瞧见院子里有几排大屋，皆是青砖瓦舍，屋前绿树遮阴，大门口趴着一条看家的黄狗。崔道爷本想讨口斋饭，怎料刚走到门前，那条大黄狗猛然弓起腰身，抻着脖子大声狂吠。崔老道气得够呛，瞥见旁边瓦盆中还有半个啃剩的干饼子，顿觉一阵心酸："我玄门正宗五行大道，饿得都没人样了，地主家的狗食盆子里却有余粮，这叫什么世道？"虽是不服不忿，脚底下却迈不开步子了，看看左右无人，冷不丁冲上前去，抓起狗食盆子里的贴饼子就往嘴里塞。

那条大黄狗能干吗？许它搁在盆子里不吃，可不许你拿走，这叫护食！当场蹿上来扑咬崔老道，乡下看家护院的黄狗，成天足吃足喝，喂得跟头小驴驹子似的，豺狼尚且不惧，何况一个瘸腿老道？追得崔道爷抱头鼠窜，从村子里跑出多老远去，仍是紧追不舍，最后一口咬在屁股上，摔了他一个狗吃屎，手中的半块贴饼子也扔了。就这还不算完，大黄狗又对着地上的崔老道一通乱蹬乱咬,方才气哼哼地叼上干粮,摇着尾巴回去看门了。

崔老道疼得龇牙咧嘴,眼泪儿在眼窝子里打转,摇摇晃晃地挣扎起身,"噗啦"一下裤子又掉了,低头瞧了瞧,道袍上全是窟窿眼儿,裤腰带也让那恶狗咬断了。只得一只手提着裤子,一只手捂着屁股往前走,骂骂咧咧走过一片小树林。人越饿鼻子越灵,忽然闻得一阵果香,走过去看见地上掉着不少烂乎乎的野果子,害怕闹肚子不敢捡着吃,想从树上摘几个鲜的,一抬头吓了一跳,一棵歪脖子树上挂着个上吊的!

他倒不怕死人,定下神来一龇牙花子,摇头叹息:"我何尝不是倒霉走着背字儿,喝凉水塞牙、打喷嚏岔气、咳嗽闪腰、放屁砸脚后跟,那都没舍得死,你怎么比我还想不开呢?"忽然眼珠子一转,顾不得屁股疼,揪了两把蒿草,勉强扎上裤子,走上前去,抱住那个人的双腿往下摘。并非出于恻隐之心,而是看上吊死鬼这身衣裳了,拿到城中估衣铺,至少能换三天嚼谷,万一死人兜里还揣着几个零钱,盘缠不就有了?

崔老道把上吊这位摘下来,直挺挺地撂在地上,伸手在死人怀中乱摸,可恨崩子儿皆无,骂了一声"穷鬼",又动手扒衣裳,也真不客气,从头到脚、从里到外扒个精光,连裤衩子都没给人家留。

衣裳一件摞着一件,摆在地上摊开了,再将帽子、鞋袜搁在当中,打成一个卷儿,正要夹在胳肢窝底下走人,怎知那个吊死鬼突然坐了起来,伸手扯住他:"哎哟我的妈呀,可勒死我了……"

亏了是崔老道,换二一个早吓死了。崔道爷看得出来,此人还没死透,只不过闭住气了,让他翻过来掉过去一通折腾,竟又死而复生了。扒死人衣裳不要紧,反正死人不会报官,扒活人衣裳可不行,往大了说这叫砸明火,逮着就得枪毙!

上吊的人缓了一口气，发觉身上冷飕飕的，低头看看自己，又看看跟前的这个老道，还有旁边那一卷衣裳："道长，这……这是怎么个意思？你怎么脱我的衣裳？"

崔老道一打愣："啊……对啊，我救了你一命啊，贫道见你吊在树上，身子已然凉透了，不过三魂七魄尚未出窍，赶紧脱下你的衣裳，拿三昧真火给你续命！"

那个人听罢崔老道一通胡吣，跪下磕头不止："不瞒您说，刚一吊上我就后悔了，怎奈手脚不听使唤，麻绳又勒得太紧，悔青了肠子也下不来啊，多亏道长搭救！"说着话一件一件地穿上衣裳鞋袜，拜别崔老道，径自去了。

崔老道不敢多说，担心人家醒了攒子，问他为什么把衣裳帽子打成卷儿了？那该如何交代？早知如此，还不如等那位多吊一会儿再往下摘呢！

崔老道越想越懊糟，抬头望见上吊的麻绳还挂在树上，解下来一扯真挺结实的，正可当成一条裤腰带，随手系在腰间。出了树林子走上官道，远远望见一座大城，暗道一声侥幸，只要进了城，怎么不能对付一口吃喝？大不了躲在屋檐底下忍一宿，扒拉扒拉土箱子也不至于饿死。

离近了再看，行人车马穿城而过，城门前是几丈宽的护城河，上有跨河的石桥，城墙上满是垛口，城门楼子又高又大，东南角上矗立着一座七层宝塔。崔老道行走江湖多年，还没见过城墙上有宝塔的，甭问，此地崇信佛道的不少，不愁找不着饭门！

崔老道想找个人多的地方，算卦说书挣口饭吃，一瘸一拐随着人流上了石桥，进城门往前走，眼见一条老街热闹非凡：三教九流争名利，行商坐贾列东西。有鞋帽铺、缝纫铺、棉花铺和铁匠铺，香蜡坊、榨油坊、票号钱庄与药铺，估衣当街吆喝卖，蓝布帐子遮阴凉，上有绫罗与绸缎,下有破烂粗布衣。干货店里卖零嘴儿,摆着红枣黑枣大蜜枣儿、冰糖白糖麦芽糖、桂圆杏干炒栗子、甜瓜子儿咸瓜子儿、核桃松子儿花生仁儿。别看老酒馆的门面小,酒香它可不怕巷子深,状元红葡萄绿、竹叶青老虎油、大蒸曲小蒸曲、金波自酿五加皮。小食铺比着亮绝活,糯米汤圆吉祥饼、油酥烧饼夹牛肉、硬面卷子羊肉汤、馄饨锅里下鸡丝儿。瞎眼弦师沿街走,翻着眼皮唱小曲,蟒皮糊成弦子筒,檀木杆子梨木芯儿,唱的还是"李三姐煮面条"!

崔道爷不听则可,听完更饿了,咽着口水边看边走,经过一家前房后院的小饭铺子,仅仅一间半的门面,门框上挂着招牌,上写"古城詹记麻糊汤"七个大字,顶门摆着一摞大笼屉,呼呼冒热气,旁边一口大铁锅,煮着一锅麻糊汤,咕噜咕噜直冒泡。崔老道多少天没吃过正经饭了,不由得勾住了馋虫,站在门前哈喇子流得老长,两眼直勾勾盯着那一锅麻糊汤,老半天没动地方。

店主实在看不过去了,走出来撵他,人家说话还算客气:"你要么进店吃点什么,要么往边上挪动挪动,别挡着大门。"崔老道正待跟人家掰扯几句,逮个话茬儿讹上一碗。便在此时,从街对面过来一人,大热天身上穿着倒打毛的老皮袄,腰间挂一枚落宝金钱,叼着半长不短的烟袋锅子,瞪着一双夜猫子眼,胯下一头黑驴,正是走南闯北到处憋宝的窦占龙!

3

窦占龙到得近前翻身下驴,冲崔老道一拱手:"崔道爷别来无恙啊,能在外地遇着您可不容易!"崔老道瞥了他一眼,阴阳怪气地说:"嚯,这不是窦爷吗?跑这儿憋宝来了?"窦占龙嘿嘿一笑,打着马虎眼说:

"憋什么宝？来来来，我请您吃包子。"崔老道故意拿搪："刚吃完，不饿。"窦占龙执意请客："您赏个脸，再找补找补！"

俩人一前一后进了小饭铺，捡个角落坐下。有腰缠万贯的窦占龙在场，崔老道的底气也足了，吩咐店主："先来十盘包子，五碗麻糊汤！"又对窦占龙说："看你的面子，我再随便吃点儿，溜溜缝儿。"

不消片刻，碟子摞着碟子，汤碗摞着汤碗，摆满了一桌子。崔道爷可见着吃食了，用筷子不解恨，抓着包子就往嘴里扔，但觉皮薄馅足、唇齿留香，怎么那么好吃呢？他也是饿怕了，百十来个包子下了肚，撑得他连连打嗝，又端起麻糊汤往嘴里灌，稠稠乎乎、又香又辣，喝了个满身大汗、通体舒畅，这才恢复了以往的道貌岸然，抹着嘴剔着牙问窦占龙："你不妨直说，又看中贫道身上哪件破东烂西了？"

窦占龙一点头："也罢，变戏法不瞒敲锣的，我想买您的裤腰带，价钱随您开！"崔老道把脸一绷："开什么价钱？别拿贫道当三岁小孩糊弄，你我二人又不是头一次打交道了，我还不知道你的底细吗？贫道勒裤子的腰带，只不过是一条上吊用的破麻绳，而你窦占龙目识百宝，盯上它肯定是拿去憋宝。你先跟我说说，破麻绳子究竟有什么稀奇之处？是能炼出金来还是能变出银来？是能捆住飞天的金龙，还是能钓出翡翠的王八？"窦占龙忙摆手："崔道爷，您又不是不懂规矩，憋宝的法子不能说破。您说您出门在外，不也是为了求财吗？我多给钱还不行吗？"

崔老道根本听不进去，他是这么想的，"贫道虽然命浅福薄，担不住千金之财，但是撇家舍业千里迢迢出这一趟远门，为的是对付外道天魔，并非出于一己之私，却因囊中羞涩，饥寒交迫寸步难行，想不到穷途末路之时，居然遇上了憋宝的窦占龙，可见是老天爷给我送盘缠来了，如不狠敲他一笔，岂不辜负了老天爷的一番美意"？他打定主意，给窦占龙来了个软硬不吃油盐不进："咱少费几句唾沫，嘴里头长水泡——捅破了说吧，憋了宝发了财得有我一半！"

窦占龙还真拿崔老道没辙，硬着头皮应允下来："不瞒崔道爷，此地名为'灵璧'，曾是楚汉相争的古战场，山清水秀、风水绝佳，城西三十里河边有个地方，唤作苍子洼，暗藏一座苇子城，其中有件天灵地宝。若想打开苇子城取宝，可少不了您腰中的麻绳！"

崔老道从鼻孔中哼出半口气："甭卖关子了，什么'机缘未到、自有妙法'，全是我行走江湖用剩下的词儿，饭熟了不上桌——你还跟我端着？你倒说说，怎么用一条麻绳憋宝？苇子城中的天灵地宝又是什么？"

窦占龙不肯言明，因为憋宝受鬼神所忌，说破了恐怕会出岔子，只告诉崔老道："苇子城中的天灵地宝，是一柄金剪刀！"

崔老道的眼皮子还是太浅，听完多少有点泄气："我当什么了不得的东西，一把剪刀而已，大号的不过七八两重，还得一劈两半，纵然全是金的，那才能值多少？你大老远跑过来，是真不嫌费劲啊！"

窦占龙叫了一声崔道爷："您怎么聪明一世糊涂一时呢？咱是有言在先，憋到宝一人一半，怎奈苇子城中的金剪刀仅有一把，一人分一半岂不损了天灵地宝？我实话告诉您，此宝非同小可，它能够剪断因果。您这一辈子命浅福薄，铁锅吊起来当钟打——穷得叮当响，分到手的钱财再多也无福受用，金剪刀正可剪断您的穷根！"

崔老道听得一愣："贫道闯荡江湖多年，发财的机会不在少数，苦于担不起大请大受，挨饿受穷倒是家常便饭，一旦剪断了穷根，凭我铁嘴霸王活子牙这身本领，何愁挣不着钱？只是剪的时候得多留神，别再没剪断穷根，倒把命根子剪了！"

崔道爷堪比扫把星下凡，穷得腮帮子当肉吃，有了脱穷胎换贵骨的机会，恨不得立马赶去苇子城。

窦占龙却不着急："单丝不成线，孤木难成林。此去苇子城拿金剪刀，只有破麻绳子可不够，咱还得再找一个人。城东赤岭村有位壮士名叫郝大眼珠子，生来力大无穷，有他相助，方可钩取天灵地宝。劳烦道爷跑一趟，请了此人过来，我在此候着你们二位。"

崔老道暗骂："你骑着驴你不去，让我一个瘸腿的跑那么远？"但他心痒难耐，急于把人找来，赶紧去苇子城憋宝发财，再加上肉包子吃得太多，肚皮胀得难受，也想走几步消消食。窦占龙到底是讲买讲卖的行商出身，惯于斤斤计较，总觉得对崔老道说破了金剪刀的奥妙太亏，因为憋宝只用得上麻绳和郝大眼珠子，他崔老道是盐店的掌柜——闲人一个，存心让崔老道跑一趟腿儿，反正只是去乡下请一个人，离得又不远，一来一往出不了什么岔子，可忘了崔道爷生来是"吃干饭兑凉水——喝粥的命"，哪有一件办不砸的事？

书不赘言，只说崔道爷按着窦占龙指点的方向，出东门奔着赤岭村走。半路上看见一个黑胖子，个头儿不高，细脖子细腿，腆着个圆鼓鼓的大肚子，腰里别着一把黑剪子，坐在路边摆摊算卦，连张桌子也没有，地上铺块黄毡子，摆着签筒、罗盘、龟壳、铜铃，身后一面卦旗随风摇摆，左边写"直言无晦"，右边写"概不奉承"，中间竖着一行大字，分明是"玉虚宫传人——老黑十"！

崔老道不用道眼也看得出，摆摊算卦的是个狐獾子，不由得勃然大怒："我一路上算卦都没挣着饭钱，凭你个不三不四的东西，居然敢摆卦摊？你也太能吹了，什么玉虚宫传人，自己跟自己拜把子——还知道自己行老几吗？"他本不想多事，闷着头往前走了几步，可是越琢磨越不痛快，一扭脸又回来了，指着老黑十怒骂："你个浑蛋玩意儿，支个卦摊你蒙谁呢？想给你家道爷上眼药儿不成？念在你胡家门祖师爷跟我称兄道弟的分儿上，贫道我不当你是兴妖作怪的东西，权且饶你一命，赶紧收摊儿滚，休在此招摇撞骗！"

老黑十"嗤嗤"一笑："崔道爷啊崔道爷，要不说您没饭吃呢，您什么都看不出来，枉称铁嘴霸王活子牙了。知不知道什么叫'袖里乾坤大，壶中日月长'？不妨让我老黑十送您一卦，分文不取，毫厘不要！"

崔老道让这一番话气得直翻白眼儿，赶紧拿手顺了顺心口，连喘三口粗气，强压住胸中怒火说："贫道在龙虎山五雷殿看过两行半天书，前知八百年后知五百载，你你……你送我一卦？行行行，我倒听听你这一卦怎么说！"

老黑十一字一顿地说："送您八个字'穷困潦倒，一生贫苦'，竟还信了憨宝的鬼话，自以为可以剪断穷根。我问您一句，什么叫穷根？那玩意儿是粗是细？是短是长？我身上也有把剪子，您剪一个给我看看？"

崔老道心里咯噔一下："对啊，穷根出自因果，看不见摸不着，憨宝的窦占龙说拿了天灵地宝金剪刀，可以给我剪断穷根，他在我身前身后胡乱一剪，我怎么知道他剪没剪断呢？"

老黑十趁热打铁："憨宝客争的是机缘、夺的是气数，一向是贪得无厌，只能占便宜不能吃亏，他的话您也敢信？金剪刀落在他手上，随手给你来一剪子，剪完他骑着驴跑了，他那头驴是什么驴？还甭说您瘸了一条腿，腾着云驾着雾您追得上吗？"

崔老道不置可否，随口问了一句："你说怎么办？"老黑十咧嘴，龇出两颗大门牙，皮笑肉不笑地说："别怪我没捅破这层窗户纸，再送您八个字——古炉金灯，可照穷根！"

崔道爷暗自琢磨，哪有什么古炉金灯？穷根又怎么照得出来呢？狐獾子分明是花言巧语，插圈弄套，想挑唆得我跟窦占龙翻脸，害我一辈子受穷，都是老木匠，甭镞这坏杂杂，当即撂下一句话："贫道我也送你八个字——胡言乱语，可堪一笑！"说罢袍袖一挥，拖着瘸腿扬长而去。

怎奈老黑十的几句话，直如在他心里扎下一根刺，怎么拔也拔不出来了，可又顾不上多想，因为他自知命浅福薄，不剪断穷根改了命数，挣多少钱也是白搭，眼下机会来了，不管灵与不灵，都得等到拿了天灵地宝再说。

崔老道一路打听着，又往前走了一程，瞧见依山傍水的一个小村落，白墙黑瓦，参差起伏，时而传来几声狗吠鸡鸣。村口一道马头墙下坐着四五个老汉，发呆的发呆，打盹的打盹。崔道爷上前打听，得知村中果然住着一个全身蛮力的壮汉，人称郝大眼珠子。那两个大眼珠子，跟一对铜铃似的，在眼眶子里逛逛当当的。打小能吃能睡，还没出满月，一顿饭就能喝下一大盆米汤。八九岁已显出气力惊人，土地庙前有两个石鼓墩子，村里人谁也搬不动，他一胳膊挟一个，围着庙跑上三圈，气不长出面不改色。听人说西楚霸王项羽"气吹檐前瓦，眨眼灭油灯"，他也见天儿练，叉腰站院子里冲房顶吹气儿。小小年纪就帮家里下地干活，开沟上肥、播种浇水，只不过吃得太多，饭量一天天地往上涨。庄户人家，哪架得住他这么吃？

好在郝大眼珠子品行不赖，一不偷二不抢，从不为非作歹，仗着打小会干农活，便去给地主家当短工。但他有个规矩——先吃饭后干活，吃不饱没力气，提前跟东家说定了，备齐一百张烙饼、三盆炒鸡蛋、一盆拌咸菜丝，外带一大锅棒子面粥，没有这个不去。算不明白账的人当不了地主，这么多饭菜足够十条壮汉吃的，为什么便宜郝大眼珠子一个人呢？皆因他下地干活能顶十头牛。他一到地里，就用不上大牲口了。

郝大眼珠子吃饭也是一景儿，盘着腿往地上一坐，抓起一张大饼，卷上鸡蛋、咸菜丝，三口两口吞进了肚。一百张大饼摞起来有二尺多高，转眼就吃没了。吃饱喝足之后，站起来抻抻胳膊踢踢腿，捯下小褂扔在边上，半蹲着身子，腰弯成一张弓，两个大眼珠子瞪得溜圆，直接拿手耪地，顺着垄沟从这头耪到那头，掉过头再秃噜一遍，比耕牛拉犁快出十倍。他一个村子接一个村子地赶场，十里八乡的男女老少都来瞧热闹，比看戏还过瘾，还有起哄叫好打赏钱的。地里的活不是天天有，一年到头仅仅赶上春耕、秋收，郝大眼珠子才有机会吃痛快了，平时就在家里半饥半饱地忍着。

崔老道半生东奔西走，听过不少奇闻异事，心想"乡下烙大饼实在，一张至少二斤，一百张烙饼不下两百斤，搁土箱子里也盛不开呀，看来窦占龙所言不虚，郝大眼珠子绝非等闲之辈"。问明了郝大眼珠子的住处，拐弯抹角找到家门口。

乡下人白天不关大门，崔道爷站在外面喊了两声，半天没人回应，迈步往里走，只见靠墙边有张破床，床上躺着个黑大个儿。崔老道咳嗽一声，黑大个儿歪过脑袋，撩开眼皮看了一眼，又把眼闭上了。崔老道心说："幸亏贫道走得快，迟来一步这个人就得饿死！"他上前推了推黑大个儿："兄弟，你是郝大眼珠子？"

黑大个儿有气无力地点了点头。崔老道说："别睡了，贫道带你吃包子去！"床上这位"腾"地一下坐了起来，两个大眼珠子瞪得亚赛铜铃："上哪儿吃包子？"崔老道一摆拂尘："不必多问，只管随我来！"

郝大眼珠子连喝了半个月稀粥，睡得天昏地暗，若非听见"包子"二字，他连下地的力气也没有，嘘唏着两只眼，脚底下踩着棉花套一般，随同崔老道走回县城，又来到詹记饭铺。

崔老道直犯嘀咕，小声问窦占龙："这个大兄弟的精神头儿还不如我呢，帮得上什么忙？"窦占龙说："真人不露相，露相非真人，等他吃饱了您再看！"叫来店主，从褡裢里抓出两条小黄鱼，告诉他："你店里有多少面、多少馅，肉的素的全算上，赶紧包赶紧蒸，再给熬几锅麻糊汤，多放黑胡椒、芝麻油。"

开店的不怕大肚子汉，店主收了金条，忙吩咐伙计和面剁馅，自己挡在店门口，再有来吃饭的，他都得拦着。城里有不少闲人，一看郝大眼珠子在店中吃上了，全围在门口看热闹。

十屉包子下肚，又灌了几锅麻糊汤，郝大眼珠子也似还了阳，腰板挺直了，眼珠子也瞪圆了。崔老道这才看清楚，好家伙，这俩大眼珠子，黑眼球多，白眼仁少，比窦占龙那双夜猫子眼还得大出三圈，几乎赶上洋饭店门口的电灯泡了。

店里的伙计、老板娘紧着忙活，刚蒸熟的包子一屉接着一屉冒着热气端上桌，郝大眼珠子不怕烫，一手一个往嘴里扔，吃得顺着嘴角流油。到最后包子馅都没了，郝大眼珠子还是没吃饱，再买肉再剁馅那可等不及。窦占龙又掏钱，让老板娘给他烙了五十张大饼，炒上二十斤鸡蛋。

崔老道看得瞠目结舌："真得说是人外有人天外有天，这位可比我能吃多了。就冲郝大眼珠子的饭量，此人身上的力气也小不了，但不知窦占龙如何带我二人取宝发财？"

4

郝大眼珠子吃饱喝足，抹了抹嘴头子，拍拍肚皮，打了几个饱嗝儿，冲崔老道和窦占龙二人一拜："二位爷，饭没有白吃的，我给你们耕地去！"

窦占龙一摆手："用不着你耕地，另有一件力气活，到地方你听我的，我让你干什么你干什么，不该问的别问，不该说的别说。"

崔老道紧着在一旁帮腔："对对对，你听这位窦爷的话，他可是大财主，事成之后贫道也少不了再管你一顿饱的！"

郝大眼珠子做人一向本本分分，对他而言，吃了人家的饭，替人家干活那是天经地义，当下不再多问。

按窦占龙所说，取宝之处在城外十五里的河边，乃是沱河的一条分支。趁着城门未关，三人一驴早早出了城。此时节金风飒飒、皓月隐隐，天儿是真不错。溜溜达达来在河边一看，河面开阔，浅滩上长满了一人多高的芦苇，黄绿相间、彼此交错，一眼望不到边际，波光映着苇子穗，风过之处摇曳起伏，沙沙作响，宛如金波翻涌。崔老道看不透其中虚实，暗自思忖："芦苇荡子中无非是蒿草淤泥，憋得出什么天灵地宝？"

书中代言，沱河边上这一大片苇甸子，号称"三百里苇子城"，听着挺邪乎，实际上没那么大，只是形容这一片芦苇荡子广袤无垠，望不到边，走不到头。

窦占龙骑在驴上，带着崔老道和郝大眼珠子，趁着夜色走入茫茫芦苇荡。民间相传，苍子洼下是一处古战场，无数阵亡的阴兵鬼将化作水耗子，钻得苇子城七孔八洞迷径错综，活人进去绕不出来，一转眼就被水耗子啃成森森白骨了。窦占龙心里有数，阴兵鬼将只是以讹传讹，守着天灵地宝的水耗子却真有不少，他一口接一口紧着嘬烟袋锅子，缕缕烟雾裹住三个人一头驴，四周的水耗子纷纷避让，没一只胆敢靠前。借由识宝的黑驴引路，东行西绕走到深处，但见苇甸子中耸立着一座大坟，也没有石碑、石兽，封土堆上全是蒿草。

崔老道称奇不已："坟上的封土经过风吹雨淋，一百年消减一尺，眼前这座大坟至少上千年了，封土堆仍是如此高大，至少埋的是一方诸侯，说悬了该是天子冢，贫道我识古通今，却想不到苇子城古坟中埋的是谁！"

窦占龙围着古坟转了一圈，边转边拿烟袋锅子在坟上敲打，只见土坷垃不住崩落，稀里哗啦往下掉，渐渐显出一个大铜炉，比屋子小不了多少，底下三足支撑，铸有七道阴阳纹，锈迹斑斑，凸显出一扇炉门，锈得严丝合缝，铜门环几乎有儿臂粗细。

崔老道这才明白，苇子城哪有什么古坟，只是积年累月的泥沙浮尘，在大铜炉上堆了一层土壳子！

窦占龙对二人说："钩取苇子城中的天灵地宝，说容易也容易，说难又难于登天，因为显宝的时机只在此刻，金剪刀本是一件地宝，在古炉中炼了上千年，已然化为天灵，来早了它还剪不断因果，来迟了又逮不着它了。崔道爷您和郝大眼珠子带着麻绳进去，拴住了金剪刀，再由郝大眼珠子拽出来，换旁人拽不动，非得是力大无穷的郝大眼珠子不可。芦苇城中的水耗子太多，我拿烟袋锅子挡着它们，你二人快进快出，切不可旁生枝节！"说罢一指两扇左右对开的炉门，吩咐郝大眼珠子去拽。

大铜炉上布满了黑绿色的铜锈，炉门也早锈死了。郝大眼珠子不明所以，只知道吃了人家的饭，就该替人家干活。当场撸起袄袖，瞪圆双眼，抬手攥住炉门上的铜环，气运丹田，双膀较力，"咔嚓"一下子拽开了炉门。

崔老道和他一前一后钻入炉膛，炉内仅是一间斗室，按着"乾坎艮震、巽离坤兑"的八卦方位，在地上点着八八六十四盏铜灯，当中围定一个大石台子，上边躺着两具皮干肉枯的尸骸，均是古衣古冠，镶金裹银，能看出是一男一女，四肢相缠，像是一对合葬的夫妻。

郝大眼珠子愣头愣脑，不懂什么叫害怕。崔老道也不在乎，兵荒马乱的年月，死人他可见得多了，只是炉中又闷又热，气都喘不上来。他以为金剪刀在尸骸身上，走上前去从头到脚挨个摸了一个遍，什么也没找着。

崔老道不会识宝，但毕竟开过玄窍，百思不得其解之际，睁开道眼一看，不由得恍然大悟——铜炉中的两具尸骸一阴一阳，正是金剪刀，此物已炼出人形，待到长了血肉，可就拿它不住了！

崔道爷立刻掏出麻绳，拴住两具尸骸的脖子，使劲这么一拖，一男一女两具骸骨直挺挺地坐了起来。阳骨口出人言："我夫妻两个与道长无冤无仇，您为何拿绳子拴我们？"崔老道吃了一惊，但他一辈子降妖捉怪，总不至于让这玩意儿吓着，还别说冒几句人话，敢挡着崔道爷发财，你唱上一段西皮二黄又如何？当下高诵一声道号："无量天尊，贫道我没别的意思，看这炉子里太闷，带你们二位出去透一透气！"阴骨忙说："用不着道长费心，我们在此住惯了，哪儿也不去！"崔老道沉下脸来，使劲一抖手中麻绳："行了，甭废唾沫了，你们俩是走也得走，不走也得走！"阳骨苦苦求告："我夫妻与道长素昧平生，又不曾为非作歹，您何必为难我们两口子呢？"

崔老道眼珠子一转，寻思金剪刀在古炉中修炼多年，并不是兴妖作怪的东西，眼瞅着功行圆满了，你为了发财给人家两口子捉去，怎么也是说不过去，这个屎盆子可不能我自己留着，理应扣在窦占龙脑袋上，于是义正辞严地说道："我受人之托忠人之事，端谁的碗受谁的管，要恨你们恨骑着黑驴憋宝的窦占龙去，有什么话见了他再说不迟！"随即将麻绳一端交在郝大眼珠子手上，命他将两具枯骨拽出铜炉。

阳骨急道："道长且慢！憋宝客到处取宝发财，拿了我们两个不多，不拿我们也不少，一旦落在憋宝的手上，哪里还有我们两口子的活路？"阴骨则怒骂："你个瘸腿儿老道，枉为道门中人，贪图憋宝客许下的财帛，瞒心昧己做此逆天之事，不怕遭报应吗？"

崔老道可逮着话把儿了："你们俩还真说对了，想当年，姜太公为了钱沿街打卦，秦叔宝为了钱当锏卖马，贫道我过不去'钱'字这一关又如何？一点儿不丢人啊！何况我背井离乡来至此地，为的是二上龙虎山，对付外道天魔，走到半路没盘缠了，正遇上憋宝的窦占龙，这才拿你们两口子给贫道凑一凑川资路费，从大数中说来，你们俩的功德也是不小!"

　　阴骨恶狠狠地啐了一口:"呸!修道之人餐霞饮露,用得着盘缠吗?上坟烧树叶——你糊弄鬼呢?"崔老道全不理会,冲着郝大眼珠子一招手:"走!"郝大眼珠子领个诺,使出两膀蛮力,将麻绳扯得笔直。

　　那两具枯骨岂肯轻易就范,双手扒住石台死命往下打着坠。郝大眼珠子一连拽了三下,仍是纹丝不动,但见他深吸一口气,双手攥住麻绳,脸对着石台,大屁股蛋子往下一沉,浑身筋凸,跟拔河似的使上劲了。随着他一声大吼,那二位登时松了手,从石台上翻落下来。郝大眼珠子也一屁股跌坐在地,撞倒了几盏铜灯,累得他气喘如牛,汗如雨下。

　　崔老道眼见着铜灯翻倒,冷不丁想起狐獴子说的八个字"古炉金灯,可照穷根",他心下寻思"走到这一步,还真得防着点儿窭占龙,贫道虽不贪财,却不能让憋宝的诓了我"!又看郝大眼珠子拽着两具枯骨往炉门外走了,他急忙抓上一盏油灯,匆匆跟了过去。二人一出铜炉,再看绳子那头拴的哪是什么枯骨,仅有手掌大小一柄金剪刀,月光之下熠熠生辉,晃得人睁不开眼!

　　财迷心窍的崔道爷,以往看个小制钱比磨盘都大,此刻瞅见天灵地宝,美得这个老财迷一蹦多高,心说话:"贫道在龙虎山五雷殿上看过两行半的天书,胸藏锦绣腹有良谋,横不能穷困潦倒一辈子,待我剪断穷根,再不为吃喝发愁了,从此一门心思替天行道降妖捉怪,做下一番大事业,搏个青史传名、万古流芳!"

　　他一时间得意忘形,怎知拎出的先天拙火厉害,崔道爷多这一手不要紧,竟将古炉中的拙火引了出来,突然"咔嚓"一声巨响,似发三千火炮,如听百丈雷鸣,大铜炉四分五裂,跟个开花的馒头相仿,从中蹿出一道道金蛇般的烈焰,半空火鸽子乱飞,落下即燃,扑也扑不灭、浇也浇不熄,登时将周遭的芦苇全烧着了!

崔老道大惊失色，有心撒腿开溜，奈何一瘸一拐地跑不快，脚底下一个不利索，当场摔了个狗啃泥。多亏郝大眼珠子心性耿直，觉得三个人一同来的，也该一同出去，何况崔老道还许给他事成之后再吃一顿饱的，当时想都没想，扔下拴着金剪刀的麻绳，拎起崔老道往肩上一扛，迈开两条大长腿，冒烟突火往外冲。

窦占龙心里正骂崔老道呢，又见郝大眼珠子扔下金剪刀，把牛鼻子老道当成宝贝扛了出来。他舍不得弃天灵地宝于不顾，说到底还是憋宝的贪心太重，仗着胯下黑驴跑得快，拨转驴头冲了回去，正待抓起掉落在地的金剪刀，突然闪出一条黑影，抢在窦占龙之前抓住了天灵地宝。

崔老道趴在郝大眼珠子肩头看得真切，抢夺金剪刀的正是老黑十，看来这个狐獾子也贪图此宝。不承想捆住天灵地宝的麻绳已被拙火燎断，金剪刀一分一合，早将狐獾子裁为两截。窦占龙的黑驴受到惊吓，惊得翻倒在地，他也被掀了下来。随着金光一闪，天灵地宝踪迹全无。说时迟、那时快，芦苇荡子烧成了一片火海，窦占龙虽有一身开山探海的憋宝之术，这一人一驴也逃不出来了，眨眼之间被熊熊烈焰吞没！

咱再说那二位，郝大眼珠子扛着崔老道跑出苇子城，俩人的衣裳、头发、胡子燎焦了一大半，身上脸上净是大燎泡。郝大眼珠子是个直脾气，揪住崔老道说什么也不让走，因为崔老道许下事成之后再管他一顿饱的，如今他的活干完了，擎等着开饭了。

可给崔道爷愁坏了，自己沿街卖卦挣的几个钱，还不够这位爷塞牙缝儿的呢，只得往后推："来日方长，有机会你到天津卫找我去，慢说是一顿饱的，海螃蟹大对虾、熬带鱼炖鳎目、锅贴馅饼三鲜包子，贫道管你的够，眼下我有要事在身，青山不倒、绿水长流，咱们后会有期。"

郝大眼珠子不管那套，崔老道去哪儿他去哪儿，不把海螃蟹大对虾、熬带鱼炖鳎目、锅贴馅饼三鲜包子吃够了，说什么他也不走。

多亏了有他，背着瘸了一条腿的崔老道跋山涉水，不论是剪径的贼寇，还是吃人豺狼，哪一个也不是郝大眼珠子的对手，一路保着崔老道去了龙虎山，二人又一同回到天津卫。

早在当年，崔老道还是个小道童的时候，恩师白鹤真人临终前留下一个锦囊，命他下山拆开。崔老道贪看天书，放走三足金蟾，错失了一世富贵，抹着眼泪下了山，早把师父留下的话忘在了脑后，回到家才想起来，拆开锦囊一看，方知一切皆有定数。

他崔道成是应劫而生，根本没有发财的命。白鹤真人在锦囊书中告诉徒弟，几时等到大劫临头，可再上龙虎山，寻求应对之法。如今他二上龙虎山，拿到师父留下的另一个锦囊，至此才明白什么叫"应劫而生"。崔道爷一辈子没走过运，还不止自己倒霉，谁沾上他谁跟着倒霉。皆因外道天魔意欲夺尽乾坤世界的气数，借此兴妖灭道，而他下山入世，是为了攒下自己一辈子的运气，外带着被他坑害之人的气数，以应四神三妖之劫，但也仅够用上一次。至于这一次的气运，究竟该用在何时何地，他师父白鹤真人不能在锦囊书中明言，还得靠崔道爷自己琢磨。

如果说在一整部《四神斗三妖》中，火神刘横顺、河神郭得友是崔老道的左膀右臂，财神爷窦占龙就是他的胆。崔道爷在苇子城憋宝，鬼使神差地取出一盏铜灯，引出古炉中的拙火，可以说是命中的定数。因为窦占龙一辈子要躲九死十三灾，拿金剪刀的只是他一个分身，合该有此一劫，一旦让他得了手，拿到天灵地宝金剪刀，从此剪断因果，四神还怎么对付三妖？

一旦让外道天魔凑齐了五色神光和九个眼珠子，即可占尽一切机缘，驾驭一切现象，支配全部空间时间，谁都拿它没辙了，而对付外道天魔，又少不了无宝不识的窦占龙，那可是天津卫四大奇人之一，骑着黑驴到处憋宝，有名有号的财神爷，不过崔老道和刘横顺还找得着另一个窦占

265

龙吗？财神爷为什么那么有钱？又为什么要躲九死十三灾呢？

其实窦占龙跟天津卫四大奇人的另外三位一样，虽有一番惊世骇俗的作为，却都是爹娘生父母养，吃的也是五谷杂粮，喝多了也吐，着凉了也窜，也有七情六欲，也有执念心魔。正因为是人他才神，如果说本身就是神，则无所谓神与不神了。说了归其，诸多热闹回目，且留《四神斗三妖》下一本《窦占龙憋宝：七杆八金刚》分解！

《火神：外道天魔》完

天下霸唱全部作品目录

《凶宅猛鬼》（无实体书）

《鬼吹灯1：精绝古城》　《鬼吹灯2：龙岭迷窟》

《鬼吹灯3：云南虫谷》　《鬼吹灯4：昆仑神宫》

《鬼吹灯5：黄皮子坟》　《鬼吹灯6：南海归墟》

《鬼吹灯7：怒晴湘西》　《鬼吹灯8：巫峡棺山》

《贼猫》

《牧野诡事》

《地底世界1：雾隐占婆》　《地底世界2：楼兰妖耳》

《地底世界3：神农天匦》　《地底世界4：幽潜重泉》

　　　　　　　　　　　　（又名《谜踪之国》）

《死亡循环》　　　　　　《死亡循环2：门岭怪谈》

《我的邻居是妖怪》

《傩神：崔老道和打神鞭》（又名《鬼不语》）

《无终仙境》

《迷航昆仑墟》

《摸金校尉：九幽将军》

《摸金玦：鬼门天师》

《河神：鬼水怪谈》

《大耍儿1：湾兜风云》　《大耍儿2：两肋插刀》
《大耍儿3：生死有命》　《大耍儿4：肝胆相照》
《天坑鹰猎》　　　　　《天坑追匪》
《天坑宝藏》　　　　　《天坑走马》@
《崔老道捉妖：夜闯董妃坟》（四神斗三妖系列1）
《崔老道捉妖：三探无底洞》（四神斗三妖系列2）
《火神：九河龙蛇》（四神斗三妖系列3）
《火神：外道天魔》（四神斗三妖系列4）
《窦占龙憋宝：七杆八金刚》（四神斗三妖系列5）
《窦占龙憋宝：九死十三灾》（四神斗三妖系列6）
《河神：秽忌天兵》@（四神斗三妖7）
《河神：还阳自说》@（四神斗三妖8）

（@为待出版，副标题以最终出版实体书为准）